KB050497

 9

초판 1쇄 인쇄일 2019년 8월 20일 | **초판 1쇄 발행일** 2019년 8월 23일

지은이 조휘 | **펴낸이** 곽동현 | **담당편집 팀장** 이범수
편집부 정요한 홍현주

펴낸곳 (주)조은세상 | 출판등록 제2002-23호
주소 경기도 연천군 미산면 청정로1355
TEL 02)587-2966 | FAX 02)587-2922
E-mail bukdu@comics21c.co.kr

조휘ⓒ2019
ISBN 979-11-6432-399-9 | ISBN 979-1-89785-63-5(set)
값 8,000원

독재자

조휘 대체역사장편소설

ALTERNATIVE HISTORY FICTION

9

조휘 대체 역사 장편소설

NEO ALTERNATIVE HISTORY FICTION

CONTENTS

1장. 거절할 수 없는 제안

누르하치는 투구가 날아갈 만큼 상체를 크게 젖혀 이준성의 칼을 피했다. 그러나 애초에 이준성이 칼을 휘두른 이유는 누르하치를 베기 위해서가 아니었다. 누르하치가 쏘던 활을 무용지물로 만들기 위해서였다. 이준성의 의도대로 그가 휘두른 칼은 누르하치의 활시위를 가볍게 잘라 냈다.

한데 누르하치는 거기서 얼토당토않은 착각을 해 버렸다. 그는 이준성이 겨냥에 실패한 거라 오해했다. 용기백배한 누르하치는 즉시 시위가 잘린 활로 이준성의 목을 후려갈겼다.

히죽 웃은 이준성은 왼손 낫으로 누르하치가 휘두른 활을 가볍게 밀어냈다. 그리고는 오른손에 쥔 칼을 재빨리 거꾸로 잡아 누르하치를 다시 베어 갔다. 이번엔 진짜 목이었다.

누르하치는 과연 보통내기가 아니었다. 보통은 본능적으로 눈을 감기 마련이었다. 한데 누르하치는 자신을 향해 날아오는 칼이 전혀 두렵지 않은지 오히려 눈에 힘을 바짝 주었다.

그 덕분에 누르하치는 생각지 못한 좋은 구경을 할 수 있었다. 누르하치는 이준성이 휘두른 칼이 그의 목 동맥이 흐르는 부위 1센티미터 앞에서 정확히 멈춰 서는 모습을 목격했다.

누르하치는 자기를 살려 준 이준성을 보며 의문을 표했다. 이준성은 어차피 죽일 생각은 없었단 표정으로 어깨를 으쓱거려 대답했다. 어쨌든 누르하치가 이준성 손에 완벽히 제압당함에 따라 그 일대의 전투가 소강상태에 접어들었다.

누르하치가 평범한 지휘관이었다면 건주여진 병사들은 끝까지 싸웠을지 몰랐다. 그러나 누르하치는 평범한 지휘관이 아니었다. 누르하치는 왕으로 등극만 안 했을 뿐이지, 건주여진의 왕과 다름없었다. 자신들의 왕이 적에게 잡힌 상황에서 제멋대로 날뛸 만큼 간 큰 병사는 건주여진에 없었다.

누르하치가 이준성에게 잡혔다는 소식은 금세 전 전선에 빠르게 퍼져 나갔다. 발 없는 말이 진짜 말보다 빠르다고는 하지만 30분이 채 지나기 전에 10킬로미터가 넘는 전선에 특정한 소문이 퍼져 나간 것은 확실히 일반적이지 않았다.

물론 일반적이지 않은 데는 그럴 만한 이유가 있었다. 누르하치가 잡혔단 정보를 접한 한국군 수뇌부는 여진족 출신 병사와 통역병에게 누르하치가 이준성에게 잡혔다는 소식을 적의 귀에 들어갈 만큼 큰 소리로 떠들라는 명령을 내렸다.

그 소리를 들은 건주여진 병사들은 반신반의하는 모습을 보였다. 처음엔 믿지 않는 병사가 훨씬 많았다. 한국군이 그들의 사기를 떨어트리기 위해 거짓으로 선동하는 줄 착각했다.

그러나 안쪽에 있는 중군에서 누르하치가 정말로 적에게 포로로 잡혔다는 소식이 전해진 후에는 믿지 않을 도리가 없었다. 가뜩이나 밀리던 판에 누르하치마저 적에게 잡혔다는 소식은 건주여진 장병의 사기를 떨어트리기에 충분했다.

건주여진 병사들은 혼란스러운 표정으로 누르하치가 정말 적에게 잡혔는지 알아보기 위해 중군으로 사람을 급파했다.

한데 그때 이미 일부 병사들은 패했단 사실을 직감했는지 무기를 바닥에 버리며 항복했다. 또 눈치가 빠른 병사들은 곤욕을 치르기 전에 도망치는 신속한 반응을 보여 주었다.

권웅수는 소란스러워진 적진을 보며 바로 명령을 내렸다.

"지금이다! 포격을 가해서 기를 완전히 눌러 버려라!"

권웅수의 명령을 받은 천궁포병여단장 이정암은 즉시 방포를 마친 포반에 장전해 둔 유성 3호를 쏘라 명령했다.

퍼퍼퍼퍼펑!

유성 3호 30여 발이 건주여진 진형 위에 떨어지는 순간, 건주여진 병사 수십 명이 비명을 지르며 나자빠졌다. 유성 3호는 폭발하기 때문에 철환처럼 직격을 피한다고 해서 안전한 게 아니었다. 포탄이 터질 때 생긴 폭발에너지와 파편이 반경 4, 5미터 안에 있는 적에게 상처를 입힐 수 있었다.

이준성은 권응수에게 천궁포병여단을 마지막에 쓰라는 명령을 내렸다. 이번 전투의 목적이 적 격멸이 아니라 제압에 있기 때문이었다. 권응수는 그 명령에 따라 결정적인 순간에 천궁포병여단을 동원해 건주여진의 사기를 완벽히 꺾었다.

한국군의 포격에 놀란 건주여진은 결국 항복을 선택했다. 누르하치가 잡힌 데다 적에게 엄청난 위력을 가진 화포까지 있단 사실을 안 상태에선 싸울 마음이 별로 나지 않았다.

혁도아랍에서 수성전을 계획한 누르하치가 한국군이 가진 화포에 놀라 급히 야전으로 전략을 바꿨단 소문은 이미 건주여진 병사들 사이에 유명한 얘기였다. 그런 마당에 한국군이 소문으로만 떠돌던 화포를 동원해 공격해 온 상황이었다. 바닥으로 떨어진 사기가 땅을 파고 들어갈 수밖에 없었다.

천궁포병여단을 마지막에 동원해 적의 꺾인 사기를 완벽히 꺾는다는 이준성과 권응수의 전술이 100퍼센트 통한 것이다.

한편, 이준성은 누르하치를 제압한 상태에서 건주여진이 항복하길 기다렸다. 잠시 후, 남쪽에서 포성이 은은하게 들려왔다.

"곧 끝나겠군."

중얼거린 이준성은 고개를 돌려 누르하치를 보았다. 누르하치는 여전히 이준성에게 제압당해 손가락 하나 까딱하지 못하는 처지였다. 지금은 그저 처분을 기다리는 수밖에 없었다.

이준성은 통역병을 통해 누르하치에게 말을 걸었다.

"조금만 참으시오. 당신 부하들이 항복하면 바로 풀어 주겠소."

통역을 들은 누르하치가 담담한 표정으로 대꾸했다.

"내 부하들은 적에게 쉽게 항복하는 사내들이 아니오."

이준성은 피식 웃으며 고개를 가로저었다.

"아니, 쉽게 포기할 거요. 내가 그렇게 만들 거니까."

이준성의 장담대로 건주여진은 그로부터 30분이 채 지나지 않아 항복했다. 항복을 주도한 사람은 누르하치의 동생 슈르하치였다. 곧 말을 몰아 달려온 슈르하치가 이준성에게 제압당한 누르하치를 보곤 당황한 표정으로 뭐라 소리쳤다.

통역병이 얼른 슈르하치의 말을 통역했다.

"한국과 건주 사이에 뭔가 오해가 있는 것 같다고 합니다. 그리고 이미 항복까지 한 마당에 굳이 누르하치 족장을 위협해 건주여진 병사와 백성을 욕보일 필요가 있냐 물었습니다."

이준성은 웃으면서 고개를 끄덕였다.

"당연히 없지."

대답한 이준성은 바로 칼을 거두어들였다.

누르하치는 의외란 표정으로 그런 이준성을 바라보았다. 그는 이준성이 좀 더 거칠게 나올 거라 예상한 모양이었다. 한데 이준성은 거칠기는커녕, 오히려 예의를 갖추기 위해 노력하는 모습을 보였다. 이준성은 누르하치와 슈르하치 두 사람을 전장과 조금 떨어진 곳에 있는 언덕 위로 데려갔다.

언덕 위에는 비서실장 강주봉, 경호실장 마사카츠 등이 먼저 와서 그들이 도착하기를 기다리는 중이었다. 한데 포로를 심문하려는 분위기는 결코 아니었다. 오히려 중요한 만남을 위해 급히 회담장을 마련한 것 같은 분위기에 가까웠다.

회담장 주변에는 다른 사람이 볼 수 없도록 2미터 높이의 기다란 병풍이 둘러쳐져 있었다. 병풍 역시 군이 쓰는 질 낮은 천 같은 게 아니었다. 한반도 사계를 담은 산수화로 병풍을 만들었는데, 미적 감각이 전혀 없는 사람이 봐도 유명한 화가가 그린 것임을 바로 알 수 있을 정도로 훌륭했다.

이는 한국이 그만큼 이번 회담을 중요하게 생각한다는 의미이므로 누르하치와 슈르하치 역시 긴장을 풀 수 있었다. 이런 분위기에서라면 범중이 연회장에 도부수를 숨겨 둔 상태에서 유방을 초대해 죽이려 한 홍문연 같은 일은 없을 듯했다.

누르하치 형제는 병풍 안으로 걸어 들어가며 안을 쓱 둘러보았다. 병풍으로 둘러싸인 공터 정중앙에는 푹신한 돗자리와 술, 안주 등이 담긴 상이 세 개 놓여 있었다. 이준성과 누르하치 형제를 위해 준비한 주안상이었다. 또한 곳곳에 걸린 횃불과 등잔불이 조명 역할을 해 줘서 안은 대낮처럼 밝았다.

상석에 앉은 이준성은 누르하치 형제에게 손으로 자리를 권했다.

"두 분 다 앞에 놓인 자리에 앉도록 하시오."

누르하치와 슈르하치는 저항 없이 이준성이 가리킨 자리에 앉았다. 분위기가 좋기는 하지만 그들은 지금 한국군에게 사로잡힌 인질의 신세였다. 이준성의 마음이 바뀌는 순간, 이름도 모르는 무명 소졸에게 목이 달아날 수밖에 없었다.

이준성은 비룡여단 황룡대대장인 강억필을 통역관으로 불렀다. 함경도 토병 출신인 강억필, 강억수 형제는 이준성이 함경도에서 처음 거병했을 때부터 함께한 개국 공신으로 여진족 말을 능숙하게 구사해 이준성의 총애를 받았다.

이준성은 강억필을 통해 누르하치, 슈르하치 형제에게 권했다.

"우리 한국말을 할 줄 아는 통역관이 있으면 가서 데려오시오. 내 통역관이 대화 전체를 통역해도 상관없긴 하지만 회담의 공정성을 기하기 위해선 그러는 편이 나을 것 같소."

그 말을 들은 누르하치는 바로 통역관 한 명을 데려왔다. 누르하치가 데려온 통역관은 압록강 유역에 살던 건주여진 사내로 조선과 교류할 일이 많아 한국말을 유창하게 하였다.

이준성은 양쪽 통역관을 통해 누르하치 형제와 대화를 나눴다.

"우선 시원한 술로 갈증 난 목부터 축이고 나서 대화를 나누도록 합시다. 난 먼지를 하도 들이마셔서 그런지 목이 칼칼해 미칠 지경이오. 아, 혹시 해서 하는 말인데 술에 독은 타지 않았소. 내게 당신네 형제를 죽일 생각이 있었다면 목을 잘라 죽이지, 치사하게 독 같은 것을 쓰지는 않을 것이오."

강억필이 건넨 물수건으로 얼굴과 손에 덕지덕지 묻은 피를 닦아 낸 이준성은 주안상에 놓인 술병을 집어 들어 잔에 술을 따랐다. 그리고는 바로 들이붓듯이 입에 털어 넣었다.

연거푸 석 잔을 들이켜 칼칼한 목을 어느 정도 씻어 내린 이준성은 안주를 몇 점 집어먹으며 형제의 반응을 관찰했다.

형제는 전혀 다른 반응을 보였다. 형인 누르하치는 주안상에 있는 술을 거침없이 잔에 따라 마신 반면에 슈르하치는 잔에 술을 따르긴 했지만, 입술만 살짝 적신 다음 형의 반응을 관찰했다. 아마 형이 괜찮은지를 확인한 뒤에 마시려는 모양이었다.

실제로 누르하치가 연거푸 석 잔을 마시고도 멀쩡한 모습을 본 슈르하치는 그제야 술을 채운 잔을 자기 입에 가져갔다.

슈르하치는 이런 자리에서 술을 마시지 않는 건 사내다운 모습이 아니라 생각했을 것이다. 그는 원래 주변의 눈치를 많이 보는 성격이었다. 그렇다고 독이 아니라는 적의 주장만 믿고 술을 마시기에는 뭔가 꺼림칙해 형 누르하치가 술을 마신 후에야 술을 마시는 조심스러운 일면을 보여 주었다.

판단은 개인의 몫이지만 이준성이 보기엔 누르하치는 왕의 재목이고 슈르하치는 재상의 재목처럼 보였다. 만약 슈르하치가 재상을 넘어서는 위치를 노린다면, 화를 입을 것이다.

술기운이 도는지 슈르하치가 붉어진 얼굴로 물었다.

"건주와 조선, 아니 한국은 조상 대대로 친밀하게 지내 왔소. 건주와 한국의 백성 모두 백두산을 신성시한다는 게 그 증거일 거요. 또, 한반도에 존재했던 나라 몇 개가 우리가 사는 만주에 터를 잡은 역사가 있단 말을 전에 들은 적 있소. 그렇다면 우리와 한국은 아마 먼 친척쯤에 해당할 거요."

"조상 얘기를 하자는 건 아닐 테고 하고 싶은 말이 대체 뭐요?"

슈르하치는 이준성이 자기 말에 관심을 보이는 모습을 보곤 설득할 수 있다는 생각을 했는지 목소리의 톤이 높아졌다.

"한데 야인여진의 노토란 놈이 중간에서 일을 그르치는 바람에 건주와 한국의 사이가 틀어져 버렸소. 만약 노토가 친구의 등에 칼을 꽂는 그런 몹쓸 놈인 줄 알았다면, 우린 절대 노토와 사돈을 맺지 않았을 거요. 그리고 노토가 구원을 청했을 때 원병 역시 보내지 않았을 거요. 한데 상황이 꼬이고 꼬이다 보니 우리가 한국과 야인여진 사이에 끼어들어 귀국에 손해를 입힌 꼴이 되었소. 하지만 오늘 일을 계기로 원한을 청산하고 예전의 친밀한 관계로 돌아간다면 이 얼마나 경사스러운 일이겠소? 그대가 얼마나 아는지는 모르지만, 우리 형님께서는 조선이 왜인 때문에 곤경에 처했을 때 귀국을 지원하겠다는 의사를 내비친 적이 있소. 이처럼 우리가 서로 돕는다면 앞으로 우리 건주와 한국은 이와 잇몸의 관계로 맺어져 태평성세를 이룩할 수 있을 것이오."

이준성은 미소를 지으며 물었다.

"어떻게 태평성세를 이룩한다는 거요?"

슈르하치는 신이 났는지 침까지 튀어 가며 대답했다.

"한국은 남쪽에 있는 왜인이 골칫거리고 우리 건주는 장성 안으로 쫓겨 들어간 명나라가 골칫거리란 사실을 누구나 인정할 것이오. 만약 왜인이 또 쳐들어오면, 우리가 적극적으로 도와주겠소. 그리고 우리가 명나라를 칠 때 한국이 도와준다면 이게 바로 이와 잇몸처럼 서로 돕는 게 아니겠소?"

슈르하치는 착한 일을 하고 포상을 기다리는 아이처럼 눈을 빛내며 그를 바라보았다. 이준성은 실소를 감추지 못했다.

"명나라를 치고 싶으면 먼저 요즘 세상이 어찌 돌아가는지부터 알아보도록 하시오. 아마 깜짝 놀라 오줌을 지릴 거요."

"내가 왜 오줌을 지린단 거요?"

"내 마누라 중 한 명이 왜국에서 온 여자요. 그리고 그 여자 아버지는 몇 달 전에 왜국을 통일한 다음, 왜국에 자기 왕국을 세웠소. 즉, 내 장인어른이 지금 왜국의 왕이란 뜻이오."

슈르하치는 처음 듣는 말인지 충격을 받은 모습이었다.

그때, 동생과 이준성의 대화를 조용히 듣던 누르하치가 물었다.

"내 동생에게 세상이 어찌 돌아가는지 알려 주려고 이번 회담을 마련한 게 아니라면 당신의 진짜 저의가 뭔지 말해 보시오."

이준성은 고개를 끄덕이며 대꾸했다.

"우린 포로 6만여 명을 먹여 살릴 방법이 없소."

누르하치가 빈 술잔을 상 위에 소리 나게 내려놓으며 물었다.

"지금 우릴 다 죽이겠다고 협박하는 거요?"

슈르하치가 얼른 끼어들었다.

"형님, 역정을 내도 일단 저쪽 얘기부터 들어 보고 내는 게……."

이준성은 반쯤 남은 술을 입안에 털어 넣은 다음에 대답했다.

"협박은 너무 나간 얘기고 사실이 그렇단 얘기요."

누르하치가 팔짱을 끼며 물었다.

"그래서 대체 어쩌잔 거요?"

"나는 당신과 당신의 부하들을 오늘 안으로 풀어 줄 생각이오."

반색한 슈르하치가 바로 일어나 사의를 표했다.

"정말 너그러운 말씀이시오."

그러나 누르하치는 코웃음을 치며 물었다.

"흥, 풀어 주긴 하겠지만 공짜는 아니겠지. 그렇지 않소?"

이준성은 껄껄 웃었다.

"하하, 맞소. 이 세상에 공짜가 대관절 어디 있겠소? 오히려 누가 뭘 공짜로 주겠다면 그 사람을 의심부터 해 봐야 맞는 거요."

슈르하치가 약간 풀이 죽은 목소리로 물었다.

"그래서 우릴 풀어 주는 조건이 뭐요?"

물어본 사람은 슈르하치지만 이준성은 그를 쳐다보지 않았다. 대신, 누르하치에게 시선을 주며 한 자 한 자 끊어 말했다.

"내가 만주와 요하 전부를 갖겠소. 그 대신 당신에게 중원을 주리다. 이 정도면 서로 밑지는 장사는 아닐 듯한데 어떻소?"

누르하치는 흥분했는지 콧바람을 씩씩 뿜어내며 물었다.

"우리 민족이 발원한 곳인 만주를 차지하겠다는 당신의 말은 일단 넘어간다 치더라도 당신이 무슨 수로 우리에게 중원을 준다는 거요? 당신에게 숨겨 둔 비장의 수라도 있단 거요?"

이준성은 대답 대신 손가락을 튕겼다. 잠시 후, 비서실장 강주봉이 안으로 들어와 이준성에게 비단에 싸인 물건을 건넸다. 이준성은 바로 비단을 풀어 그 안에 든 물건을 꺼냈다.

"이건 뇌우 1호란 총이요. 당신들이 지금 쓰는 명나라산 조총보다 진일보한 무기지. 나에게 만주를 주면 당신에게 이 뇌우 1호 3,000정과 여기에 쓰이는 뇌관 30만 개를 주겠소."

이준성은 뇌우 1호와 뇌관을 누르하치에게 건넸다. 이준성에게 뇌우 1호와 뇌관의 사용법을 들은 누르하치는 구미가 당기는지 뇌우 1호를 좀처럼 손에서 놓을 생각을 하지 않았다.

어린애처럼 자기에게도 보여 달라 조르는 슈르하치에게 뇌우 1호와 뇌관을 건넨 누르하치가 이준성 쪽을 보며 물었다.

"훌륭한 무기요. 한데 당신이 쓰는 조총은 이것보다 훨씬 더 좋은 무기 같은데 이왕 주려면 그걸 주는 게 낫지 않겠소?"

이준성은 껄껄 웃었다.

"하하, 우리 속담에 살려 줬더니 보따리까지 내놓으라며 강짜를 부리는 자에 관한 얘기가 있는데 당신네가 바로 그 짝이군."

누르하치 역시 물러서지 않았다.

"비록 명나라가 쇠약해졌다고는 하나, 대국이란 사실엔 변함이 없소. 조총 3,000정으론 어찌해 볼 수 없는 상대란 말이오."

"그럴 줄 알고 당신이 마음에 들어 할 만한 선물을 하나 더 준비했소. 그건 바로 화약이오. 내 제안을 받아들인다면, 당신들이 원하는 양의 화약을 한 달 안에 넘겨줄 용의가 있소."

누르하치는 놀란 표정을 감추지 못하며 물었다.

"우리가 화약을 얼마나 요구할지 모르는데 그걸 한 달 안에 넘겨준단 거요? 도대체 당신들은 얼마나 많은 화약을 보유한 거요?"

"당신은 내가 적장에게 군사 기밀을 누설하는 병신처럼 보이오?"

뇌우 1호를 다 살펴본 슈르하치가 손사래를 치며 끼어들었다.

"하하, 그럴 리가 있겠소? 형님이 그렇게 물어본 건 그만큼 놀랐단 뜻일 거요. 한데 조총과 화약만으로 만주 전체와 요동, 요서를 바꾸자는 건 영 수지가 맞지 않는 장사 같소. 우리에게 당신 제안을 상의할 수 있는 시간을 좀 주시겠소?"

이준성은 흔쾌히 허락했다.

"알겠소. 상의할 시간을 줄 테니 마음껏 상의하시오."

누르하치와 슈르하치는 통역관마저 멀찍이 떨어트린 상태에서 밀담을 나누었다. 잠시 후, 밀담을 마친 슈르하치가 말했다.

"당신이 요동, 요서의 절반과 만주 동쪽 전체를 가지는 조건이라면, 우리 역시 당신이 한 제안을 고려해 볼 의향이 있소."

이준성은 어이가 없어 웃음이 나왔다. 누르하치 형제는 지금 이준성이 이미 손에 넣은 만주 동쪽과 앞으로 손에 넣을 것이 거의 확실한 요동, 요서의 반을 주겠다며 나온 것이다.

이준성은 이미 이 시점에서 건주여진을 멸망시킨 거나 다름없었다. 즉, 기존에 점령해 둔 만주 동쪽은 당연하거니와 만주 남쪽, 북쪽, 서쪽, 그리고 요동과 요서까지 점령한 상태나 마찬가지였다. 한데 이들은 이미 이준성의 손에 들어온 것이나 마찬가지인 땅을 들먹이며 생색을 내려는 중이었다.

이준성은 차가운 미소를 지으며 소리쳤다.

"이 새끼들이 보자 보자 하니까 나를 개호구로 아는군!"

누르하치와 슈르하치가 움찔해 눈을 크게 뜰 때였다.

이준성은 즉시 비서실장 강주봉에게 권웅수를 불러오라 명령했다. 잠시 후, 권웅수가 긴장한 얼굴로 나타나 경례를 올렸다.

"찾으셨사옵니까?"

"우리가 잡은 포로가 몇 명이오?"

"6만 5천여 명이옵니다."

"지금부터 1시간이 지날 때마다 포로 1,000명을 처형하시오."

"알겠사옵니다."

경례를 올린 권웅수는 급히 밖으로 달려 나갔다. 이준성과 권웅수가 나누는 대화의 내용을 건주여진 통역관이 계속 통역했으므로 누르하치, 슈르하치 형제 역시 그 말을 들었다.

누르하치는 약간 불편한 기색을 보이며 입을 다문 반면, 슈르하치는 똥 마려운 강아지처럼 안절부절못하는 모습을 보였다.

이준성은 차가운 눈길로 형제를 노려보며 한껏 이죽거렸다.

"포로가 6만 5천 명이니까 당신들에겐 이제 생각할 시간이 65시간 남았소. 우리가 쓰는 시간에 익숙하지 않을 것 같아 보충 설명을 조금 하자면, 이틀하고 17시간이 남았단 뜻이오."

말을 마친 이준성은 1시간짜리 모래시계를 꺼냈다.

"지금부터 이 모래시계의 모래가 다 떨어지면 당신 부하

1,000명이 죽어 나간다고 생각하시오. 그편이 이해하기 쉬울 거요."

누르하치가 눈을 부라리며 물었다.

"지금 우릴 협박하는 거요?"

이준성은 피식 웃으며 차가운 목소리로 대꾸했다.

"협박? 말 같지도 않은 소리를 하는군. 내가 잘 대접해 주니까 현실을 깜빡한 모양인데, 너희들은 포로야. 내가 죽이라면 죽고 살리라면 사는 포로라고. 그런 너희한테 내가 왜 협박을 해야 해? 그건 협박이 아니라 통보라고 하는 거야."

누르하치 형제는 이준성의 신랄한 언변에 당황한 모습을 보였다.

이준성은 고개를 절레절레 저었다.

"살아보니까 꼭 제 주제도 모르는 것들이 입만 살아서 나불대더군. 난 차라리 너희들을 여기서 다 죽여 버리는 게 훨씬 편해. 너희들이 이번 전투에서 참패하는 바람에 만주 전역은 이미 내 손에 들어온 상태나 마찬가지야. 그렇다면 남은 건 이제 요동과 요서인데, 죽은 너희들이 귀신이 되어서 지킬 게 아니면 무슨 수로 나를 막겠어? 현실 파악이 그렇게 안 돼? 그 정도 위치까지 갔으면 그 정도는 알 거 아냐?"

누르하치는 지독한 모욕을 받았다고 생각했는지 노기를 드러냈다. 그러나 따지고 보면 틀린 말이 없기에 반박을 하진 못했다. 그저 성난 얼굴로 허공만 계속 노려볼 뿐이었다.

그 와중에도 시간은 속절없이 흘러 슈르하치의 이마에 맺힌 땀이 바닥으로 떨어질 무렵, 모래시계가 마침내 바닥을 드러냈다. 이준성이 통보한 1시간이 얼마 남지 않았단 뜻이었다.

그러나 누르하치의 입은 좀처럼 열릴 기미를 보이지 않았다. 누르하치는 이준성이 허세를 부리는 줄 아는지 어디 할 테면 해 보란 식이었다. 반면, 슈르하치는 모래시계의 모래가 떨어질 때마다 침을 삼키거나 이마에 맺힌 땀을 닦느라 부산스럽게 굴었다. 누르하치는 그런 동생이 마음에 들지 않는지 미간에 주름을 만들며 슈르하치를 노려보았다. 그러나 슈르하치는 누르하치와는 생각이 전혀 다른 것 같았다.

초조해진 슈르하치는 결국 누르하치 옆에 바짝 붙어 앉아 귓속말을 나누기 시작했다. 그러나 누르하치는 별로 마음에 드는 생각이 아닌지 고개를 젓거나 헛기침만 계속하였다.

마침내 모래시계의 모래가 1분쯤 남았을 때였다. 슈르하치의 간절한 설득에 넘어간 누르하치가 결국 고개를 돌려 이준성을 바라보았다. 그때, 이준성은 자기가 벌여 놓은 일에는 별 관심이 없는지 종이 위에 무언가를 열심히 적고 있었다.

누르하치가 어색한 헛기침을 몇 차례 한 후에 입을 열었다.

"만주는 다 내놓겠소. 대신, 요동과 요서는 우리에게 주시오."

그러나 이준성은 여전히 종이 위에 무언가를 열심히 적기만 할 뿐, 누르하치가 있는 쪽으로는 눈길조차 주지 않았다.

 자길 무시하는 모습에 다시 화가 치민 누르하치가 뭐라 고함을 지르려 할 때, 슈르하치가 얼른 형 앞을 막아서며 말했다.

 "알겠지만 만주는 우리 여진족에게 중대한 의미가 있는 땅이오. 그 이유를 시시콜콜 다 이야기하기엔 시간이 부족할 것 같아 이 말씀만 드리겠소. 조상의 숨결이 살아 있는, 그리고 우리가 피와 땀으로 이룩한 삶의 터전인 만주를 다른 민족에게 넘기는 결정을 내리기가 절대 쉽지 않았다는 점만은 좀 알아주시오. 이는 마치 수족이 잘려 나가는 고통과 다름없어 눈물만 흘리지 않았을 뿐이지, 속으론 피눈물을 쏟는 중이오. 부디 우리 형제의 이러한 고충을 이해해 주시오."

 그때, 모래시계에 남아 있던 마지막 모래가 밑으로 떨어졌다. 누르하치 형제에게 약속한 1시간이 다 지나가 버린 것이다.

 슈르하치를 힐끔 본 이준성은 강주봉을 불러 명령했다.

 "가서 권 장군에게 처형 준비를 다 끝냈느냐고 물어봐라."

 "예, 전하."

 강주봉이 나가려 할 때, 슈르하치가 벌떡 일어났다.

 "요, 요동은 포기하겠소! 요서만 주시오!"

 이준성은 강주봉에게 얼른 나가 보란 뜻으로 손짓을 하였다.

잠시 후, 강주봉이 돌아와 대답했다.

"처형할 준비를 모두 마쳤다고 하옵니다."

이준성은 성난 목소리로 소리쳤다.

"그럼 꾸물거리지 말고 빨리 처형하라고 전해!"

"예, 전하!"

머리를 조아린 강주봉이 밖으로 달려갔다. 그때, 슈르하치가 나가는 강주봉을 급히 붙잡으며 이준성에게 애원하듯 말했다.

"다 넘기겠소. 단, 우리가 중원을 차지할 때까지는 요동과 요서를 우리에게 빌려주시오. 그러면 제안을 받아들이겠소."

고개를 약간 갸웃한 이준성은 누르하치에게 물었다.

"동생과 같은 생각이오?"

한숨을 내쉰 누르하치가 어쩔 수 없다는 표정으로 대답했다.

"그렇소."

"진작 그럴 것이지."

이준성은 강주봉에게 명령했다.

"가서 권 장군에게 처형을 그만두라 전해라."

"알겠사옵니다."

강주봉은 다시 밖으로 달려 나가 처형을 중단시켰다.

그제야 긴장이 풀린 슈르하치가 바닥에 털썩 주저앉았다.

그들은 부하 1,000명쯤 죽는다고 절망하거나 마음 아파할 사람들이 아니었다. 그러나 포로로 잡힌 6만 5천여 명이 죽으면 그들에게 남은 유일한 희망이 같이 사라진다는 게 문제였다.

부하들이 여기서 다 죽어 버리면 그들은 목숨을 건진다고 해도 재기를 꿈꿀 수단 자체가 사라지는 상황이었다. 희망조차 모두 사라진 인간은 살아 있어도 죽은 거나 다름없었다.

그때, 말이 별로 없던 누르하치가 불쑥 물었다.

"한데 정말 죽이려 했소? 비무장한 포로들을 말이오."

"당신 부하들 말이오?"

"그렇소."

"당연하지. 왜? 내가 허세를 부리는 줄 알았소?"

"그렇소."

"상대에게 허세가 통하려면 어찌해야 하는지 아시오? 진짜로 그 일을 하겠다는 마음을 먹으면 그만이오. 난 무장을 했든, 안 했든 진짜로 당신 부하들을 죽일 생각이었소. 그리고 그렇게 했기 때문에 당신 동생이 진짜로 겁을 먹은 거요."

누르하치는 그 말에 별다른 대꾸 없이 술을 입에 털어 넣었다. 아마 조금 전 상황을 속으로 다시 복기하는 모양이었다.

그때, 슈르하치가 은근한 어조로 부탁했다.

"요동과 요서를 우리에게 10년만 빌려주시오. 그럼 10년이 딱 지난 후에 약속대로 요동과 요서를 당신에게 넘기겠소."

이준성은 피식 웃었다.

"10년을 주면 그 안에 중원을 차지할 수 있단 거요?"

슈르하치가 자신감이 돌아온 목소리로 대답했다.

"그렇소. 당신이 약속대로 조총과 화약을 넘긴다면 충분하오."

이준성은 혀를 끌끌 차며 고개를 저었다.

"그게 바로 당신들이 명나라를 제대로 알지 못한다는 증거요."

슈르하치가 발끈해 소리쳤다.

"우리가 명나라를 제대로 모른단 거요?"

"이번 기회를 놓치면 당신들은 최소 30년은 기다려야 할 거요. 당신들이 가진 전력으론 장성조차 넘지 못할 테니까."

"그건 우리를 너무 우습게……."

슈르하치가 이준성의 말을 반박하려 할 때였다.

누르하치가 손을 들어 동생의 말을 제지하며 물었다.

"우리가 왜 30년을 기다려야 한다는 거요?"

"내가 명나라 요동병을 섬멸시켜 준 덕분에 무주공산이나 다름없던 요동과 요서를 차지했을 땐 기뻐서 춤이라도 추고 싶었을 것이오. 어쩌면 실제로 췄을지도 모르지. 어쨌든 당신네가 요동과 요서를 차지했단 말은 이제 최전선이 요동과 요서에서 장성, 즉 산해관 쪽으로 이동했다는 뜻과 같소."

누르하치가 다시 반박하려는 동생을 제지하며 물었다.

"뭐, 형편없이 빗나간 이야기는 아니니까 무주공산이던 요동과 요서를 우리가 운 좋게 차지했던 당신의 주장은 이쯤에서 넘어가도록 하겠소. 한데 최전선이 요동과 요서에서 장성 산해관 쪽으로 이동한 게 우리에게 무슨 문제란 거요?"

"오히려 명나라는 이번 일로 더 간단해졌소. 산해관만 철통같이 막으면 여진족이 중원으로 들어올 방법이 없단 사실을 아니까. 물론 몽골에 있는 장성을 넘어오는 방법이 있지만, 그렇게 해서 얼마나 버틸 수 있을 것 같소? 아마 보급을 제대로 받지 못해 끽해야 몇 달일 거요. 이런 원리를 누구보다 잘 아는 명나라는 이제 산해관에 병력을 집중시킬 거요. 그리고 산해관을 철옹성으로 만들기 위해 그 앞에 단단한 성채를 여러 개 쌓아 당신 군대가 산해관에 접근조차 못 하게 만들 거요. 또, 화력이 뛰어난 화포를 성에 배치해 공성 자체를 차단해 버릴 거요. 그런 상황에서 당신이 공성에 성공할 수 있겠소? 아마 30년을 줘도 못 할 거요."

누르하치가 고개를 약간 갸웃거리며 물었다.

"한데 왜 꼭 30년이란 거요?"

"명나라는 이미 내부에 문제가 많소. 아마 30년쯤 기다리면 명나라가 알아서 망할 거요. 물론 그때쯤에는 당신이나 당신 동생 모두 황천길로 떠나 이 세상 사람이 아닐 테지만."

형의 제지를 받는 바람에 약간 토라진 슈르하치가 나지막한 목소리로 물었다.

"그래서 당신 계획은 뭐요? 우리보고 어쩌란 거요?"

"내가 봤을 때, 당신네에게 남은 시간은 기껏해야 1년이오. 이 1년 안에 장성을 넘지 못하면 명나라가 산해관 방어를 강화해 당신들은 앞으로 몇십 년 동안 중원을 넘보지 못할 거요. 그래서 나 역시 당신들에게 1년을 줄 생각이오. 이 1년 안에 장성을 넘어가시오. 그리고 요하를 내게 넘기시오."

누르하치가 미간에 힘을 잔뜩 주며 고개를 저었다.

"그래도 1년은 너무 짧소. 아마 준비만 하다 끝날 거요."

이준성 역시 고개를 저었다.

"1년이오. 왜 1년이냐 묻는다면 내가 1년 후엔 요동과 요서로 진격해 그 땅을 차지할 것이기 때문이오. 그리고 그곳에 사는 여진족을 깡그리 없애 아예 씨를 말릴 거기 때문이오."

슈르하치가 침까지 튀어 가며 반박했다.

"고작 총 3,000자루와 화약을 주면서 너무 많은 것을 원하는 게 아니오? 1년은 받아들일 수 없소! 최소 3년은 필요하오!"

이준성은 히죽 웃었다.

"내게 산해관을 넘을 수 있는 아주 좋은 방법이 있다면 어떻소?"

누르하치가 즉시 관심을 표명했다.

"어떻게 말이오?"

이준성은 그의 계획을 말해 주었다. 누르하치와 슈르하치 형제는 이준성의 계획을 듣고는 크게 기뻐했다. 이준성의 말이 사실이라면 정말로 산해관을 1년 안에 넘을 수 있을 듯했다.

◆　◇　◆

이준성은 누르하치, 슈르하치 형제와 즉시 협정문을 작성했다. 협정문의 내용은 간단했다. 우선 한국은 건주여진에 세 가지를 제공하기로 하였다. 첫 번째는 이번 전투에서 포로로 잡은 누르하치 형제를 포함한 포로 6만 5천여 명을 지금 즉시 석방한다는 조건이었다. 그리고 두 번째는 뇌우 1호 3,000정과 뇌관 30만 개, 그리고 원하는 양의 화약을 제공한단 조건이었으며, 세 번째는 건주여진이 명나라를 칠 때 군사 고문단을 파견해 이를 적극적으로 지원한다는 조건이었다.

건주여진은 그 대가로 한국에 두 가지를 제공하기로 하였다. 첫 번째는 동만주, 서만주, 북만주, 남만주 네 개 지역을 지금 즉시 한국에 양도하는 것이었다. 그리고 두 번째는 요동, 요서를 협정문을 작성한 날짜로부터 정확히 1년 후에 아무런 조건 없이 한국에 양도한단 내용이었다. 또, 협정문 말미에는 이러한 조건을 건주여진이 어길 시엔 한국군이 즉시 요동, 요서에 진주해 강제로 점령할 것임을 적시했다.

풀려난 누르하치 형제는 그날로 건주여진 병력 6만 5천여 명을 동원해 만주 전역에 거주 중인 여진족 60만 명을 요동과 요서로 이주시키는 작업에 들어갔다. 물론, 동만주에 거주하던 야인여진은 당연히 이주하는 대상에 들어가지 않았다. 야인여진은 이미 한국 국민과 다름없는 상태이기 때문이었다.

누르하치는 여진족 60만 명의 이주 작업을 3개월 안에 모두 완료할 거라 호언장담했다. 그러나 이준성은 누르하치의 장담을 믿지 않았다. 그들이 이주 작업을 일부러 더디게 하여 시간을 버는 꼼수를 쓸 확률이 아주 높기 때문이었다.

이준성은 그런 이유에서 금강사단을 북만주로, 자유사단을 남만주로, 흑표사단을 서만주로, 백랑사단을 혁도아랍으로 각각 보내 그곳에 거주하던 여진족 이주를 재촉하게 하였다. 아마 그들이 재촉하면 이주 작업은 3개월 안에 끝날 것이다.

병력 배치를 마친 다음엔 혁도아랍으로 돌아가 그곳에 아직 잡혀 있는 추엔, 다이샨과 같은 건주여진 왕족을 석방했다.

왕족을 풀어 준 다음에는 혁도아랍 왕궁에 만주 분원이란 명칭을 얻은 새 관청을 세웠다. 만주 분원은 앞으로 이번에 한국이 새로 얻은 만주 전역을 통치, 지배, 관리할 것이다.

초대 만주 분원을 이끌 분원장에는 삼북사의 한 명으로 해란도의 자문 역할을 하던 신흠을 임명했다. 뛰어난 행정 능력을 자랑하는 신흠은 불과 1년이란 짧은 기간에 해란도를 한국 영토로 완벽히 복속시키는 업적을 달성한 정통 관료였다.

부총리 겸 만주 분원의 분원장 자격으로 혁도아랍에 도착한 신흠은 곧장 이준성을 찾아 만주의 행정 체계를 논의했다.

이준성은 만주 지도를 바라보며 그가 구상한 계획을 설명했다.

"우리가 동만주에 세운 송화도, 목단도, 해란도처럼 북만주에는 홀룬도, 남만주에는 압록도, 서만주에는 부여도를 각각 새로 세울 생각이오. 이 여섯 개 도에 앞으로 더해질 요동도와 요서도를 합치면 만주와 요하에 총 여덟 개의 새로운 도가 들어서는 것이오. 영토가 세 배가량 넓어지는 셈이지."

신흠은 지도에 그어져 있는 각 도의 경계선을 보며 감탄했다.

"이걸 다 미리 구상해 놓으신 것이옵니까?"

"당연히 미리 해 놔야지. 전쟁이란 모름지기 후속 조치까지 완벽하게 마친 후에야 승리했다고 말할 수 있기 때문이오."

이준성은 신흠과 함께 압록도, 부여도, 홀룬도의 세부적인 행정 구역과 그곳에 부임할 행정 관료 등의 인선을 상의했다.

회의가 막바지에 접어들었을 때, 신흠이 한숨을 살짝 내쉬었다.

"쉽지 않을 것 같사옵니다. 행정을 맡을 관료야 본국에서 차출하면 그만이지만, 거기서 살 백성은 그렇게 할 수 없는 게 아니겠사옵니까? 여진족이 남아 있다면 또 모르지만, 여진족이 요동과 요서로 이주한 후에는 거의 불모지나 다름없는데 이주하겠다는 백성이 그렇게 많지는 않을 것이옵니다."

"메리트를 줘서 어떻게든 이쪽으로 이주시켜 봐야지. 우리 국민이 살지 않는 땅을 우리 영토라 주장하기가 힘드니까."

신흠은 역시 솔직한 사람이었다. 체면을 따지는 사람이라면 자기가 모르는 단어가 나왔을 때, 아는 척하며 넘어갈 수 있었다. 그러나 신흠은 메리트 뜻이 무엇인지를 바로 물어보았다.

그들의 관계가 선생과 학생이었다면 어려운 일이 아니었다. 그러나 왕과 신하의 관계에서는 절대 쉽지 않은 일이었다.

신하는 왕에게 자신의 능력을 어필해야 승진하기 때문에 자기가 모른단 사실을 왕에게 밝히기가 힘들었다. 심지어 물어보기까지 하는 것은 체면을 왕창 구기는 일이었다. 그러나 신흠은 개의치 않는단 표정으로 메리트의 뜻을 물어왔다.

이준성은 신흠에게 메리트의 뜻을 가르쳐 주며 설명했다.

"몇 년 동안 세금을 받지 않는 정도로는 국민의 마음을 쉽게 돌리기 어려울 것이오. 아예 10년, 20년 단위로 끊어서 면세하겠다고 선전하시오. 그리고 그 선전에 3년 동안 정부에서 초기 정착금을 지원하겠단 말 역시 덧붙이시오. 그러면 영토 유지를 위한 최소한의 정착민은 모일 거로 생각하오. 거기에 행정, 교육, 치안, 의료, 도로 등 정착민에게 필요한 시설을 빨리 지으면 지금 당장은 어려워도 몇십 년 후에는 본토와 같은 인구밀도를 보일 거로 생각하오. 신 원장은 방금 내가 한 얘기를 바탕으로 이주 전략을 짜 제출하시오."

"알겠사옵니다."

신흠은 일 처리가 아주 신속했다. 그로부터 3개월이 채 지나지 않아 초기 정착민 3만 명이 만주로 건너왔다. 그리고 그때쯤엔 한국 정부가 파견한 행정 관료 수천 명이 만주에 도착해 만주를 한국 영토로 편입시키는 작업을 서둘렀다. 전국에 있는 고등학교, 대학교에서 매년 수천 명의 고급 인력을 배출하는 중이었으므로 인재 수급은 별로 어렵지가 않았다.

그리고 6개월이 지났을 무렵에는 5만여 명이, 만주를 얻은 지 1년이 가까워졌을 무렵에는 마침내 10만여 명이 이주해 만주의 인구가 20만을 상회했다. 거기다 목단도, 송화도, 해란도에 있는 야인여진 인구를 합치면 30만에 가까웠다.

만주가 한반도보다 훨씬 넓으므로 충분한 숫자는 아니지만, 어쨌든 만주를 한국 영토로 편입시키는 데는 성공한 셈이었다.

만주는 장단점이 아주 명확한 지역이었다. 단점은 겨울에 혹독한 추위가 몰아친다는 점이었다. 만주 북쪽으로 올라갈수록 함경도나 평안도에 살던 사람이 아니면 견디기가 힘들 만큼 겨울이 길었다. 그리고 매서운 추위가 항시 몰아쳤다. 대신, 지하자원은 아주 풍부한 편이었다. 또한 한반도에선 절대 보기 힘든 엄청나게 광대한 평야가 있었으며, 건설과 조선에 필수적으로 들어가는 질 좋은 목재가 많았다.

덕분에 만주에 이주한 국민은 추위만 견딜 수 있으면 농업, 목축업, 광업, 임업 등에 종사하며 상당한 부를 축적할 수 있었다. 더욱이 이주한 해부터 10년 동안은 완전 면세 혜택을 받았다. 그리고 그 후 다시 10년 동안에는 수입에 비례해 증가하는 현 세율 방식에서 최저 세율에 해당하는 세금만 낼 예정이었다. 돈이 나갈 구석이 별로 없단 뜻이었다.

한국 정부 역시 만주 개발에 총력을 기울였다. 국왕인 이준성이 2년 가까이 만주에 머무르며 개발을 총지휘했기 때문에 한국에서 거의 10만에 달하는 기술자와 인부가 들어와 도로, 교량, 각종 관청, 군사 기지 등을 빠르게 건설해 나갔다.

만주가 워낙 광활한 탓에 당장 한국만큼의 인프라를 갖추긴 어려워도 적어도 10년 안엔 국민이 생활하는 데 필요한 기초적인 인프라를 갖출 수 있는 방향으로 개발을 서둘렀다.

이준성은 1,608년 봄에 김육, 조익을 만주 분원으로 불러 만주 분원장 신흠을 지원하도록 하였다. 김육과 조익은 목단도,

송화도에서 자문 역할을 2년간 수행하며 현지에 한국의 정치, 문화, 사회 체계를 빠르게 이식시키는 공을 세웠다.

김육, 조익과 같은 훌륭한 인재가 고군분투 중인 신흠을 지원한다면 만주 개발 계획에 좀 더 탄력이 붙을 거로 생각했다.

이준성은 또 류성룡에게 젊은 인재를 찾아 만주로 보내란 명령을 내렸다. 류성룡은 즉시 젊은 인재 몇을 추려 만주로 보냈는데, 그중 최명길과 윤선도가 가장 눈에 띄는 인재였다.

이준성은 얼마 후 김육의 안내를 받아 혁도아랍에 있는 그의 집무실을 찾은 최명길, 윤선도 두 인재와 대면할 수 있었다.

현재 만주 분원은 분원장인 신흠이 전체 사업을 총괄 감독하는 중이었다. 그리고 신흠 밑에 있는 김육은 분원 행정부장관을 맡아 행정에 관련한 모든 업무를 처리 중이었다. 인사는 행정 쪽이기 때문에 김육이 두 사람을 데려왔다.

그리고 오늘은 오지 않았지만, 김육처럼 신흠 밑에서 일하는 조익은 경제부장관을 맡아 경제와 관련한 업무를 보는 중이었다. 분원이란 말 자체가 또 다른 정부란 뜻이기에 분원의 조직은 본토 행정부의 형태를 그대로 모방해 분원장은 총리에 해당했다. 그리고 그 원장 밑엔 경제부, 행정부, 교육부 등 국방부와 외교부를 제외한 거의 모든 부서가 있었다.

분원 장관 중에 가장 유명한 장관은 역시 김육과 조익이지만, 다른 부서의 장관들 또한 뛰어난 실무능력을 자랑했다.

김육이 얼굴이 하얗고 몸이 비쩍 마른 청년을 먼저 소개했다.

"이 청년이 작년에 임관한 최명길이옵니다."

소개를 받은 최명길은 즉시 1미터 앞에 서 있는 이준성을 향해 머리를 조아렸다. 최명길의 얼굴에는 긴장한 티가 역력했다. 한국의 국왕을 만나는 게 이번이 처음인 데다 거리까지 가까워 눈을 어디에 둬야 할지 모르겠다는 듯한 모습이었다.

최명길에게 손을 내민 이준성이 농담을 같이 건넸다.

"만나서 반갑다. 내가 그 유명한 이준성이다. 너희들이 앞으로 평생 충성을 바쳐야 할 대상이자 이 나라의 최고 상관이지."

최명길이 당황한 표정으로 이준성이 내민 손을 바라볼 때였다.

김육이 최명길의 귀에 속삭였다.

"오른손을 내밀어 주상전하가 내미신 오른손을 잡으면 되네."

그러나 최명길은 감히 임금의 손을 한 손으로 맞잡는 불경을 저지를 순 없었던지 얼른 두 손으로 그의 손을 잡았다.

이준성은 껄껄 웃었다.

"긴장을 풀어 주려 한 건데 오히려 더 긴장하게 만들었나 보군."

최명길이 당황해 대답했다.

"소, 송구하옵나이다."

"괜찮아, 괜찮아. 다른 사람들도 내 앞에 서면 다 긴장하니까."

고개를 끄덕인 이준성은 시선을 돌려 최명길 옆에 서 있는 청년을 보았다. 그는 얼굴이 햇볕에 타서 새카만 데다 눈까지 옆으로 길게 찢어져 있어 첫인상이 아주 날카로웠다.

이준성의 시선을 본 김육이 즉시 그 청년을 소개했다.

"윤선도이옵니다. 최명길과 마찬가지로 작년에 임관했사옵니다."

윤선도 역시 바로 머리를 조아리긴 했지만, 최명길처럼 긴장한 티는 크게 보이지 않았다. 오히려 긴장한 티를 내지 않기 위해 애를 쓰는 사람처럼 표정이 조금 뻣뻣한 상태였다.

이준성은 윤선도의 인사를 받으며 전처럼 오른손을 내밀어 악수를 청했다. 윤선도는 급히 같이 손을 내밀어 악수를 받았는데, 손에 힘을 너무 주는 바람에 약간 불편함을 느꼈다.

이준성은 엄살을 피우며 웃었다.

"자네 악력이 대단하군. 이러다가 내 손이 먼저 부서지겠어."

윤선도는 깜짝 놀라 얼른 악수한 손을 떼었다.

"소, 송구하옵나이다."

"괜찮아, 괜찮아."

원래 자리로 돌아온 이준성은 두 사람을 보며 물었다.

"두 사람은 이 악수를 나누는 행동에 담긴 의미를 아는가?"

최명길과 윤선도는 모르겠단 표정으로 고개를 저었다.

이준성은 껄껄 웃으며 말했다.

"하하, 당연히 모를 테지. 악수란 말이야, 원래 상대에게 자신을 해칠 의사가 없다는 사실을 확인하기 위해 하는 거였다네. 한번 생각해 보게나. 손에 무기를 들고 있으면 서로 악수할 방법이 없지 않겠는가? 즉, 서로가 믿는다는 의미일 테지. 이처럼 나 역시 자네들을 믿어 보겠네. 그러니 자네들 역시 나를 믿어 주게. 그럼 언젠가는 그 빛을 볼 날이 올 것이네."

"성은이 망극하옵니다."

최명길과 윤선도는 바로 머리를 조아렸다.

잠시 후, 이준성은 김육이 건넨 임명장을 펼치며 말했다.

"잔소리가 길었군. 그럼 지금부터 임명식을 거행하도록 하지."

이준성은 임명장에 적혀 있는 뻔한 내용을 재빨리 일독한 다음, 두 사람에게 각자의 이름이 적힌 임명장을 나눠 주었다.

이준성은 임명장을 받아 든 두 사람에게 불쑥 물었다.

"만주로 온 게 좌천이라 생각하는가?"

두 사람은 즉시 고개를 저었다.

"아니옵니다."

이준성은 두 사람의 어깨에 손을 올리며 눈을 찡긋했다.

"에이, 우리끼리 있을 땐 좀 솔직해지자고. 그런 생각을 한 번도 한 적 없다면 거짓말일 거야. 그렇지 않은가? 수재 중의 수재만 들어간다는 서울국립대학을 우수한 성적으로 졸업했는데, 동기들이 중앙에서 경험을 쌓는 동안 두 사람은 만주에 발령받는 바람에 출세하긴 틀렸다고 낙담했을 거야."

최명길과 윤선도는 약간 당황한 표정으로 서로의 눈치를 살폈다. 아마 그런 생각을 전혀 안 했다면 그거야말로 거짓말일 터였다. 자기보다 떨어지는 성적으로 졸업한 동기들은 지금 중앙에서 경험을 쌓으며 위로 올라가는 단계를 차근차근 밟는 중이었다. 한데 성적이 좋은 최명길과 윤선도는 만주라는 벽지에 발령받았다. 외직을 전전하면 중앙으로 가기 어렵다는 게 상식이기 때문에 실망했을 것이다.

이준성은 고개를 가로저었다.

"한데 생각을 약간만 바꿔 보면 오히려 자네들에게 기회가 찾아왔단 사실을 알 수 있을 거야. 중앙에는 자기 자리를 절대 빼앗기지 않으려는 늙은이들로 바글바글하네. 당연히 중요한 일 역시 맡길 턱이 없겠지. 위에서 다 차지할 테니까. 하지만 여긴 상황이 다르네. 여긴 그야말로 무에서 유를 창조해야 하는 상황이라 능력만 있으면 업적을 쌓기가 아주 좋단 뜻이야. 그리고 그 업적이 나중에는 자네들이 승승장구하는 데 밑거름으로 작용할 거야. 자네 옆에 있는 김육을 보게. 그는 단 2년 만에 엄청난 공적을 세워 내 눈에 들었네. 그리고 지금은 정부의 핵심 요직을 맡고 있지. 아마 10년쯤 지나면 김육은 국무총리 위치까지 올라갈 걸세. 내 장담하지. 그러니 자네들도 가진 능력을 마음껏 발휘해 보게. 그럼 동기보다 먼저 전망 좋은 자리를 차지할 테니까."

김육은 자길 칭찬하는 소리에 약간 쑥스러워하는 기색을 보였지만 이준성의 말은 진심이었다. 만주에서 고생하는 신흠, 김육, 조익은 이준성이 총리감으로 생각하는 인재였다.

최명길과 윤선도는 이준성의 말에 감격한 게 틀림없었다. 두 사람은 들어올 때보다 훨씬 초롱초롱한 눈빛으로 돌아갔다.

이준성은 그 모습을 보며 만족스러운 미소를 지었다.

"괜찮은 친구들 같군. 잘 가르쳐서 훌륭한 관료로 만들어 보게."

김육은 즉시 머리를 조아렸다.

"알겠사옵니다."

이준성은 고개를 돌려 창밖을 보았다. 초록빛으로 물든 정원에는 봄기운이 완연했다. 그리고 이는 그가 누르하치 형

제에게 약속한 1년이란 시간이 막바지에 가까웠다는 뜻이었
다.

동북아시아에 다시 한 번 격랑이 몰아치려 하였다.

2장. 3단계 계획

　며칠 후, 이준성은 국무회의를 소집했다. 곧 분원장 신흠을 필두로 김육, 조익 등이 속속 도착했다. 그 뒤엔 만주에 와 있던 국방부장관 권율, 외교부장관 이덕형, 은호원장 강태봉 등이 국무회의에 참석하기 위해 그의 집무실을 찾았다.

　이준성은 혁도아랍 왕궁에 있는 국왕 집무실을 국무회의 장소로 이용했다. 왕궁에 국무회의를 개최할 수 있는 장소를 따로 만드는 게 어려운 일은 아니지만, 거기에 쓸 재원과 인력을 다른 분야에 쓰는 게 이득이라 봤기 때문이었다.

　이준성은 자기가 쓰는 책상 앞에 원탁을 하나 두어 10여 명이 넘는 장관이 빙 둘러앉아 대화를 나눌 수 있게 하였다.

장관의 문안 인사를 받으며 상석에 앉은 이준성이 바로 물었다.

　"건주여진에 넘기기로 한 뇌우, 뇌관, 화약은 인도를 마쳤소?"

　국방부장관 권율이 일어나 대답했다.

　"예, 전하. 한 달 전에 마지막 인도분을 보냈사옵니다. 그리고 현재는 그들이 추가로 요구한 화약을 보내는 중이옵니다."

　이준성은 고개를 돌려 이덕형을 바라보았다.

　"그들이 협상 중에 따로 요구한 게 있소?"

　이덕형이 일어나 질문에 대답했다.

　"뇌우 1호를 추가로 요구하는 중이옵니다. 그리고 조선이 쓰던 구식 화포를 구매할 수 있는지 넌지시 물어왔사옵니다."

　"그 문제는 국방부와 협의해 수락하는 방향으로 처리하시오."

　권율이 약간 놀란 표정으로 물었다.

　"화포까지 넘길 생각이시옵니까?"

　"저들이 중원 진출에 실패하면 우리가 3년간 준비해 온 만주 계획이 마지막에 와서 실패로 돌아가는 거나 마찬가지요. 국방부는 앞으로 건주여진을 최대한 지원해 주도록 하시오."

　"알겠사옵니다."

권율은 찜찜함이 가시지 않은 표정으로 대답했다. 그는 지금 이준성이 건주여진에 필요 이상의 친절을 베푼단 느낌을 받는 중이었다. 건주여진은 시마즈 왕국과 같은 동맹이 아니었다. 그들은 그저 같은 목적을 위해 협력 중인 동반자일 따름이었다. 즉, 언제든 칼끝을 돌릴 수 있단 의미였다.

한데 그런 건주여진의 국방력을 강하게 만들어 주는 행동은 나중에 그들이 그 칼끝을 한국으로 돌렸을 때 이쪽의 피해가 늘어날 수밖에 없단 의미와 같았다. 권율뿐만 아니라 신흠, 이덕형, 김육, 조익 등의 표정 또한 그리 밝지 못했다.

이준성은 한숨을 짧게 내쉬며 고개를 흔들었다.

"이쯤에서 만주 계획이 가지는 진짜 의미를 설명해 줘야겠군. 우선 만주 계획이 뭔지 김육 장관이 설명해 보도록 하시오."

지목받은 김육이 벌떡 일어나 큰 소리로 대답했다.

"만주 계획은 크게 세 단계로 이루어져 있사옵니다. 1단계는 야인여진을 복속해 동만주를 점령하는 단계이옵니다. 그리고 2단계는 건주여진이 여진족 전체의 패권을 잡게 유도한 다음, 그 건주여진을 최종 전투에서 굴복시켜 만주 전체를 확보하는 단계이옵니다. 마지막 3단계는 그 건주여진을 이용해 명나라를 친 다음, 요동과 요서를 확보하는 단계이옵니다."

"정확하오. 김육 장관의 말처럼 내가 세운 만주 계획은 이세 단계로 이루어져 있소. 지금은 그 3단계의 시작 지점에 해당할 테지. 한데 이 3단계 계획에는 요동과 요서를 확보한다는 목적 외에 한 가지 목적이 더 있는데, 혹시 아는 사람 있소?"

그러나 아는 사람이 없는지 다른 사람의 얼굴만 쳐다볼 뿐 쉽게 대답하지 못했다. 그 때, 이준성 옆에 서서 국무회의를 참관하던 은게란이 뭔가 할 말이 있는지 입술을 달싹였다.

그 모습을 용케 발견한 강주봉이 이준성에게 언질을 주었다.

"은게란 비서관이 할 말이 있는 것 같사옵니다."

"그래?"

고개를 돌린 이준성은 기대감이 담긴 표정으로 은게란을 보았다. 한편, 사람들의 주목을 한 몸에 받은 은게란은 부끄럼을 타는 성격이 또 도진 모양인지 얼굴이 홍시처럼 빨개졌다.

은게란은 원래 아무르사단 송화연대 소속의 젊은 장교였다. 하지만 이준성이 직접 지휘한 특수 작전에서 공을 세워 이준성의 눈에 드는 행운을 누린 후엔 인생이 180도 바뀌는 흔치 않은 경험을 하였다. 이준성이 직접 인사 명령을 내려 은게란을 아무르사단에서 국왕 비서실로 차출한 것이다. 지금은 국왕의 여러 비서관 중 한 명으로 근무 중이었다.

은게란은 천재란 말이 어울리는 젊은이여서 불과 1년 만에 한글을 완벽히 익히는 놀라운 재간을 보여 주었다. 그리고 지금은 강주봉 밑에서 비서관의 업무를 익히는 중이었다.

이준성은 은계란을 응시하며 질문했다.

"자넨 3단계 작전에 숨어 있는 의미를 아는가?"

심호흡을 크게 한 은계란이 고개를 천천히 끄덕였다.

"그렇사옵니다."

"그럼 어서 대답해 보게."

"3단계 작전의 핵심은 명나라, 아니 중국에 있사옵니다."

이준성은 은계란이 단번에 핵심을 짚는 모습을 보며 감탄했다.

"계속해 보게."

"예, 전하. 일단 중국이 너무 크다는 게 문제이옵니다. 그리고 인구와 자원 역시 너무 많다는 게 문제이옵니다. 비록 지금은 명나라가 쇠약해져 있다곤 하나, 중국에 명나라를 대체할 나라가 생긴다면 이는 장차 한국에 위협으로 작용할 것이옵니다. 그렇다면 이를 해결할 방법은 사실상 하나밖에 없사옵니다. 바로 중국을 작게 쪼개 그들이 뭉치지 못하게 하는 것이옵니다. 그리고 이를 위해선 건주여진이 중원으로 들어가 명나라의 땅을 어느 정도 차지할 필요가 있사옵니다. 전하께서 건주여진에게 막대한 지원을 아끼지 않는 이유는 이러한 점을 고려하셨기 때문일 것이옵니다."

"훌륭한 분석이다."

은계란을 칭찬한 이준성은 장관들을 바라보며 설명했다.

"방금 은계란 비서관이 말한 것처럼 이번 3단계 작전에는 요동과 요서를 차지하는 목적 외에 중국을 최소 두 개로 쪼개 관리한단 목적이 숨어 있소. 한데 명나라가 비록 망하기 직전이라곤 하나 여전히 최소 수십만의 병력을 동원할 힘이 있는 대국이기 때문에 우리가 건주여진을 지원하는 일을 소홀히 하면 건주여진은 중원에 들어가기 무섭게 반격을 받아 다시 장성 밖으로 쫓겨날 가능성이 크오. 나는 이러한 일을 막기 위해 건주여진을 최대한 지원하려는 것이오."

권율, 이덕형 등은 즉시 일어나 머리를 조아렸다.

"영명하신 판단이옵니다."

그 때, 분원 경제부를 이끄는 조익이 걱정을 토로했다.

"한국의 지원을 받고 더 강력해진 건주여진이 명나라를 끝내 멸망시키면 중국을 쪼개 위협을 관리한단 3단계 작전의 목표가 실패로 돌아갈 수 있단 점을 고려해야 할 것이옵니다."

이준성은 고개를 끄덕였다.

"그에 대한 대비책 또한 이미 마련해 두었소."

대답한 이준성은 고개를 돌려 다시 은계란에게 물었다.

"자네가 보기엔 어떤 대비책이 있을 것 같은가?"

은계란은 미리 생각해 둔 대비책이 있는지 주저 없이 대답했다.

"세 가지가 있을 것이옵니다."

"설명해 보게."

"첫 번째는 건주여진이 명나라를 몰아붙일 때, 한국이 경고를 가해 그들의 진격 속도를 늦추는 방법이옵니다. 건주여진은 홀룬강에서 벌어진 한국군과의 전투에서 참패를 면치못한 탓에 한국의 경고를 무시하기가 어려울 것이옵니다. 그리고 두 번째 방법은 명나라를 물밑에서 은밀히 지원하여 건주여진과의 전투에서 밀리지 않도록 도와주는 것이옵니다. 그리고 마지막 세 번째는 건주여진 내부에 문제를 만드는 방법이옵니다. 내부에 문제가 생기면 건주여진 역시 진격을 멈추고 내부를 정비할 수밖에 없을 것이옵니다."

이준성은 은계란을 거듭 칭찬하며 대꾸했다.

"내 생각과 거의 일치한다. 그러나 직접 경고하는 건 좋지 못한 방법이다. 괜히 건주여진을 건드려 그들이 우리를 적대시하도록 만들 필요가 없기 때문이다. 그들을 도발하면 즉시 장성의 경계를 강화할 텐데 그럼 우리 역시 그에 따라 장성 주변에 병력을 배치할 수밖에 없다. 비용이 많이 들겠지. 그러나 명나라를 은밀히 지원하는 계책과 건주여진에 내분을 일으키는 계책은 좋은 방법으로 그중 일부는 이미 시행 중인 상태다. 은호원장이 일어나 설명해 주도록."

지목받은 강태봉이 일어나 대답했다.

"전하께서 방금 말씀하신 대로 명나라를 은밀히 지원하는 계책과 건주여진에 내분을 일으키는 계책은 우리 은호원이 이미 시행 중인 상태요. 은호원은 누르하치와 슈르하치의 사이가 좋지 않단 첩보를 받은 후에 슈르하치 측근을 포섭하는 데 심혈을 기울였소. 그 결과, 아주 중요한 인물을 몇 명 포섭하는 데 성공했소. 만약 건주여진이 우리가 예측한 영토보다 더 많은 영토를 차지했을 경우, 포섭한 측근을 이용해 슈르하치를 충동질할 생각이오. 그럼 야망이 큰 사내인 슈르하치는 반드시 반란을 획책할 것이오. 누르하치의 능력이 아무리 뛰어나도 동생의 반란을 진압하면서 명나라를 공격할 순 없으므로 진격은 거기서 멈출 것이오."

그 말에 권율, 이덕형 등은 감탄을 금치 못했다. 은호원이 벌써 거기까지 손을 써 뒀을 거라곤 전혀 생각하지 못한 눈치였다.

강태봉의 설명이 담담히 이어졌다.

"명나라를 물밑에서 은밀히 지원하는 문제는 현재 한국무역공사 절강지부장 자격으로 절강에 있는 조광을 통해 진행 중인 상태요. 조광은 몇 년 전에 뇌물을 써서 절강에 부임한 명나라 주요 관리를 구워삶는 데 성공했소. 그리고 지금은 그 관리를 이용해 명나라 조정에 직접 줄을 대는 중이오. 명나라는 현재 안팎이 다 썩어 있기 때문에 어렵지 않은 작업이었소. 특히, 명나라 황제가 신임하는 환관 대부분이 돈에 환장한 작자들이라 성공을 눈앞에 둔 상태요."

말을 마친 강태봉은 고개를 돌려 이준성의 눈치를 슬쩍 살폈다. 이준성은 거기까지 하란 뜻으로 고개를 끄덕였다. 그 모습을 본 이덕형, 권율 등은 은호원이 진행 중인 작전이 더 있음을 눈치 챘다. 그러나 이준성이 발설치 말라 명령한 마당에 더 캐물을 순 없어 궁금증을 속으로 삭여야 했다.

그로부터 며칠 후, 이덕형과 권율이 이준성을 찾아왔다.

둘 중 외교를 전담하는 이덕형이 먼저 보고했다.

"누르하치가 측근을 파견해 정확히 석 달 후인 6월 22일에 산해관을 총공격할 것이라 통보해 왔사옵니다. 병력은 건주 여진 8만, 몽골 쪽 지원군 3만을 합쳐 총 11만이옵니다."

고개를 끄덕인 이준성은 고개를 돌려 권율을 보았다.

"군 쪽의 준비는?"

"모두 마쳤사옵니다."

"두 사람 다 고생이 많았소."

이준성은 며칠 후 국방부장관 권율과 함께 한국으로 돌아 갔다. 그러나 도성으로 복귀하는 것은 아니었다. 그들이 향한 곳은 평안도 끝자락에 있는 유명한 교역 도시인 의주였다.

의주에 도착한 이준성은 그곳에 미리 와 있던 천갑군단장 유경천과 평안도지사, 의주시장 등을 만나 간단한 보고를 받은 후에 의주 해안 쪽에 건설 중인 항구로 이동했다.

현재 의주항은 공사하는 소리로 정신이 없을 지경이었다. 항구를 건설하는 공사를 3년 전부터 시작했지만, 워낙 공사 규모가 큰 탓에 아직 끝나지 않은 상태였다. 현재는 초대형 전함 네 척을 정박할 수 있는 부두 다섯 개를 완성한 상태였으며, 내년쯤엔 그런 부두를 열 개로 늘릴 예정이었다.

현재 완성한 부두 다섯 개에는 한국 해군의 주력 전함인 해룡, 해왕, 해신, 해궁 등이 빼곡히 들어차 있는 상태였다.

설명을 듣는 것과 직접 가서 보는 것엔 엄청난 차이가 있었다. 웬만한 일엔 놀라지 않는 이준성조차 부두에 늘어선 대형 전함의 당당한 위용을 보는 순간 감탄이 먼저 나왔다.

한데 의주에만 한국 해군의 전함이 정박해 있는 게 아니었다. 의주 밑에 있는 용천, 철산, 선천, 곽산, 정주에 있는 항구에 한국 해군 소속 전함 수백 척이 정박을 마친 상태였다.

이준성이 도착했다는 소식을 들었는지 항구에 설치한 해군 분함대 지휘소와 건설 사무소 등에서 사람들이 뛰어나왔다.

이준성은 그중에 보고 싶었던 사람의 얼굴을 확인하곤 미소를 지었다. 바로 이순신 장군이었다. 이순신 장군은 몇 년 전에 환갑을 넘겼지만, 오히려 예전에 봤을 때보다 훨씬 더 젊어 보였다. 아마 스트레스를 덜 받아 그런 모양이었다.

이순신 장군의 뒤로 충무함대 제독 권준을 비롯해 정운, 이영남, 이운룡, 김완 등 해군을 이끄는 주요 지휘관이 보였다.

오늘 모습을 보이지 않은 이억기, 김억추, 안위, 이회, 김응함과 같은 다른 주요 제독들은 남해, 동해, 서해 남쪽, 제

주도, 대마도 등의 바다를 수호하느라 이번 작전에 빠져 있었다.

이준성은 이순신 장군의 경례를 받으며 은근한 어조로 물었다.

"작전을 진행하는 데 어려운 점은 없으셨소?"

"살펴 주신 덕분에 큰 어려움은 없었사옵니다."

"그럼 안으로 들어가서 그간 하지 못한 얘기를 나누도록 합시다."

"소장이 뫼시겠사옵니다."

이준성은 이순신 장군의 안내를 받아 간단한 주안상이 미리 차려져 있는 분함대 지휘소 안의 대회의장으로 들어갔다.

이준성은 대회의장 상석에 앉기 무섭게 이순신 장군에게 말했다.

"전보다 건강해진 것 같아 내 마음이 적지 않게 놓이는구려."

이순신 장군은 급히 머리를 조아리며 사례했다.

"소장이 전보다 건강해 보이는 이유는 황송하옵게도 전하께서 철마다 좋은 보약과 음식을 보내 주시기 때문일 것이옵니다."

"하하, 장군이 직접 그렇게 말해 주니 내 체면이 사는군."

기분이 좋아진 이준성은 권율, 이순신 장군 등과 술잔을 기울이며 회포를 풀었다. 그리고 그날 저녁엔 따로 권율, 이순신 장군 두 명만 부른 상태에서 작전의 진행 상황을 점검했다.

이순신 장군이 전도에 걸어 둔 작전지도를 가리키며 브리핑했다.

"현재 서해안 북부에 집결한 전함은 해룡 121척, 해왕 55척, 해신 37척, 해궁 23척, 해성 13척 등 총 249척이옵니다. 현재 한국 해군에 있는 400여 척 중 거의 6할에 가까운 수가 집결한 셈이옵니다. 그리고 여기에 이를 지원할 중소 규모 지원함 210척을 더하면 도합 559척이 집결해 있사옵니다."

해궁과 해성은 한국 해군의 차기 전함으로 앞으로 해룡, 해왕은 근해를, 해신, 해궁, 해성은 대양을 담당할 계획이었다.

이준성은 이미 아는 정보이기 때문에 고개를 끄덕이며 물었다.

"그럼 병력을 한 번에 몇 명이나 수송할 수 있는 거요?"

"기병은 1만 기, 보병은 3만여 명이옵니다."

"보급품까지 모두 합쳤을 때 그렇다는 거요?"

"그렇사옵니다. 상륙 병력이 사용할 20일 치 보급품에 그들이 동원하려 하는 화포 전력까지 모두 더해 나온 계산이옵니다."

이준성은 만족한 미소를 지었다.

"그럼 이제 우린 할 만큼 한 셈이군."

권율과 이순신이 동시에 대답했다.

"그렇사옵니다!"

이준성은 한국 해군을 이용해 건주여진 병력 일부를 산해관 안쪽, 그러니까 북경 근처 해안가에 상륙시킬 계획이었다.

1년 전쯤에 이준성이 훌룬강에서 누르하치 형제를 만나 회담했을 때, 자신에게 건주여진이 단숨에 산해관을 넘어 중원으로 들어갈 수 있게 해 주는 비책이 있단 말을 형제에게 한 적이 있었다. 그날 이준성이 거론했던 비책의 정체가 마침내 밝혀진 것이다.

◆ ◈ ◆

이준성은 산해관을 묘사한 작전지도를 보며 권율에게 물었다.

"상륙 지점은 찾았소?"

"은호원이 후보를 몇 군데 추려 보내 주었는데, 국방부에서 분석한 결과로는 그중 두 곳이 적합한 것으로 나왔사옵니다."

대답한 권율은 지도 앞으로 걸어가 상륙 지점 후보를 가리켰다.

"우선 이 진황도란 곳이 그중 한 군데인데, 물이 깊어 해성처럼 큰 전함이 해안 가까이 들어가 병력과 물자를 뿌릴 수 있단 장점이 있사옵니다. 그리고 두 번째 후보지는 여기 합자와란 덴데, 진황도처럼 물이 깊진 않지만 그 대신 명 수군의 활동이 뜸한 곳이라 상륙이 용이하다는 장점이 있사옵니다."

"그럼 진황도의 단점은 명 수군의 활동이 활발하단 것이겠군."

"그렇사옵니다."

"합자와의 단점은 뭔가?"

"진황도보다 멀어 상륙군이 상당한 거리를 돌아가야 하옵니다."

이준성은 지도를 보며 생각에 잠겼다. 진황도는 산해관과 가깝다는 것과 물이 깊어 해궁, 해성처럼 큰 전함이 해안 가까이 접근할 수 있다는 장점이 있었다. 반대로 명의 수군 역시 이를 알기 때문에 함대를 배치했다는 단점이 있었다.

그리고 두 번째 후보지인 합자와는 진황도와 달리, 산해관의 턱 밑에 있지 않아 상대적으로 명 수군의 순찰이 뜸하다는 장점이 있었다. 그 대신에 산해관과의 거리가 멀어 상륙군이 초반에 상당한 거리를 이동해야 했으며 물이 깊지 않아 중간에 작은 배를 써서 병력을 육지에 상륙시켜야 했다.

이준성은 결정을 내리기 전에 두 사람의 생각을 알아보았다.

"두 사람은 어찌 생각하시오?"

권율이 먼저 대답했다.

"합자와가 좋을 것 같사옵니다. 상륙 작전은 상륙하기 직전이 가장 위험한데, 그런 면에서 합자와는 합격점을 줄 만합니다."

이준성은 이순신 장군 쪽으로 고개를 돌리며 물었다.

"합참의장의 생각은 어떻소?"

"소장 역시 합자와가 좋을 것 같사옵니다. 진황도가 매력적인 상륙 지점이긴 하나 근처에 명군 병력이 너무 많사옵니다. 이번 작전의 목적이 건주여진 병력을 산해관과 가까운 명나라 해안에 상륙시키는 것에 있다는 점을 상기하면 합자와가 가장 안전하며 가장 확실한 선택이라 생각하옵니다."

"그렇군."

마침내 생각을 정리한 이준성은 고개를 가로저었다.

"난 두 사람과 달리 진황도를 택하겠소."

권율이 즉시 우려를 표명했다.

"진황도를 수비하는 명군의 방해가 만만치 않을 것이옵니다."

이준성은 씩 웃으며 대꾸했다.

"나에게 진황도를 수비하는 명군을 합자와로 옮길 비책이 하나 있소. 아마 상륙 개시일 전까지는 결과가 나올 것이오."

권율과 이순신은 서로의 얼굴을 바라보았지만, 이준성에게 있다는 비책의 정체를 알지 못해 고개를 갸웃거릴 따름이었다.

이준성은 의주에 머무르며 수송함대를 점검했다. 그렇게 소일을 하며 닷새를 보냈을 때, 은호원장 강태봉이 그를 찾아왔다.

의주에 도착하기 무섭게 이준성과 밤을 새워 가며 밀담을 나눈 강태봉은 그길로 곧장 황해도에 있는 몽금포를 방문했다. 몽금포는 한국에서 명나라 산동과 가장 가까운 거리에 있는 항구였다. 그리고 그러한 지리적 이점 때문에 몽금포에는 명나라를 담당하는 은호원의 비밀 작전 부서가 있었다.

강태봉은 즉시 화웅사단에서 차출해 교육까지 마친 은호원 요원 몇을 선발해 산동으로 파견했다. 화웅사단은 명나라 출신 병사로 이루어진 부대기 때문에 화웅사단에서 작전 요원을 차출하면 언어를 가르칠 필요가 없단 장점이 있었다.

물론 그런 방식에 단점이 없지는 않았다. 차출한 작전 요원의 가슴에 있는 조국이 한국이 아니라 명이라면, 상륙 작전의 상세한 정보가 명나라 조정의 귀에 들어갈 위험이 있었다.

다행히 강태봉이 차출한 작전 요원은 한국을 배신하지 않았다. 북경에 잠입하는 데 성공한 작전 요원은 그곳에 와 있던 한국무역공사 절강지부장 조광을 만나 상부의 지시를 전달했다. 그리고 지시를 받은 조광은 즉시 줄을 댄 환관을 은밀히 찾아 막대한 뇌물과 함께 원하는 것을 말했다.

명나라는 후한 말 십상시가 득세하던 시절을 떠올리게 할 정도로 환관의 권력이 강했다. 사실, 명나라 자체가 환관이 득세할 수밖에 없는 태생적 한계를 지닌 왕조이기는 하였다.

명 태조 주원장의 넷째 아들인 영락제는 반란을 일으켜 조카 건문제를 폐위시킨 후에 황위에 등극하는 우여곡절을 겪었다.

사정이야 어떻든 삼촌이 조카를 죽인 후에 황위를 찬탈했단 사실엔 변함이 없어 영락제는 신하를 믿지 않았다. 총애를 받아 권력이 커진 신하가 그가 한 것처럼 반란을 일으킬지 모른다는 걱정을 했기 때문이었다. 원래 역사는 되풀이되는 법이라, 그의 걱정이 꼭 기우라 말할 순 없는 노릇이었다.

그러나 나라를 다스리려면 어쨌든 믿을 수 있는 심복이 어느 정돈 있어야 했다. 한데 신하들을 신뢰하지 않은 영락제는 복마전과 같은 곳에서 심복을 찾는 최악의 선택을 하였다.

바로 환관을 중용한 것이다. 영락제는 환관으로 이루어진 동창을 세워 황족과 신하를 감시했다. 영락제가 환관을 얼마나 믿었던지 심지어 영락제의 가장 큰 치적으로 꼽히는 대원정을 지휘한 자가 정화란 이름을 쓰는 환관일 정도였다.

그 후, 환관은 당연히 동창이란 초법적인 사찰, 정보기구를 그들의 권력을 유지하는 용도로 사용했다. 그리고 결국 그것이 엄청난 폐단으로 남아 명나라의 국운을 쇠하게 하였다.

특히 지금 명나라의 황제인 만력제와 20년쯤 후에 등장하는 황제인 천계제 시절에는 환관의 횡포가 극심했다. 그게 어느 정도냐면, 두문불출하는 만력제를 이용해 정권을 장악한 환관이 시찰 명목으로 중원 각지를 돌면서 백성의 고혈을 빨아 부정 축재를 일삼았다. 심지어 부정 축재로 재산을 모은 어떤 환관은 황제보다 부자라는 소문마저 나돌 정도였다.

한데 그런 환관이 한두 명이 아니라 수십, 수백 명이었다. 명나라가 아무리 대국이어도 그 정도의 부패가 일상적으로 일어나면 망할 수밖에 없었다. 오히려 만력제 후에 나라가 망하지 않고 20년을 더 버텼다는 게 신기할 노릇이었다.

여하튼 조광의 청탁을 받은 환관은 그에게 맡겨진 임무를 훌륭히 수행했다. 그는 자기와 친하게 지내는 환관들과 함께 병부를 압박해 진황도에 있는 명 수군을 합자와로 옮겨 버렸다.

수군을 진황도에서 합자와로 옮겨야 하는 근거야 갖다 붙이기 나름이었다. 진황도는 물살이 강해서 수군이 주둔하기에 적합하지 않다는 둥, 여진족은 배를 만들 기술이 없어 바다 쪽은 경계할 필요가 전혀 없다는 둥, 여진족보다는 훌륭한 조선 기술을 가진 한국이야말로 명나라가 두려워해야 할 진정한 적이라는 둥, 뭐든지 갖다 붙이면 그게 바로 근거였다. 그리고 병부는 환관의 요청을 거절하지 못했다.

일단 만력제를 알현해야 이게 정말 황제의 뜻인지, 아니면 환관이 중간에 끼어 농간을 부리는 것인지를 알 수 있었다. 한데 장거정이 죽은 후에는 만력제가 아예 조회에 나오지 않는 탓에 병부상서는 황제를 알현할 기회를 얻지 못했다.

그로부터 보름쯤 지났을 때, 환관의 농간에 놀아난 명군은 요충지인 진황도를 포기하고 남쪽에 있는 합자와로 물러났다. 한국과 건주여진에게는 승리의 전주곡이나 진배없었다.

상륙 작전 개시일까지 정확히 보름이 남았을 무렵이었다. 이준성은 해군 참모총장 이순신 장군과 광개토대왕함에 승선했다.

광개토대왕함은 충무함대의 신형 기함으로 한국 해군이 보유한 전함 중에 배수량의 규모가 가장 큰 해성으로 만들었다.

해성은 승조원 159명과 완전무장한 해병 300명을 실을 수 있었다. 또 1,000명이 넘는 인력이 반년 동안 사용할 수 있는 물자를 적재할 수 있는 광대한 적재공간까지 갖추었다.

무엇보다 해성은 국방부 방사청이 1년 전에 개발을 완료한 대구경 함포인 홍뢰 40문, 소구경 함포인 청뢰 10문을 선체 곳곳에 탑재한 상태였다. 말 그대로 움직이는 요새였다.

국방부 방사청은 육해군이 사용할 신형 야포와 함포, 보병 지원용 화기를 개발하란 이준성의 명령을 받고는 6년 동안 개발, 설계, 제작, 양산하는 과정을 거쳐 대구경 화포인 홍뢰, 소구경 화포인 청뢰, 보병 지원용 화기인 백뢰를 완성했다.

그중에 가장 공을 들여 개발한 홍뢰는 강선을 판 후장식 야포였다. 즉, 전처럼 포신을 통해 장전하는 것이 아니라 본체에 달린 약실에 포탄을 직접 장전해 발사하는 화포였다.

뇌섬이 약실에 뇌전을 장전해 발사하는 것처럼 홍뢰포는 약실에 포탄을 장전해 발사하는 방식인 것이다. 물론 소총과 대구경 화포는 원리만 같을 뿐, 작동 방식엔 차이가 있었다.

소총은 기껏해야 몇 그램짜리 탄두를 날려 보내는 게 다지만, 화포는 적게 나갈 때는 몇 킬로그램, 많이 나갈 때는 수십 킬로그램에 달하는 무거운 포탄을 발사하기 때문이었다.

화포는 그런 이유로 인해 무거운 포탄을 포신 밖으로 강하게 밀어내는 데 필요한 추진체 역할을 하는 장약이 반드시 있어야 했다. 장약과 작약을 헷갈리는 경우가 많은데 장약은 쉽게 말해 포탄이 날아갈 수 있게 도와주는 추진체였다.

그리고 포탄에 들어 있는 폭발물인 작약은 표적에 명중한 포탄이 터질 수 있도록 해 주는 에너지원에 가까웠다. 즉, 신관이 작동해 스파크를 일으키면 그 스파크가 에너지원인 작약을 빠르게 태워 그 에너지로 포탄이 폭발하는 것이다.

방사청은 이어 순발신관을 넣은 대구경 포탄인 화룡탄과 장약인 대곤을 제작해 후장식 강선포인 홍뢰의 포탄과 장약으로 사용했다. 그리고 형태는 같지만, 구경이 조금 작은 청뢰에는 포탄으로 소화룡, 장약으로 소대곤을 사용했다.

그러나 보병 지원용 화기인 백뢰는 박격포이기 때문에 화룡, 대곤으로 이뤄진 홍뢰의 발사 체계를 따를 필요가 없었다.

백뢰포로 발사하는 박격포탄은 원체 구경이 작은 덕에 장약을 포탄 하부에 달아 일체형으로 만드는 게 가능하기 때문이었다. 그래서 백뢰는 백뢰탄이라 불리며 장약, 작약, 신관이 모두 하나의 포탄 안에 들어 있는 일체형 포탄을 사용했다.

이준성은 제물포 조선소에서 열린 해성 1호 진수식에 직접 참여한 적 있어 해성을 이번에 처음 보는 게 아니었다. 그러나 언제 봐도 놀랍기는 마찬가지였다. 해성은 성채 하나가 바다에 떠서 움직이는 것 같은 엄청난 위압감을 선사했다.

물론 이준성은 과거에 배수량이 10만 톤을 훌쩍 넘어가는 미군 항공모함에 승선한 경험이 있어 배가 크다는 이유 하나만으로 감탄한 건 아니었다. 심지어 해군과 작전할 때는 공해상을 오가는 초대형 유람선, 유조선, LNG선, 화물선을 수없이 보았다. 그러나 그런 배들과 해성은 느낌이 달랐다.

해성은 그가 유진의 도움을 받아 직접 설계한 범선이었다. 그리고 21세기가 아니라 17세기 초반에 만든 범선이었다. 해성을 바라보는 느낌이 그 시절과 다를 수밖에 없었다.

이준성은 광개토대왕함 선교에 있는 국왕 전용 옥좌에 앉기 무섭게 출진을 명했다. 잠시 후, 이순신 장군이 직접 지휘하는 수송함대가 의주항을 출발해 서쪽으로 항해를 시작했다.

그러나 한국 해군이 상륙 작전에 동원한 모든 전함과 지원함이 이번에 다 가는 건 아니었다. 다 같이 움직이면 눈에 띌수밖에 없어 한국 해군은 세 차례에 걸쳐 이동할 예정이었다. 즉, 이번 함대는 한국군의 선발대에 해당하는 셈이었다.

수송함대의 1차 기항지가 요동반도 남서쪽 끝자락에 있는 대련이기 때문에 거의 눈 깜짝할 사이에 항해가 끝나 버렸다.

대련은 중국 공략에 있어 아주 중요한 위치를 차지하는 요충지였다. 대련이 있는 요동반도가 중국의 요지인 화북, 산동으로 뻗은 형태이기 때문에 산동까지는 직선거리로 100킬로미터, 상륙 지점인 진황도까지는 150킬로미터에 불과했다.

대련엔 해성과 같은 초대형 범선이 정박할 부두가 없어 이준성 등은 작은 배로 갈아탄 후에야 항구로 들어갈 수 있었다.

항구는 한국 해군의 수송함대를 구경하기 위해 나온 건주여진 병사들로 가득 차 발을 디딜 틈이 보이지 않을 지경이었다.

이는 이준성과 이순신 장군을 배웅하기 위해 나온 슈르하치 역시 마찬가지였다. 누르하치, 슈르하치 형제는 효율을 높이기 위해 이번 명나라 침공을 절반씩 나눠 지휘하기로 하였다.

즉, 누르하치가 건주여진 주력 부대를 지휘해 산해관 정면을 공격하는 동안, 슈르하치가 상륙군과 함께 진황도에 상륙해 산해관 후방을 공격할 예정이었다. 그런 점에서 보면 슈르하치가 그들을 마중 나온 것은 어쩌면 당연한 일이었다.

슈르하치는 반짝이는 물비늘 속에서 엄청난 위용을 발하며 떠 있는 해성과 해궁 등에서 좀처럼 시선을 떼지 못했다.

슈르하치는 이준성이 한국 해군이 가진 수송함대를 이용해 건주여진 병력을 산해관 후방에 상륙시켜 주겠다는 제안을 처음 했을 때, 나룻배보단 좀 더 큰 배가 오겠지 싶었다.

그런데 아니었다. 나룻배는 조족지혈에 불과할 정도로 엄청난 크기의 전함 수십 척이 동시에 모습을 드러낸 상황이었다.

한국이 가진 엄청난 전력에 다시금 놀란 슈르하치는 이준성 등이 뭍에 상륙하기 무섭게 얼른 달려가 극진히 대접했다.

슈르하치가 통역관을 통해 재빨리 인사부터 건넸다.

"대련까지 오느라 고생이 많으셨소. 연회장에 주안상을 간단하게 차려 두었으니 오늘은 푹 쉬며 여독을 풀도록 하시오."

이준성 등은 슈르하치의 안내를 받아 연회장을 찾았다. 한데 슈르하치는 궁금한 게 많은지 가는 내내 계속 질문을 던졌다.

"저 배는 저렇게 거대한데 어떻게 해서 가라앉지 않는 거요?"

이준성은 살짝 귀찮은 표정으로 대답했다.

"대야에 물을 가득 떠 놓은 다음에 그 위에 나뭇잎을 떨어
트려도 나뭇잎이 물속으로 가라앉지 않는 원리와 비슷한 거
요. 혹시 해서 하는 말인데, 여기서 대야는 바다를 의미하는
거요. 그리고 나뭇잎은 우리가 타고 온 저 배를 의미하고."

슈르하치가 고개를 절레절레 저으며 다시 물었다.

"나뭇잎과 배는 무게부터가 다르지 않소?"

"그냥 그렇다는 거요."

이준성은 슈르하치에게 배가 물 위에 뜨는 원리인 부력과
밀도를 가르쳐 줄 의욕도, 방법도 없어 두루뭉술하게 넘어갔
다.

슈르하치 역시 눈치가 빠른 사람이라 이준성이 귀찮아하
는 기색을 보이는 즉시 입을 바로 다물었다. 여기서 괜히 이
준성의 심기를 건드렸다가는 대계를 망칠 위험이 있었다.

슈르하치는 연회장에 여진족 무희까지 대거 동원해 이준
성 일행의 흥을 돋우려 했다. 심지어 잠을 자러 갈 때는 무희
중에 마음에 드는 무희가 있는지 은근히 물어보기까지 하였
다. 이준성은 밖에 나와 있을 땐 자기 자신을 잘 절제하는 스
타일이기 때문에 슈르하치의 제의를 바로 거절했다.

다음 날, 슈르하치는 멀미를 하지 않는 병사와 군마를 선
별해 데려왔다. 건주여진 병사들은 강에서 배를 타 보기는
했지만, 파도가 사방에서 거세게 몰아치는 바다에서는 타 본

적이 없었다. 한데 그런 병사들을 배에 태워 상륙 작전에 투입하면 멀미 때문에 가진 전력을 발휘하기가 어려웠다.

이준성은 슈르하치가 데려온 병사와 군마를 전함에 태워 그들이 멀미를 정말 안 하는지 확인해 봤다. 그러는 사이, 시간은 쏜살같이 흘러 작전 개시 날짜가 코앞으로 다가왔다.

◆ ◈ ◆

이준성은 상륙 작전 개시일이 점점 다가옴에 따라 정신없이 바빠졌다. 며칠 전부터 그가 주로 머무르는 광개토대왕함 선교에 한국 해군과 육군의 지휘관들이 계속 들락거렸다.

이준성은 홍염해병군단장 송대립을 불러 물었다.

"진황도 정찰을 마쳤는가?"

송대립은 경례부터 올린 후에 대답했다.

"예, 전하. 군단 특수수색대를 동원하여 정찰을 마쳤사옵니다."

"그래, 진황도의 상황이 어떻던가?"

"명군에 정신머리가 제대로 박힌 자가 전혀 없진 않은 것 같사옵니다. 특수수색대가 이틀에 걸쳐 정찰한 결과, 진황도 앞바다에 명나라 수군 전함 30여 척이 정박해 있는 모습을 확인했사옵니다. 그리고 항구에선 명나라 육군 2,000명이 진채를 세워 부두를 철통같이 지키는 중이었사옵니다."

이준성은 이미 예상한 일인지 별로 놀라는 기색이 아니었다.

"그럴 테지. 조정은 썩어 있을지 모르지만, 군은 상태가 아직 괜찮을 거야. 만약 군까지 썩어 버렸다면, 명나라는 이미 무법천지로 돌변해 사방에서 민란이 일어나는 중일 테니까."

이준성은 명나라 환관을 뇌물로 구워삶아 진황도를 수비하는 명나라 수군과 육군을 남쪽의 합자와로 옮기는 데 성공했다. 그러나 명나라는 대국답게 여전히 자기 목숨보다 나라의 안위를 먼저 생각하는 충의지사가 많이 남아 있었다.

명나라 충의지사들은 환관이 병부를 압박해 내린 명령을 순순히 이행하는 모습을 보여 주기 위해 수군과 육군 대부분을 합자와로 옮겼다. 그러나 위에서 내려온 명령과는 달리 전부를 옮기진 않고 그중 일부를 진황도에 남겨 혹시 있을지 모르는 변고에 대비했다. 이는 황제의 이름으로 내려온 군령을 어긴 것이기 때문에 발각당하면 자신의 목숨은 물론이거니와 일가친척, 심지어 구족의 목숨까지 위험한 행동이었다.

그러나 그들은 그런 위험을 감수하고 나라를 먼저 생각하는 충의를 보여 주었다. 이준성은 이러한 이치를 알기에 진황도에 남은 명나라 장병에게 절로 존경심이 생겼다. 그러나 존경심이 생긴 것과 작전을 진행하는 것은 별개의 문제였다.

이준성은 이순신 장군, 송대립 등을 불러 새로운 명령을 내렸다.

"홍염해병군단은 지금부터 항구를 지키는 명나라 육군을 제거할 방도를 찾아 보고하시오. 또 해군은 부두에 정박해 있는 적 전함을 어떤 방식으로 처리할 건지 숙고해 보고하시오."

이준성은 손목시계를 이용해 시간을 확인했다. 시계를 만드는 장인의 솜씨가 날로 좋아져 지금은 회중시계가 손목시계 형태로 발전한 상태였다. 아직은 손목에 아령을 찬 것처럼 무게가 많이 나갔지만, 시간이 좀 더 지나면 무게는 가벼워지고 정확도는 올라가는 시계를 만들 수 있을 것 같았다.

이준성은 고개를 들어 다시 이순신 장군과 송대립을 보았다.

"각자 세 시간을 주겠소. 세 시간 후에는 작전을 완성해 보고하시오. 그리고 지금으로부터 15시간 후인 08시에는 대련을 출발해 진황도로 이동할 것이오. 요 며칠 날씨가 좋아 항해 중에 별다른 일은 없을 것 같지만, 별다른 일이 있을 것을 가정해 예정 시간보다 세 시간 먼저 출발할 생각이오."

이순신 장군과 송대립이 동시에 대답했다.

"알겠사옵니다."

"바로 작성해 올리겠사옵니다."

이순신 장군과 송대립이 나간 후엔 한명련이 교대하듯 안으로 들어왔다. 그러나 오늘은 한명련 혼자 오지 않았다. 오늘은 특별히 맹호특수전여단 11중대장인 유태를 같이 데려왔다.

이준성은 유태를 바라보며 물었다.

"여단장에게 어떤 작전인지 들었나?"

곰처럼 덩치가 큰 유태가 우렁찬 목소리로 대답했다.

"들었사옵니다!"

이준성은 손가락으로 귀를 파며 피식 웃었다.

"나 아직 귀 안 먹었네."

"송구하옵니다."

"미리 들었다면 얘기하기가 좀 편하겠군. 이번에 그대들이 맞서 싸워야 하는 상대는 명군일세. 자네의 동포란 소리지. 그리고 어쩌면 예전에 함께 싸웠던 옛 전우일 수도 있고."

유태가 가슴을 똑바로 펴며 패기 넘치는 목소리로 대답했다.

"주상전하께서 어떤 점을 걱정하는지 아옵니다. 하지만 이제 소관을 포함해 명나라에서 온 모든 장병의 가슴 속에 있는 유일한 조국은 명나라가 아니라 한국이옵니다. 또 주상전하께서는 우리가 충성을 바칠 유일한 주군이십니다. 명나라 출신 장병이 조국과 주군을 배신하는 일은 결단코 없으리란 점을 이 자리에서 천지신명께 맹세할 수 있사옵니다."

"믿음직하군."

만족한 미소를 지은 이준성은 바로 작전지도를 펼쳤다.

"맹호특수전여단은 지금부터 상륙 본대보다 먼저 적지에 상륙해 작전에 들어가야 한다. 작전의 목표는 한 가지다. 북경과 북경 근처에 있는 명나라 중앙군이 산해관을 지원하지 못하게 최대한 저지하는 거다. 물론 그 인원으로 수만 명이 넘는 중앙군을 전부 막을 순 없겠지. 하지만 적절한 위치에 매복한 상태에서 부비트랩을 대량으로 동원한다면, 최소 며칠은 중앙군 주력의 발목을 붙잡을 수 있을 것이다."

이준성은 이어서 은호원이 알아낸 정보를 한명련과 유태에게 직접 브리핑해 주었다. 북경을 지키는 중앙군이 이동할 가능성이 큰 루트 몇 군데와 매복하기 좋은 지점 등이었다.

이준성은 설명을 끝내며 말했다.

"상륙 지점에 상륙하면 현지 사정에 밝은 은호원 요원이 그대들을 미리 마중 나와 있을 것이다. 그들의 도움을 받아 작전을 수행하도록 해라. 그리고 산해관 쪽의 작전이 끝났단 소식이 들려오면 미리 정해 둔 탈출 루트를 통해 빠져나와라. 루트 종점에 해군 소속 함정을 대기시켜 놓을 것이다."

이준성은 세심하게 작전을 지시했다. 그가 특수부대 출신이기 때문에 이런 면에선 철저했다. 그는 한명련과 유태가 있는 자리에선 1차, 2차 탈출 루트가 어디인지 알려 주었다. 그리고 한명련 혼자 있을 때 3차 탈출 루트를 알려 주었다.

유태가 배신하는 일은 없을 것 같았다. 하지만 여단에 있는 다른 대원이 배신하지 말란 법은 없어서 3차 탈출 루트는 한명련에게만 조용히 알려 주었다. 탈출 루트가 3개나 있는 이유는 탈출 루트가 적에게 점거를 당했거나, 아니면 탈출 계획 전체가 적에게 노출되었을 때를 대비하기 위해서였다.

한명련과 유태가 돌아간 후에는 은호원장 강태봉이 들어왔다.

이준성은 강태봉을 보기 무섭게 바로 질문을 던졌다.

"양호에 대해 알아봤어?"

"예, 전하. 양호는 토만, 그러니까 몽골 차하르와의 전쟁에서 공을 세운 인물로 명군에 얼마 남지 않은 북방 통이옵니다."

이준성은 미간에 약간 힘을 주었다.

"북방 통이라. 그냥 두면 꽤 까다로워지겠는걸."

명나라의 대외 정책은 북로남왜란 캐치프레이즈에서 쉽게 짐작할 수 있는데 여기서 말하는 북로는 북쪽 국경을 노략질하는 오랑캐, 즉 몽골과 여진족을 가리켰다. 그리고 남왜는 말 그대로 강남을 약탈하는 왜구를 의미하는 단어였다.

한데 몽골과 여진족이 기병 위주의 기동전을 펼치는 것과 달리 왜구는 백병전에 능했으므로 상대하는 방법이 달라야 했다. 기병 위주의 기동전을 펼치는 유목 민족을 상대로 백병전을 준비하는 것은 우둔한 짓이었다. 그리고 백병전으로 나오는 왜구에게 기병 부대를 보낼 수는 없는 노릇이었다.

이에 남쪽에선 척계광이 창안한 절강병법이 등장했다.

그리고 북쪽에선 이성량, 이여송 부자가 주도한 이이제이와 거점 방어, 기동전 등의 다양한 전략이 같이 발전하기 시작했다.

한데 이준성이 이여송의 요동병을 강원도에서 전멸시키는 바람에 요하에서 활동하던 대(對)여진족 전문가의 맥이 거의 끊어진 상태였다. 그나마 남아 있는 전문가가 바로 한국군에 투항한 양원과 지금 산해관을 수비하는 양호 정도였다.

이준성은 고개를 끄덕이며 다시 물었다.

"양호의 가족은 지금 어디에 있지?"

"일가족 전체가 북경에 거주하는 중이옵니다."

"그럼 은호원은 지금부터 두 지역에 각기 다른 소문을 내라."

"어떤 소문이옵니까?"

"은호원이 첫 번째로 소문을 내야 할 장소는 명나라 조정과 북경 시내다. 그리고 내야 하는 소문은 양호가 누르하치의 포섭을 받아 배신할 가능성이 아주 농후하단 소문이고."

눈치 빠른 강태봉은 이준성의 의도를 어렵지 않게 짐작해 냈다.

"그렇다면 두 번째로 소문을 내야 하는 장소는 산해관이겠군요."

"좀 더 정확히 말하면 산해관에 있는 명나라 진중이 맞겠지. 은호원은 산해관에 있는 명나라 진중에 명나라 조정이 양호의 충성을 의심해 그의 가족을 구금 중이란 소문을 내라."

강태봉이 감탄한 표정을 지었다.

"과연 묘안이옵니다. 명나라 조정과 양호의 사이를 벌려 놓으면 그다음엔 우리의 개입 없이도 서로를 의심할 것이옵니다."

"바로 그거다. 의심은 또 다른 의심을 낳지. 그리고 그렇게 해서 태어난 의심은 결국 양쪽을 다 파멸로 몰고 갈 것이다."

"바로 시행하겠사옵니다."

대담한 강태봉은 바로 작전을 진행했다. 그는 우선 북경과 산해관에 잠입해 있는, 그리고 포섭을 마친 은호원 요원들에게 양호와 관련한 각기 다른 소문을 내라는 밀명을 내렸다.

은호원이 북경과 산해관에 낼 두 가지 소문은 농부가 씨앗을 뿌리는 행위와 비슷했다. 농부는 자기가 뿌린 씨앗이 정상적으로 싹이 터서 잘 자랄지 예측하기 힘들었다. 농부가 아무리 정성 들여 키워도 씨앗의 생장을 관장하는 주체는 결국 자연, 즉 외부 환경이기 때문이었다. 강태봉 역시 은호원이 내는 소문이 어떤 결과를 만들어 낼지 예측하지 못했다. 소문 역시 외부 환경에 많은 영향을 받기 때문이었다.

그러나 한 가지는 확실히 알 수 있었다. 은호원이 낼 소문에 태어나는 것은 좋은 느낌을 상징하는 파란 싹은 아닐 거란 점이었다. 아마 서로를 불신하게 만들고 증오하게 만들고 적대하게 만드는 악마의 싹으로 자라날 확률이 아주 높았다.

그리고 그 악마의 씨를 만든 사람은 바로 이준성이었다. 이준성은 자신의 야망을 실현하기 위해 꽤 괜찮은 장수 한 명을 지옥보다 더한 고통으로 몰아넣는 데 전혀 주저하지 않았다.

강태봉은 자기가 이준성의 부하라는 점에 이처럼 안심해 본 적이 없었다. 아마 그가 양호와 같은 처지에 처했더라도 절대 빠져나가지 못했을 거라는 확신이 들었기 때문이었다.

30, 40명이 탈 수 있는 특수작전용 함선에 탑승해 작전 지역으로 출발하는 한명련 등을 배웅한 이준성은 다시 선교로 돌아와 이순신 장군과 송대립으로부터 작전 브리핑을 받았다.

이준성은 평소에 부하들이 최악의 상황을 가정한 상태에서 작전을 짜도록 만들었다. 덕분에 두 명 역시 최악의 상황을 가정한 상태에서 만든 작전 몇 가지를 바로 브리핑했다.

날씨가 좋아야, 적의 수가 적어야, 퇴로와 활로, 공격로가 확실해야 통하는 작전은 필요 없었다. 그런 작전은 작전을 시작함과 동시에 어긋날 위험이 있었다. 그러나 최악의 상황을 가정한 상태에서 작전을 짜면 작전 중에 어쩔 수 없이 생기는 혼란을 최소화한 상태에서 진행할 수가 있었다.

이는 그가 인간의 역사에 기록된 모든 전투를 연구해 얻은 교훈에 그가 직접 현장에서 몸으로 체감해 얻은 노하우를 더해 나온 결론이기 때문에 한국군의 철칙으로 자리 잡았다.

브리핑이 끝났을 때, 이준성은 흡족한 미소를 지었다.

"아주 좋소. 그대로만 하면 큰 문제는 없을 것 같소."

이순신 장군과 송대립은 바로 머리를 조아렸다.

"성은이 망극하옵니다."

이준성은 그 자리에서 수송함대 지휘권을 이순신 장군에게 넘겼다. 그리고 이준성 본인은 경호실과 함께 홍염해병군단에 합류했다. 홍염해병군단은 이번에 1여단 2,000명을 데려왔다.

이준성은 홍염해병군단장 송대립의 안내를 받아 1여단을 사열했다. 1여단 장교단 맨 앞에는 1여단장 정충신이 있었다. 정충신은 올해 서른으로 한국군의 최연소 장성이었다.

1여단 장병들은 처음에 정충신을 전형적인 낙하산 인사라 생각했다. 정충신이 이준성의 부관 출신이란 점을 근거로 이준성에게 아첨해 서른이란 젊은 나이에 별을 단 거라 믿었다.

한데 그게 사실이었다. 정충신이 임진왜란, 정유재란, 왜국 원정에서 공을 세우긴 했지만 바로 별을 달 정도는 아니었다.

한국군의 현 진급 체계에서는 기울어진 전황 전체를 뒤집는 대활약을 여러 차례 펼치지 않고서는 30대 초반이란 젊은 나이에 준장으로 진급하는 게 거의 불가능했다. 조선처럼 왕이 독단으로 인사를 결정하는 것이 아니기 때문이었다.

정충신은 그런 점에서 소령, 많이 쳐줘야 중령 정도의 계급이 적당했다. 그러나 이준성은 정충신의 잠재력을 아주 높게 평가했기 때문에 무리해 가며 그를 준장으로 진급시켰다. 즉, 정충신은 1여단 장교들의 말처럼 낙하산 인사에 해당했다. 그리고 군의 진급 체계를 흔드는 몹시 나쁜 인사였다.

그렇다면 이를 해결할 방법은 사실상 하나밖에 없었다. 정충신이 자기가 가진 능력을 발휘하여 부하들이 그를 먼저 인정하도록 하는 방법이었다. 물론 정충신은 그 일을 아주 잘해냈다. 그리고 지금은 1여단에 속한 모든 장병의 존경과 신뢰를 한 몸에 받는 믿음직한 지휘관으로까지 성장했다.

1여단을 사열한 후에는 홍염해병군단을 태운 상륙함으로 옮겨 탔다. 그리고는 그곳에서 바로 해안을 따라 항해했다. 요동, 요서는 건주여진이 점령한 상태이기 때문에 해안을 따라 항해하는 데 문제가 없었다. 그러나 산해관을 얼마 남겨두지 않았을 땐 외해로 크게 빠져 명군의 순찰을 피했다.

지도를 보며 상륙함 함장과 의논하던 정충신이 다가와 말했다.

"여기가 1차 상륙 예정지이옵니다."

"그럼 날이 어두워지는 대로 특수수색대를 내보내게."

"알겠사옵니다."

정충신은 날이 어두워진 후에 물개 가죽으로 만든 잠수 슈트를 착용한 1여단 특수수색대 10명을 뭍으로 올려 보냈다.

명군의 감시를 피해야 하는 특수수색대는 배를 타는 대신, 직접 헤엄쳐서 뭍에 상륙했다. 특수수색대 대원은 전원이 수영 전문가였다. 3, 4킬로미터는 쉽게 왕복할 수 있었다.

세 시간 후에 돌아온 특수수색대장이 고개를 저었다.

"어촌이 큰 게 있어 상륙 지점으론 적당하지 않은 것 같습니다."

이준성은 바로 상륙함 함장에게 명령했다.

"2차 상륙 예정지로 이동해라."

"예."

야간에 하는 위험한 항해였다. 그러나 베테랑으로 이루어진 상륙함 승조원들은 중간에 헤매는 일 없이 나침반과 지도 등을 이용해 2차 상륙 예정지에 도착했다. 잠시 후, 특수수색대가 다시 한 번 바다에 뛰어들어 상륙 예정지를 정찰했다.

그로부터 1시간쯤 지났을 때, 특수수색대원 두 명이 돌아왔다. 두 명이 온 이유는 안전을 기하기 위해서였다. 만약 한 명을 보냈는데 그가 다리에 쥐가 나서 익사하거나 상어에 물려 죽는다면 작전 전체에 차질이 빚어질 위험이 있었다.

"주변에 작은 어촌이 하나 있긴 하지만 제압이 어렵지는 않을 것 같단 보고를 수색대장이 전하께 전해 드리라 했사옵니다."

"좋아. 즉시 상륙함을 뭍에 가까이 대라."

"예!"

잠시 후, 해안에 도착한 상륙함 30척에서 홍염해병군단 1 여단 병력 2,000명이 하선해 재빨리 뭍으로 올라갔다. 상륙 지점 근처에 있는 작은 어촌은 이미 특수수색대가 제압을 마친 상태기 때문에 그들의 상륙을 방해할 요소는 전혀 없었다.

　상륙을 마친 다음에는 목적지인 진황도로 이동했다. 그리고 해병을 해안에 뿌린 상륙함대는 명군 수군의 감시 활동에 걸리기 전에 재빨리 외해로 벗어나 자신의 존재를 감췄다.

　얼마 후, 이준성 등은 마침내 진황도 외곽에 도착할 수 있었다. 상륙 개시까지 세 시간쯤 남았을 때였다. 이준성 등은 비트를 파고 들어가 해안에서 함포 포성이 들리길 기다렸다.

독재자

3장. 진황도

3장. 진황도

전날 저녁에 진황도 외해에 도착해 닻을 내린 이순신 장군의 수송함대는 그곳에서 잠시 전열을 정비하는 시간을 가졌다. 그리고 다음 날 새벽에 바로 진황도를 향해 출격했다.

그러나 막무가내로 진입하지는 않았다. 진황도 앞바다를 수비하는 명군 전함 30척이 두려워서는 결코 아니었다. 그보다는 명군 전함이 진황도 앞바다에 가라앉으면 그 잔해 때문에 수송함대가 진황도 부두에 진입하지 못하는 이유가 컸다.

최악의 경우엔 명 수군이 자침을 시도할 수 있었다. 부두 앞을 전함 잔해로 틀어막은 다음, 원군을 기다리는 것이다.

이러한 점을 우려한 이순신 장군은 먼저 소규모 지원함을 내보내 진황도 앞바다를 지키는 명 수군을 밖으로 유인했다. 이는 낚시꾼이 물고기 앞에 미끼를 던지는 행위와 같았다.

그러나 왜구와 해전을 많이 치러 본 명나라 수군은 이순신 장군의 유인 작전에 쉽게 말려들지 않았다. 소규모 함대를 내보내 적을 살살 유인한 다음, 재빨리 퇴로를 차단해 선상 백병전을 유도하는 것이 바로 왜구의 특기이기 때문이었다.

그러나 이순신 장군은 실망하지 않았다. 그리고 당황하지 않았다. 명나라 수군이 유인당하지 않는 상황은 장군이 생각한 변수의 범위를 넘지 못했다. 심지어 이런 상황을 염두에 둔 작전까지 미리 마련해 놨기 때문에 당황할 이유가 없었다.

이순신 장군은 보유한 전함 중에 체급이 가장 작은 해룡 세 척을 진황도 앞바다로 출격시켰다. 그러나 그냥 출격시키진 않았다. 홍뢰와 청뢰를 탑재한 포문에 나무판을 씌워 마치 함포를 탑재하지 않은 것처럼 꾸민 후에 출격시켰다.

진황도 앞바다에 도착한 해룡 세 척은 지시받은 대로 불화살을 발사해 명나라 전함을 공격했다. 그러나 안개가 완전히 걷히지 않은 새벽이기 때문에 불화살이 잘 먹히지 않았다.

이에 해룡 세 척은 선체를 명나라 전함에 붙인 상태에서 가교를 놓아 선상 백병전을 유도하려 하였다. 한데 명나라 수군의 대응이 아주 빨랐다. 왜구가 이러한 방식의 선상 공격을 즐겨 사용했기 때문에 반응이 빠를 수밖에 없었다.

물론 지금은 명나라 해안가를 약탈하는 왜구가 모습을 감춘 지 수십 년이 지났을 때였다. 전국시대에 들어선 왜국에서는 보급과 수송을 담당할 수군의 필요성이 점차 증대했다.

그러나 그동안 육군 위주로 전력을 강화한 왜국에서는 단시간 내에 수군을 육성할 방법이 없었기 때문에 다른 방식으로 수군을 육성하려 하였다. 바로 왜구를 제도권에 끌어들여 수군으로 탈바꿈시키는 방식이었다. 말 그대로 간판만 바꿔다는 것이다. 그런 예 중에 가장 유명한 예가 바로 임진왜란에 참가한 구키 요시타카였다. 구마노 해적이던 구키 요시타카는 임진왜란에 수군 장수로 직접 출전했다.

비록 왜구가 수십 년 전에 모습을 감췄다곤 하지만 여전히 수군 훈련 대부분은 왜구를 상대하는 방법에 방점이 찍혀 있었다. 왜구, 해적을 제외하면 감히 명나라 해안을 공격할 만큼 간 큰 세력이 그 주변에 없기 때문이었다. 그 덕분인지 해룡을 상대하는 명나라 수군의 대응이 아주 신속했다.

명나라 수군은 해룡의 승조원이 걸쳐 놓은 가교를 재빨리 막은 다음, 조총이나 활과 같은 원거리 무기로 집중 공격을 가했다.

명나라 수군의 강력한 반격에 놀란 해룡은 급히 간격을 벌리며 외해로 도주했다. 그러나 돛을 쓰는 해룡은 움직일 공간이 많지 않은 항구 같은 곳에서 속도가 잘 나오지 않는단 단점이 있었다. 명나라 전함 몇 척이 곧 해룡을 따라잡았다.

한데 그 후에 이상한 일이 벌어졌다. 해룡을 따라잡은 명나라 전함들이 갑자기 속도를 늦추며 추격을 포기한 것이다. 적을 추격하지 말라는 명령을 사전에 받은 것으로 보였다.

이를 눈치 챈 해룡 세 척은 다시 돌아가서 슬슬 약을 올렸다. 결국, 참다못한 명나라 수군은 단숨에 포위해 없애 버릴 심산으로 20척이 넘는 전함을 동원해 포위망을 구축해 왔다.

그러나 해룡 역시 눈치가 빨라 명나라 수군이 만든 포위망이 갖춰지기 전에 살짝 내빼는 얄미운 모습을 보여 주었다.

해룡 세 척을 지휘하는 제독은 재능과 연륜을 모두 갖춘 노련한 해군 지휘관인 정운이었다. 정운은 마치 노련한 낚시꾼처럼 미끼가 달린 낚싯줄을 감았다가 풀며 명나라 전함을 끌어들였다. 그리고 마침내 명나라 함대를 항구 밖으로 끌어내는 데 성공했다. 명나라 수군이 보기에 해룡 세 척 주위에 적의 지원함으로 보이는 전함이 전혀 없었기 때문에 이것이 한국 해군의 유인 작전이란 생각을 하지 못했다.

명나라 함대가 신이 나서 해룡 세 척을 포위해 갈 무렵이었다. 갑자기 진황도 북동쪽 해안과 남서쪽 해안 양쪽에서 태산처럼 거대한 전함을 거느린 함대가 나타나 명나라 함대의 퇴로를 차단해 왔다. 그제야 이게 적의 함정임을 깨달은 명나라 함대는 급히 선수를 돌려 항구로 귀항하려 하였다.

그러나 돌아가는 일이 마음처럼 쉽지 않았다. 주 돛대 네 개에 엄청나게 많은 수의 돛을 치렁치렁 매단 거대한 적 전함은 덩치에 맞지 않게 아주 쾌속했다. 명나라 함대가 선수를 반쯤 돌렸을 땐 이미 양쪽에서 진격해 온 적 함대가 진황도 입구 끄트머리에 도달해 입구를 가로막기 시작했다.

마음이 급해진 명나라 함대는 급히 속도를 높였다. 한데 그때 도망친 줄 알았던 해룡 세 척이 함대 꽁무니에 따라붙었다.

거기까지는 충분히 이해할 수 있었다. 그러나 그다음에 벌어진 일은 좀처럼 이해가 가지 않았다. 해룡 세 척이 포문을 가린 나무판을 떼어 낸 다음, 홍뢰를 쏘기 시작한 것이다.

펑펑펑펑펑!

해룡의 선체가 부서질 것 같은 엄청난 반동을 만들며 허공을 가른 화룡탄 10여 발이 명나라 함대 꽁무니를 강타했다.

화룡탄은 안에 순발신관과 작약, 작은 쇠 구슬 수백 개가 들어 있는 고폭탄이었다. 그런 화룡탄이 명나라 함대의 전함을 강타하는 순간, 선체와 돛대가 말 그대로 찢겨 날아갔다.

적이 쏘는 포탄의 위력이 상상을 초월한다는 사실을 깨달은 명나라 함대는 살기 위해 사방으로 흩어졌다. 그러나 그때는 이미 진황도 양쪽에서 접근해 온 적 함대의 손바닥 안이나 다름없었다. 명나라 함대를 구성하던 전함들은 너 나 할 것 없이 사방에서 날아드는 화룡탄에 선체가 불타올랐다.

진황도 부두에는 아직 10여 척이 넘는 명나라 전함이 정박해 있었다. 그러나 아군이 그런 식으로 당하는 모습을 본 후에는 전의가 싹 사라져 수병들이 전함을 버리고 도망쳤다.

광개토대왕함에서 작전을 지휘한 이순신 장군은 부하 제독들이 보내온 축하와 승전 보고를 쉴 새 없이 받았다. 그러나 이순신 장군은 끝까지 긴장을 풀지 않았다. 이번 임무는 적 함대를 분쇄하는 게 아니었다. 그의 함대에 탑승한 건주여진 병력 2만 명을 뭍에 상륙시키는 게 진짜 목적이었다.

이순신 장군은 진황도 항구에 정박 중인 명나라 함대를 제거하란 명령을 처음 받았을 때, 바로 이번 작전을 생각해 냈다.

진황도는 입구가 좁은 전형적인 호리병 모양의 항구였다. 물론 그 덕분에 항구가 들어서기 아주 좋은 형태였지만, 반대로 시야가 좁아지는 치명적인 단점 역시 같이 존재했다.

이순신 장군을 이를 이용하기 위해 함대를 둘로 나눴다. 그리고는 진황도 북동쪽과 남서쪽 해안에 바짝 붙여 진황도 안에 있는 명나라 함대가 수송함대를 발견하지 못하게 조치했다.

작전은 제대로 통했다. 명나라 함대는 미끼로 나선 해룡 주위에 적의 지원함이 없는 모습을 보고 항구 밖으로 뛰쳐나왔다.

명나라 함대가 껍질 밖으로 나오는 순간, 이순신 장군은 바로 함대를 움직여 호리병 모양으로 생긴 입구를 틀어막았다. 그리곤 양쪽에서 포격을 가해 명나라 전함 20여 척을 불과 30분 만에 대파하는 엄청난 공적을 세우는 데 성공했다.

그때, 광개토대왕함에 승선해 있던 슈르하치가 통역관을 대동한 상태에서 급히 다가오는 모습이 보였다. 한데 슈르하치의 표정과 행동이 꼭 오줌 마려운 강아지를 연상시켰다. 이순신 장군은 슈르하치가 무슨 말을 하려는지 바로 눈치 챘다.

이순신 장군은 함대 통역병을 통해 먼저 말을 걸었다.

"지금은 상륙할 수 없소."

슈르하치는 속마음이 들킨 사람처럼 당황한 표정으로 물었다.

"왜, 왜 안 된다는 거요?"

이순신 장군은 슈르하치에게 눈길조차 주지 않으며 대답했다.

"부두는 제압했지만, 항구는 아직 제압하지 못했소. 본격적인 상륙은 우리 해병이 항구를 제압한 후에나 가능할 것이오."

초조한 표정을 감추지 못한 슈르하치가 화를 벌컥 내며 물었다.

"이번 작전은 속도가 생명인데, 해병인지 뭔지가 항구를 제압할 때까지 기다리면 산해관에 있는 명군이 눈치를 채지 않겠소? 차라리 그럴 바에야 손해를 어느 정도 감수하고서라도 항구로 밀고 들어가 상륙부터 하는 것이 나을 것이오."

이순신 장군은 엄한 목소리로 대꾸했다.

"수송함대의 지휘권은 본관에게 있소. 그리고 해전은 내가 당신보다 훨씬 잘 아오. 조용히 있는 게 우릴 도와주는 거요."

슈르하치는 이순신 장군의 대답이 마음에 들지 않는지 눈에 쌍심지를 켰다. 이준성이야 그가 싸우는 모습을 전장에서 직접 보았기 때문에 그 앞에선 호랑이를 본 하룻강아지처럼 꼬리가 절로 말려 들어갔다. 그러나 이순신 장군은 아니었다. 더욱이 이순신 장군은 한국 해군의 일개 장수였다. 건주 여진의 이인자인 본인이 훨씬 높은 위치에 있는 것이다.

슈르하치가 손가락으로 삿대질을 하며 소리쳤다.

"일개 장수 따위가 감히 누구에게 조용하라 마라 하는 거야!"

그 때, 이순신 장군이 홱 돌아서서 슈르하치를 쏘아보았다. 한데 쏘아보는 눈빛이 얼마나 살벌한지 순간 등골이 오싹해진 슈르하치는 반쯤 벌어진 입을 급히 다문 채 돌아서야 했다.

슈르하치는 나중에 이준성을 만나면 이순신의 고약한 행태를 낱낱이 고해바쳐야겠다고 마음먹었다. 그러나 이는 슈르하치가 이준성과 이순신 장군의 관계를 전혀 모르기 때문에 할 수 있는 멍청한 생각이었다. 이준성은 다른 사람은 몰라도 이순신 장군에게만은 한 수 접어주는 태도를 보였다.

심지어 어떨 때는 이순신 장군에게 공경을 표하는 것 같은 태도를 보이는 경우마저 있어 이순신 장군이 오히려 불편을 느낄 정도였다. 이순신 장군은 여러 번에 걸쳐 때론 은근히, 때론 대놓고 그러지 말아 달라 이준성에게 간청했다. 그러나 이준성이 그를 대하는 태도는 지금까지 변함이 없었다.

그런 상황에서 슈르하치가 이준성이 있는 곳에서 이순신 장군을 깎아내리는 말을 한다면 그 결과야 뻔했다. 험담 당사자인 이순신 장군보다 오히려 이준성이 더 화를 낼지 몰랐다.

그 때, 항구 쪽에서 총성과 함께 불길이 크게 일기 시작했다. 이순신 장군은 말없이 고개를 끄덕였다. 이준성이 지휘하는 해병 1여단이 마침내 항구를 공격하기 시작한 모양이었다.

그 말대로 이준성은 지금 해병 1여단 병력 2,000명과 항구 안으로 진격해 그곳을 지키는 명군을 몰아붙이는 중이었다.

진황도 앞바다에 적선이 나타났단 보고를 받은 명군 수뇌부는 즉시 전령을 파견해 산해관과 합자와 양쪽에 지원을 요청하려 하였다. 그래야 산해관에서는 육군이, 합자와 쪽에서는 수군이 올라와 그들을 지원해 줄 수 있기 때문이었다.

그러나 말에 탄 전령 10여 명이 항구 밖으로 나오는 순간, 길목을 지키던 해병 1여단 장병에게 잡혀 바로 죽임을 당했다. 이런 상황을 예측한 이준성이 큰길, 작은 길, 지름길, 산길 가릴 거 없이 모든 길목에 병력을 배치했기 때문이었다.

명군 전령에게 하늘을 나는 비상한 재주가 있는 것이 아닌
이상에야 진황도 항구에서 벌어지는 일을 외부에 전할 방법
이 없는 상황이었다. 슈르하치는 상륙군의 상륙이 늦어지면
진황도에 적이 나타났단 소식이 산해관에 있는 명군 귀에 들
어갈 거라며 우려했다. 하지만 실제로는 걱정할 필요가 없는
일이었다.

이준성은 이번 전투에 직접 참여하지는 않았다. 그는 마
치 옵서버처럼 경호실과 함께 멀찍이 떨어진 곳에 서서 정충
신이 부하들을 어떻게 지휘하는지 조용히 지켜보기만 하였
다.

정충신은 지휘가 아주 시원시원했다. 그리고 완벽했다.
빠르면서 완벽하기가 쉽지 않은데 정충신은 그 어려운 걸 해
냈다.

정충신은 무예가 뛰어난 편이었다. 아마 한국군 안에서
무예를 잘하는 사람 100명을 꼽으라면 정충신이 반드시 그
안에 들어갈 만큼 뛰어난 실력을 자랑했다. 한데 한국군 안
에서 앞으로 지휘관으로 대성할 수 있는 재능을 가진 자를
100명 꼽으라면 정충신은 세 손가락 안에 반드시 들어갔다.

정충신은 기본적인 통솔력부터 시작해 작전을 계획해 현
장에 적용하는 추진력, 예상치 못한 일이 발생했을 때 필요
한 임기응변 능력, 각 병과에 대한 이해도, 각 무기에 대한 이

해도, 장병과의 친화력, 개인이 가진 매력 등 지휘관에게 필요한 수십 가지 덕목에서 전부 뛰어난 평가를 받았다.

말 그대로 완전무결한 지휘관인 셈이었다.

정충신은 특히 무기에 대한 이해도가 아주 높았다. 그는 얼마 전에야 보급받은 백뢰를 효과적으로 이용했다. 백뢰는 박격포로 분대, 중대 규모의 아군을 지원하는 무기였다.

백뢰 운용을 맡은 박격포반 병사들은 땅을 고르게 다진 다음 그 위에 두꺼운 철판, 즉 포판을 깔았다. 그리고는 수준기를 이용해 수평을 맞춘 상태에서 백뢰를 설치했다.

설치를 마친 다음엔 관측장교가 불러 주는 좌표대로 포각을 조정한 다음, 백뢰탄을 포구에 집어넣어 고각으로 발사했다.

말은 쉽지만, 이중 어느 하나라도 잘못되었을 때엔 백뢰탄이 적이 아니라 아군 머리 위에 떨어지는 참사가 벌어질 수 있었다. 한데 해병 1여단은 이번이 실전에서 처음 운용해 보는 상황임에도 불구하고 아군을 오인 포격하는 일이 없었다.

이는 관측장교의 실력이 뛰어나기 때문이었다. 관측장교는 박격포반이 백뢰를 설치한 위치와 그들이 포격하려는 위치를 작전지도 안에서 정확히 찾아내야 했다. 그리고는 두 지점 사이의 거리를 재빨리 계산해 포각을 얼마로 조정해야 백뢰탄이 적 머리 위에 정확히 떨어지는지 알아내야 했다.

한데 관측장교의 계산이 느리면 적은 그 틈에 다른 장소로 이동해 있을 가능성이 컸다. 그리고 아예 계산이 틀려 버리면 백뢰탄이 적이 아니라 아군을 오폭할 위험이 존재했다.

그러나 1여단 관측장교는 실수를 범하지 않았다. 정충신이 장병을 혹독하게 훈련시켰다는 반증이었다.

이준성은 부관 이시백을 불러 명령했다.

"전투가 끝나면 1여단 박격포반에 내 이름으로 포상을 내리도록 해라. 그리고 이번 포격을 지휘한 관측장교는 1계급 특진시킨 다음, 그를 1여단 작전과장으로 임명하도록 해라."

"알겠사옵니다."

대답한 이시백은 즉시 종이 수첩에 흑연으로 만든 연필로 이준성의 지시 사항을 꼼꼼히 적어 내려갔다. 이준성의 지시 사항이 워낙 많아 적어 두지 않으면 한두 개씩 꼭 빼먹었다.

1시간이 채 지나기 전에 해병 1여단은 진황도 항구를 완벽히 제압하는 대성공을 거두었다. 그리고 항구를 제압한 후에는 수송함대가 본격적으로 건주여진 장병을 상륙시켰다.

◆ ◆ ◆

진황도 항구는 지금 발 디딜 틈이 없을 정도로 북적거렸다. 한쪽에선 건주여진 장병과 군마, 군량, 각종 무기 등을 부두에 내리느라 정신이 없었다. 그리고 다른 쪽에선 해병

1여단이 포로로 잡은 명군 병력 1,500여 명을 빈 배에 싣는 중이었다. 이곳은 사방에 적이 있는, 말 그대로 적지여서 진황도에 포로를 잡아 둘 수 없었다. 적이 쳐들어왔을 때, 포로가 안에서 호응하면 여간 골치가 아픈 게 아니었다.

그나마 이순신 장군을 비롯한 한국 해군 장교들의 능수능란한 지휘 덕에 그날 오후에는 상륙과 하역을 종료할 수 있었다.

이순신 장군은 정운 제독에게 전함 30척을 내주었다. 그리고는 제독에게 진황도 앞바다를 지키란 명령을 내렸다. 그사이, 장군 본인은 나머지 전함을 지휘해 다시 대련으로 향했다.

진황도에 남은 정운 제독에게 내려진 임무는 두 가지였다. 하나는 건주여진 병력을 지원하는 임무였다. 그리고 다른 하나는 이번 작전이 실패했을 때, 진황도를 수비하는 해병 1여단 병력을 안전하게 바다 방향으로 탈출시키는 임무였다.

한편, 이준성은 마사카츠, 이시백, 낭환 등 10여 명만 대동한 상태에서 건주여진 병력을 따라 산해관 쪽으로 이동했다.

슈르하치가 지휘하는 건주여진 2만 병력은 별다른 저항을 받지 않은 상태에서 목적지인 산해관 가까이 접근할 수 있었다.

명군은 산해관과 주변 요충지를 지키는 데만 신경 썼지, 후방엔 주의를 기울이지 않았다. 여진족에게 바다로 병력을 실어

나를 수 있는 수송함대가 없다는 사실을 알기 때문이었다.

요하에서 국경을 맞댄 여진족과 몇백 년을 투덕거리며 살아온 덕에 명군은 여진족의 특성을 잘 알았다. 여진족에겐 배를 만들 기술이 없었다. 강을 오가는 나룻배야 만들 수 있을 테지만 바다를 건너는 데 필요한 전함은 건조하지 못했다.

물론 요하를 빼앗길 때 여진족에게 투항한 한족 조선 기술자가 몇 있기는 하였다. 그러나 그 몇 명만으로는 수송함대를 만들지 못했다. 여진족이 최소 1만 이상의 병력을 수송할 수 있는 수송함대를 단기간에 완성하려면 해결해야 할 문제가 한두 가지가 아니었다. 불가능에 가깝단 말이었다.

한데 명군이 간과한 사실이 몇 가지 있었다. 여진족과 국경을 맞댄 한반도가 예전부터 조선 강국이란 사실이었다. 그리고 그런 한반도에 명나라를 상국으로 모시던 조선 대신, 명을 적대하는 한국이란 나라가 새로 들어섰단 사실이었다.

명나라 또한 한반도에 한국이란 나라가 새로 들어섰다는 사실을 모르지는 않았다. 여진족이 명나라와 조선 사이의 유일한 육상통로이던 요동을 막아 버려 자세한 사정을 듣지는 못했지만, 해적과 밀무역 상인이 오가는 바닷길은 여전히 열려 있었기에 그 정도 정보는 손쉽게 구할 수가 있었다.

그러나 명나라는 한국과 여진족이 힘을 합쳐 그들을 공격해 올 거란 예상은 하지 못했다. 우선 여진족이 한국 국경을 자주 침략했기 때문이었다. 그리고 한국에 중화사상에 세뇌당한 지식인 계층이 많아 오랑캐인 여진족과 협력하는 것을 본능적으로 좋아하지 않을 것이라 생각했기 때문이었다.

그러나 이준성이 어떤 사람인지 잘 몰랐던 게 명나라 조정의 패착이었다. 이준성은 자신의 이익을 위해서라면 적보다 더한 자와도 주저 없이 손을 잡을 수 있는 사람이었다.

일례로 한반도를 두 번이나 침략한 시마즈 요시히로와 동맹을 맺었을 뿐 아니라 시마즈의 딸을 아내로 맞기까지 하였다.

그에 비하면 여진족과 손을 잡는 거야 큰 문제가 아니었다. 또한 과정이야 어쨌든 조선을 돕기 위해 임진왜란에 돈과 병력을 보낸 명을 배신하는 일 또한 큰 문제가 아니었다.

소인배처럼 이익만 좇는다거나 사람의 본분을 지키지 않는다는 것과 같은 비난은 오히려 이준성에게 칭찬과 같았다.

일상적인 부패와 한국이 상국으로 섬기던 명나라를 칠 리 없다는 중화사상에 취한 명 조정은 잠재적인 적국의 동향을 살피는 것을 게을리하는 바람에 뒤통수를 제대로 얻어맞게 생겼다.

슈르하치가 약삭빠른 면을 자주 보여 주어 다른 사람에게 호감을 사지는 못하지만 어쨌든 실력은 꽤 괜찮은 편이었다.

슈르하치는 산해관 후방을 바로 치지 않았다. 이미 산해관에서는 누르하치가 이끄는 주력 부대가 3일 동안 성벽에 맹공격을 가하는 중이었지만, 슈르하치는 산해관을 바로 치기보다는 그 주변에 있는 후방 시설부터 공격하는 선택을 하였다.

그 선택은 주효했다. 슈르하치가 이끄는 2만 병력이 산해관 후방을 휩쓸고 다니는 순간, 산해관에 있는 명군은 공황에 빠졌다.

일단 당장 보급이 발목을 잡았다. 산해관 후방에 있는 보급 기지에서 군량과 무기를 받아야 싸울 수 있는데, 그 보급 기지가 다 불타는 바람에 당장 끼니를 걱정해야 할 판이었다.

무엇보다 병사의 사기에 악영향을 끼쳤다. 며칠 굶을 수는 있었다. 그러나 포위당했다는 공포는 견뎌 내기가 힘들었다.

이제 명군이 바라는 것은 북경에 주둔 중인 중앙군이 산해관으로 올라와 포위망을 깨트려 주는 것이었다. 그러나 중앙군은 애초에 건주여진이 쳐들어왔다는 소식을 뒤늦게 접했다.

그리고 명 조정과 북경 시내에 산해관 경비를 맡은 요동순무 양호가 오랑캐와 결탁해 산해관을 넘길 거란 소문이 파다하게 돌아 중앙군을 보내는 준비가 늦어졌다. 산해관이 이미 넘어갔다면 중앙군은 북경을 지켜야 하기 때문이었다.

한데 진황도의 군항이 건주여진에게 점령당했단 소식과

산해관이 전방과 후방 양쪽에서 포위당했단 급보가 연이어 도착한 후에는 중앙군을 보내야 한다는 쪽으로 의견이 정해졌다.

명군 수뇌부는 부랴부랴 중앙군 8만을 꾸려 산해관으로 보냈다. 그리고 그 후엔 다른 지역에 있는 병력을 불러들였다.

한데 중앙군이 북경을 떠나 북쪽으로 사흘쯤 행군했을 때였다. 정체를 알 수 없는 적이 나타나 그들의 진격을 방해했다.

건주여진은 확실히 아니었다. 정체를 알 수 없는 적은 땅 밑에서 폭발하는 함정과 막대처럼 생긴 투척 화기를 이용해 기습해 왔는데, 이는 건주여진이 즐겨 쓰는 방식이 아니었다.

깜짝 놀란 중앙군 수뇌부는 행군을 중단한 상태에서 그들을 막아선 적의 정체를 알아보기 위해 동분서주하였다. 상대가 만주 전역에서 이름을 떨친 한국군 특수부대일 거란 정보를 얻긴 했지만, 그땐 이미 사흘이 넘도록 지체한 상태였다.

중앙군 수뇌부는 산해관의 형세가 급박해졌다는 파발이 계속 날아드는 바람에 마음이 급해져 억지로 뚫고 올라갔다. 물론 그 와중에 한국군 특수부대의 습격을 받아 상당한 손해를 입어야 했다. 그러나 물량 앞에 장사 없다는 말처럼 명 중앙군은 마침내 산해관을 목전에 두는 데 성공했다.

반면, 슈르하치는 미치고 팔짝 뛸 노릇이었다. 누르하치가 야포 200문을 동원해 산해관을 포격하는 중이지만, 산해관은 좀처럼 뚫릴 기미가 보이지 않았다. 아니, 산해관은커녕 산해관 앞에 있는 지성(枝城)과 요새를 뚫는 데마저 애를 먹었다. 명군이 흔히 하는 말로 '우주방어'를 하는 중이었다.

슈르하치는 형 누르하치를 지원하기 위해 산해관 후방에 두 차례에 걸쳐 기습적인 공격을 감행했다. 그러나 그 역시 명군의 격렬한 저항에 부딪혀 별다른 효과를 보지 못했다.

한데 그런 상황에서 명나라 중앙군 8만 명이 나타났다. 이준성이 맹호특수전여단을 이용해 사흘이란 시간을 벌어 주었지만, 건주여진의 1차 공성이 실패로 돌아가 버린 것이다.

"여기가 좋겠군."

이준성은 측근과 함께 근처에 있는 산 정상으로 올라갔다. 그가 명당을 고른 게 맞는지, 산 정상에 서는 순간 명나라 중앙군 8만과 건주여진 2만 명이 대치 중인 벌판이 한눈에 들어왔다. 이준성은 수풀이 우거진 장소에 배를 깔고 납작 엎드려 명나라 중앙군과 건주여진의 전투를 지켜보았다.

명나라 중앙군은 산해관의 포위를 풀기 위해 적극적으로 나왔다. 기병과 보병이 화살을 쏘며 진격해 건주여진 좌우 측면을 매섭게 포위해 들어갔다. 상대보다 병력의 숫자가 많나는 점을 활용하기 위해 측면부터 포위해 들어간 것이다.

이에 슈르하치는 최대한 방어하며 시간을 끄는 데 주력했다. 건주여진의 장점은 기동전에 있었다. 사르후 전투가 대표적이었다. 건주여진은 그들보다 병력이 훨씬 많은 조명연

합군을 상대로 기동성을 살린 각개 격파 전술을 써서 이겼다.

그러나 지금은 기동성을 살릴 수가 없었다. 그들이 자리를 이탈하면 힘들게 만들어 놓은 포위망이 무너지기 때문이었다. 그 바람에 건주여진은 명군의 맹공격에 패색이 짙어졌다.

이준성은 고개를 저었다.

"저래선 얼마 못 버티겠군."

건주여진이 여기서 무너지면 3단계 작전 역시 실패로 돌아갈 수밖에 없어 이준성은 극단의 대책을 쓰기로 마음먹었다.

이준성은 엎드린 자세에서 이시백에게 손을 내밀었다.

"내 총과 장비를 다오."

"여기 있사옵니다."

이시백은 즉시 등에 짊어졌던 총과 장비를 이준성에게 건넸다. 이준성은 총을 받기 무섭게 약실부터 열어 보았다. 평소에 기름칠을 잘해 둔 덕분인지 먼지는 그렇게 많이 묻어 있지 않았다.

이준성이 이번 작전을 성공으로 이끌기 위해 야심 차게 준비한 이 총은 뇌섬의 총열을 길게 늘인 저격수용 소총 천관이었다. 그는 방사청이 제작한 프로토타입 10정 중에 명중률이 가장 좋은 총을 찾아 본인이 쓸 저격용 총으로 삼았다.

이준성은 이어서 장비를 점검해 보았다. 그가 이번에 특별히 준비해 온 장비는 바로 길리슈트였다. 길리슈트는 저격수가 쓰는 위장복으로 현지 환경과 비슷한 형태의 길리슈트를 착용하면 매의 눈이 아니고서는 찾아내기가 쉽지 않았다. 인간의 눈과 뇌는 생각보다 잘 속는 편이기 때문이었다.

이준성은 길리슈트 두 벌 중 한 벌은 자기가 직접 착용했다. 그리고 남은 한 벌은 개인 경호원인 낭환에게 건네주었다.

"입어라."

낭환은 별다른 질문 없이 바로 그 자리에서 길리슈트를 착용했다. 이준성과 1년을 같이 보낸 낭환은 간단한 의사소통만 가능한 상태였다. 그런 점을 보면 오로치와 은계란의 언어적 재능이 얼마나 뛰어난 것인지를 새삼 느낄 수 있었다.

한데 낭환은 원래 말수가 적은 사내였는지 이준성이 물어볼 때나 대답하지, 다른 사람이 물어보면 고개를 끄덕이거나 가로젓는 행동으로 의사를 표현했다. 처음엔 우리말을 못하는 게 부끄러워 그러는지 알았다. 하지만 여진족 출신끼리 있을 때도 낭환은 말을 거의 하지 않는 편이었다.

이준성은 낭환이 입은 길리슈트의 매무새를 정리해 주며 말했다.

"넌 지금부터 내가 하는 모든 동작을 머릿속에 잘 기억해 둬야 한다. 그러면 오늘 본 것이 나중에 큰 도움을 줄 것이다."

낭환은 대답 대신 고개를 두 번 끄덕였다. 아마 이준성이 물어봤을 때 고개를 끄덕이는 행동으로 대답하는 자는 한국에 낭환밖에 없을 것이다. 그러나 이준성이 별말 안 하기에 다른 이들 역시 낭환의 행동에 불만을 표시하지 못했다.

이준성은 길리슈트를 착용한 상태에서 천관을 등 뒤에 단단히 고정하여 이동 중에 흔들리지 않게 하였다. 그리고는 가장 선임자인 마사카츠에게 이곳을 잘 지키라 명령한 다음, 낭환과 함께 산을 빠른 속도로 내려가기 시작했다.

산을 다 내려온 다음에는 명군이 있는 방향으로 이동했다. 당연히 걸어서 이동하지는 않았다. 길리슈트가 만능은 아니므로 은폐물이 있는 곳에 들어가 낮은 포복으로 이동했다.

이준성은 200미터쯤 포복한 후에 뒤를 돌아보았다.

"힘드냐?"

낭환은 즉시 고개를 저었다.

"좋아. 곧 목적지에 도착할 거다. 가는 동안 주변을 잘 살펴라."

낭환은 알았다는 뜻으로 고개를 끄덕였다.

그 모습을 보며 피식 웃은 이준성은 다시 낮은 포복으로 이동했다. 오랜만에 하는 낮은 포복에 팔꿈치와 무릎이 쓰라렸다. 그러나 가장 큰 문제는 그게 아니었다. 가장 큰 문제는 한여름에 사우나에 들어온 것처럼 흘러내리는 땀이었다.

길리슈트는 바람이 빠져나갈 곳이 거의 없어 가끔 부는 바람으로는 온도가 급격히 올라간 내부를 식히지 못했다. 이준성은 저격수 교육을 받던 시절을 떠올리며 계속 전진했다.

이럴 때 가장 좋은 방법은 아예 머릿속을 깨끗이 비워 버리는 것이었다. 그러면 거의 무의식에 가까운 상태에서 더위와 고통을 잊어 가며 포복할 수 있었다. 이러한 비결은 젊었을 때, 한여름에 받은 저격수 훈련에서 스스로 터득한 것이다.

그렇게 20분쯤 포복했을 때였다. 마침내 전장 바로 근처에 있는 야트막한 언덕에 도착할 수 있었다. 전장과 얼마나 가까웠던지 즉시 역한 피 냄새와 화약 냄새가 코를 찔렀다.

이준성은 언덕 위에 바짝 엎드려 혼란스럽기 짝이 없는 전장을 인드라망으로 재빨리 훑어 나갔다. 곧 쓸 만한 표적 대여섯 개를 쉽게 찾아낼 수 있었다. 그가 찾아낸 표적은 대부분 전장에서 열심히 부하들을 지휘하는 명나라 지휘관이었다.

이준성은 고개를 돌려 낭환을 보았다.

"넌 지금부터 적이 내 뒤에 접근하지 못하도록 만들어라. 그리고 틈틈이 내가 어떻게 적을 저격하는지 봐 두도록 해라."

낭환은 그렇게 하겠다는 듯 고개를 두 번 끄덕였다. 낭환과 1년 동안 생활하다 보니 그의 습성을 어느 정도 파악할 수 있었다. 낭환은 자기가 중요하다고 생각하는 문제는 고개를 두 번 끄덕이거나, 아니면 두 번 저어 의사를 표현했다.

고개를 끄덕인 이준성은 엎드린 자세에서 천관의 볼트를

뒤로 당겨 약실을 개방했다. 볼트 액션의 좋은 점은 지금처럼 엎드린 자세에서 장전과 발사를 할 수 있단 점이었다. 덕분에 이름난 저격총은 볼트 액션 방식인 경우가 많았다.

이준성은 인드라망으로 표적과의 거리를 계산했다. 가까운 표적은 4, 500미터, 먼 표적은 7, 800미터 거리에 있었다.

성공 확률을 높이려면 더 가까이 가야 했다. 그러나 전장이 언제, 어떤 식으로 변할지 알 수 없어 지금이 거의 한계였다.

이준성은 열어 둔 약실에 뇌전을 한 발 장전했다. 그리고는 바로 표적을 조준한 상태에서 방아쇠를 당겼다. 총성과 함께 총구가 살짝 들렸다. 이준성은 재빨리 인드라망으로 표적을 확인했다. 명나라 장교 하나가 말 위에서 굴러 떨어졌다.

이준성은 그런 식으로 열 발을 쏘아 7명이 넘는 장교를 저격했다. 이준성의 괴물 같은 저격 실력과 인드라망이라는 최첨단 기계의 결합이 이뤄 낸 성과였다. 천관이 저격용 소총이기는 하지만 어쨌든 17세기 장인의 손으로 만든 제품이었다. 이준성이 아니라면 이런 결과를 내기가 힘들었다.

이준성이 저격한 효과는 바로 나타났다. 명군은 언덕에서 날아든 탄환에 장교들이 죽어 나가는 모습을 보고 크게 당황했다. 명군 수뇌부는 즉시 언덕 쪽에 병력을 보내 근처를 수색했다. 언덕 쪽에서 번쩍이는 총구 화염을 본 것이다.

그러나 정작 언덕엔 관목과 낙엽, 썩은 나뭇가지만 가득할 뿐, 저격수의 종적은 보이지 않았다. 귀신이 곡할 노릇이었다.

명군이 이준성과 낭환을 찾아내지 못한 이유는 간단했다. 이미 자리를 이동했기 때문이었다. 이준성과 낭환은 명군이 언덕에 집중하는 틈을 노려 명군 후방 쪽으로 잠입했다. 그리고는 명군 중앙군을 지휘하는 최고사령관을 찾아냈다.

◆ ◇ ◆

이준성은 인드라망으로 명군 최고사령관의 얼굴을 다시 확인했다. 기회가 한 번밖에 없는 상황에서 얼굴을 착각해 다른 사람을 쏘는 것만큼 바보 같은 짓은 이 세상에 없었다.

이준성은 조금 전에 인드라망으로 스캔한 명군 최고사령관의 얼굴과 은호원이 화공을 동원해 그린 초상을 비교했다.

곧 유진이 두 가지를 비교한 결과를 보고했다.

-동일인일 확률이 98퍼센트입니다.

"그럼 2퍼센트 정도는 틀릴 수 있단 뜻이네."

유진이 사람처럼 어이없다는 목소리로 대꾸했다.

-이런 통계에서 98퍼센트 일치는 아주 높은 확률을 뜻합니다. 특히, 비교 샘플 중 하나가 초상일 경우엔 더 그렇고요.

"그냥 해 본 소리야."

이준성은 천관의 볼트를 올린 상태에서 다시 뒤로 젖혀 약실을 개방했다. 그 즉시, 매캐한 화약 냄새가 코를 찔렀다.

그는 화약 냄새를 담배 연기처럼 깊이 빨아들였다. 비릿한 흙냄새와 풀 냄새 속에 화약 특유의 매캐한 냄새가 섞여 있었다.

많은 사람이 화약 냄새를 싫어한다. 특히, 실전을 경험한 사람일수록 그러한 경향이 더 강했다. 화약 냄새가 전장에서 느낀 공포와 두려움을 떠올리게 만들기 때문이었다. 또한 본인이 입은 부상, 동료가 입은 부상, 친한 전우의 죽음, 끔찍한 형상으로 널브러진 시체를 떠올리게 하는 탓이었다.

한데 실전에 참여한 모든 베테랑이 다 그런 건 아니었다. 몇몇은 화약 냄새를 마약보다 더 좋아했다. 화약 냄새가 전투 중에 느꼈던 엄청난 흥분을 떠올리게 하기 때문이었다.

이준성은 그중 후자에 속했다. 그에게 화약 냄새는 아름다운 여인이 그를 유혹하기 위해서 뿌린 향수보다 유혹적이었다.

화약 냄새 덕에 아드레날린이 솟아오르는 것을 느낀 이준성은 천관의 총구를 명군 총사령관의 머리 아래를 향해 겨냥했다.

은호원이 조사한 바에 따르면 명군 총사령관의 이름은 형개였다. 이준성은 형개에게 악감정이 전혀 없었다. 형개는

훗날 병부상서에까지 오르는 인물로 전도가 유망한 사내였다.

아마 형개가 지금의 위치까지 오르는 데는 실력뿐만 아니라 행운 역시 크게 작용했을 가능성이 컸다. 그러나 세상사가 그렇듯 언제나 행운만이 찾아오는 것은 아니었다. 가끔은 불운이 행운보다 먼저 찾아오는 날이 있기 마련이었다.

형개에게는 그런 날이 바로 오늘이었다.

타앙!

귀청을 찢는 총성이 울리는 순간, 천관의 총구가 살짝 들렸다. 뒤이어 총구와 약실에서 매캐한 연기가 천천히 올라왔다. 이준성은 즉시 시선을 약간 돌려 표적 상태를 확인했다.

형개가 왼손으로 목을 부여잡으며 움찔하는 모습이 보였다. 형개를 호위하던 명나라 장수와 병사 수십 명이 뒤에서 들려온 총성에 깜짝 놀라 고개를 급히 돌릴 때였다. 형개가 붉은 피를 왈칵 토하며 힘없이 말 위에서 굴러떨어졌다.

그 모습을 본 이준성은 바로 장비를 챙겨 일어섰다.

"철수한다."

고개를 끄덕인 낭환은 즉시 날렵한 동작으로 빠져나가는 이준성의 꽁무니에 따라붙었다. 목에 탄환을 맞은 형개가 얼마 지나지 않아 전사한 모양이었다. 명군 사령부가 있는 방향에서 곧 사내들이 구슬프게 통곡하는 소리가 들려왔다.

예상치 못한 죽음을 맞이했을 경우, 사람은 주로 두 가지 감정을 드러내는 편이었다. 첫 번째는 방금 들은 통곡과 같은 슬픈 감정이었다. 두 번째는 죽음을 초래한 원인을 향한 강한 분노였다.

곧 명군 사령부가 있는 방향에서 소리를 내는 갖가지 효시가 정신없이 쏟아져 올라왔다. 후방에 잠입한 자객을 찾아 잡아 오란 명령이 틀림없었다. 그 명령에 따라 명군 후방을 수비하던 장병 수천 명은 길목을 철저히 봉쇄한 상태에서 형개를 죽인 자객을 찾기 위해 눈에 불을 켜고 수색을 펼쳤다.

한편, 길가 풀숲에 납작 엎드려 있던 이준성은 명군 기병 수백 명이 바로 옆을 지나가는 모습을 조용히 지켜보았다. 마지막 기병이 지나간 후에는 고개를 돌려 낭환의 표정을 살폈다. 낭환은 표정에 변화가 전혀 없었다. 마치 그들이 현재 어떤 처지에 놓여 있는지 전혀 모르는 것 같은 얼굴이었다.

이준성은 목소리를 낮춰 슬쩍 물었다.

"우리는 지금 적 수천 명에게 포위당한 상태다. 알고 있느냐?"

낭환은 안다는 듯 바로 고개를 끄덕여 보였다.

이준성은 안도의 숨을 내쉬며 다시 입을 열었다.

"지금부터는 수신호를 써서 대화하는 게 안전할 거다."

이준성은 낭환에게 수신호를 몇 개 가르쳐 주었다. 수신호는 간단했다. 주먹은 정지, 손바닥을 펼쳐 흔드는 행동은 이동,

검지로 방향을 지목하는 행동은 적이 있단 표시 등이었다.

수신호를 가르친 다음에는 다시 포위망을 뚫기 위해 움직였다. 명군의 수색 전략은 간단하면서 효율적이었다. 먼저 기동력이 있는 기병이 앞서 나가 모든 길목을 단단히 틀어막았다. 기병이 길목을 다 틀어막은 다음엔 보병 수천 명이 넓게 퍼져서 전진하며 기병이 있는 방향으로 자객을 몰아갔다. 사람이나 동물이나 포위당했을 때 하는 행동은 비슷했으므로 마치 짐승을 몰듯 자객을 반대편으로 모는 중이었다.

이준성은 고개를 살짝 들어 정면을 쳐다보았다. 명군 기병 수백여 명이 계곡 사이에 있는 통로 몇 군데를 단단히 틀어막은 상태에서 자객이 모습을 드러내길 기다리는 중이었다.

이준성은 한숨을 살짝 내쉬었다. 그들이 가는 중인 이 계곡을 제외한 다른 곳은 평지였다. 평지는 발각당하는 순간, 명군이 사방에서 모여들 수밖에 없어 탈출로로 적합지 않았다.

이준성은 고개를 돌려 뒤를 돌아보았다. 명군 보병 수백 명이 사방을 수색하며 그들이 있는 쪽으로 다가오는 중이었다.

즉, 명군에게 앞뒤로 포위당한 셈이었다. 다만, 명군은 자신들이 자객을 포위했다는 사실을 아직 모를 뿐이었다. 이준성은 급히 주위를 둘러보았다. 오른쪽 30미터 앞에 이름 모를 풀이 어깨까지 자라 있는 자그마한 풀숲이 하나 있었다.

이준성은 낭환과 함께 얼른 그 풀숲으로 들어갔다. 잠시 후, 명군 보병 부대가 풀숲에 들어와 사방에 칼과 창을 찔러 넣었다. 풀숲에 숨어 있을지 모르는 자객을 찾기 위해서였다.

한편, 풀숲에 납작 엎드려 있던 이준성은 길리슈트를 벗은 상태에서 명군 보병이 가까이 다가오기만을 기다렸다. 때마침 명군 보병 하나가 이준성이 숨은 곳에 칼을 휘둘렀다.

살짝 몸을 돌려 칼을 피한 이준성은 유령이 움직이듯 조용히 보병 뒤로 이동했다. 한데 보병은 전혀 눈치 채지 못한 모양인지 계속 정면만 바라보며 기계적으로 칼을 휘둘렀다.

벌떡 일어난 이준성은 재빨리 손바닥으로 보병의 입을 틀어막았다. 보병은 발버둥을 치며 칼을 쥐지 않은 손으로 자기 입을 막은 이준성의 손을 떼어 내려 했다. 그때, 이준성이 왼손에 쥔 단도로 보병의 목을 거의 반 가까이 잘라 냈다.

보병의 숨이 완전히 끊어질 때까지 침착하게 기다린 이준성은 소리가 나지 않도록 시체를 바닥에 내려놓으며 옆을 보았다. 낭환 역시 명군 보병 하나를 은밀히 처리한 상태였다.

낭환에게 잘했단 의미로 눈을 찡긋해 보인 이준성은 재빨리 죽은 보병의 옷을 벗겨 자기가 입었다. 갑옷과 투구 역시 마찬가지였다. 마지막으로 보병의 칼을 손에 쥔 이준성은 명군 보병이 하던 대로 풀을 베며 근처를 수색하는 척했다.

명군 보병 중에 그보다 체구가 큰 병사가 없는 탓에 어깨를 한껏 오므린 그는 풀숲을 나와 왼쪽으로 걸어갔다. 명군 옷으로 갈아입은 낭환이 보조를 맞추며 그의 뒤를 따랐다.

다들 바닥만 보며 수색하는 중이라, 왼쪽으로 이동하는 이준성과 낭환을 주시하는 명군은 없었다. 계획대로 계곡 왼쪽 끝에 도착한 이준성은 주위를 재빨리 둘러봤다. 왼쪽 끝엔 이끼가 잔뜩 솟아난 절벽이 있어 올라가는 게 불가능했다.

그 말은 여기서 도망치기 위해서는 어쩔 수 없이 명군 기병이 만든 포위망에 흠집을 내야 한다는 뜻이었다. 잠시 고민하던 이준성은 다시 근처에 있는 명군 보병 쪽으로 움직였다.

명군 보병은 뒤에서 사신이 접근한단 사실을 전혀 모르는지 눈앞에 있는 관목에 창을 찔러 넣는 데만 정신이 팔려 있었다.

명군 보병 뒤에 도착한 이준성은 조금 전처럼 입을 막은 상태에서 목을 잘라 보병의 숨통을 끊었다. 눈치 빠른 낭환은 다른 적이 그 모습을 보지 못하게 재빨리 몸으로 가렸다.

보병 시체를 바닥에 내려놓은 이준성은 허리춤에 있던 천뢰 5호를 뽑아 앞에 있는 관목에 단단히 묶었다. 혹시 몰라 주변을 쓱 둘러본 이준성은 그들을 주시하는 명군이 없는 모습을 보곤 안심한 상태에서 관목에 묶어 둔 천뢰 5호 격발 클립을 시체 가슴에 있는 주머니에 살짝 연결해 두었다.

마지막으로 시체를 관목 위에 엎드린 상태로 조심스럽게 내려놓은 이준성은 낭환을 불러 계곡 왼쪽 끝으로 걸어갔다.

　다행히 오래 기다릴 필요가 없었다. 뒤에서 보병을 지휘하던 명군 지휘관이 관목에 엎드려 있는 부하를 바로 발견했다.

　지휘관은 명군이 농땡이를 부리는 줄 안 모양이었다. 명나라 말로 욕을 하며 달려온 그는 엎드려 있는 명군의 엉덩이를 걷어찼다. 그러나 시체는 고통을 느낄 수가 없었다. 이에 화가 난 지휘관이 엎드려 있는 부하의 어깨를 잡아 뒤로 뒤집었다.

　그 순간, 지휘관은 당혹스러운 감정과 불길한 느낌을 동시에 받았다. 우선 부하의 목에서 흘러나오는 엄청난 피에 당혹스러운 감정을 느꼈다. 그 직후에는 부하의 가슴에 달린 낚싯바늘 같은 도구에 불길한 느낌을 받았다. 불길한 느낌은 곧 느낌이 아니라 사실임이 밝혀졌다. 고막을 찢는 폭발음과 함께 붉은 화염이 엄청난 속도로 그를 향해 쏟아졌다.

　퍼엉!

　천뢰 5호가 터지는 순간, 지휘관은 이미 시체로 변한 부하와 함께 2, 3미터 뒤로 날아가 쓰러졌다. 수색 중에 발생한 폭발 사고는 곧 그 장소에 있던 모든 명군의 주의를 끌었다.

　명군 수뇌부는 수색 작업의 열의를 높이기 위해 자객을 죽이거나 생포하는 장병에게 금 10관을 주겠다고 공표하였다. 금 10관은 말 그대로 인생을 역전할 수 있는 금액이었다.

황금에 눈이 먼 명군 수백 명이 폭발 현장으로 모여들었다. 당연히 포위망을 형성하던 기병들 또한 현장으로 달려갔다. 기병이라 해서 금을 돌같이 볼 수 있는 것은 아니었다.

이준성은 그 틈을 이용해 낭환과 함께 포위망을 유유히 빠져나와 마사카츠 등이 있던 장소로 돌아갈 수 있었다.

이준성의 저격은 바로 효과를 발휘했다. 최고사령관을 잃은 명군은 그날 바로 전투를 중단했다. 명군의 전투 계획이 완벽하다면 형개 다음 위치에 있는 장수가 바로 바통을 이어받아 명군을 지휘했을 것이다. 그러나 계획에 허술한 부분이 많은지 새 사령관을 추대하는 데 무려 하루를 잡아먹었다.

문제는 그뿐만이 아니었다. 새 사령관으로 전투를 재개한 지 얼마 지나지 않아 이번엔 명 조정에서 그 인사를 문제 삼기 시작했다. 황제의 재가를 받지 않았다는 이유에서였다.

명 중앙군 수뇌부는 당연히 명 조정의 태도에 반발할 수밖에 없었다. 지금 적이 눈앞에 있는데 최고사령관 없이 어찌 싸울 수 있겠느냐는 이유에서였다. 그들의 반발은 타당했다. 한데 명 조정은 조정이 새 최고사령관을 보내 주기 전까지는 절대 적과 싸워서는 안 된다는 희한한 명령을 내렸다.

초조해진 명 중앙군 수뇌부는 그럼 얼른 최고사령관을 새로 선정해 보내 달라 조정에 요청했다. 한데 썩을 대로 썩은 명 조정에선 환관 무리와 그 환관을 배척하는 유학자 출신 관원 사이에 벌어진 치열한 당쟁으로 인해 최고사령관을 새로 인선하는 문제가 점점 늦춰지기 시작했다. 환관과 유학자 출신 관원이 서로 자기 쪽 장수를 최고사령관으로 임명해야 한다며 나선 탓이었다. 적의 대군이 산해관을 넘기 직전이란 소식이 그들에겐 별로 중요하지 않은 모양이었다.

여기서 당쟁을 해결하고 최고사령관을 임명해 전장으로 보낼 수 있는 사람은 현재 명나라의 황제인 만력제가 유일했다.

한데 여기서 명나라의 가장 큰 문제점이 발목을 잡기 시작했다. 만력제가 내전에 틀어박혀 나올 생각을 하지 않은 것이다. 좀처럼 믿기 힘든 일이지만 그런 일이 실제로 일어났다.

한편, 이준성의 저격 덕에 전열을 추스를 시간을 번 슈르하치는 방어에 전념하며 누르하치가 산해관을 뚫길 기다렸다.

누르하치는 열심히 산해관을 공격하는 중이었다. 실제로 누르하치가 이끄는 건주여진, 몽골 연합군은 산해관 앞에 있는 지성 다섯 개와 요새 일곱 개를 격파하는 성과를 거두었다.

그러나 산해관을 지키는 양호와 명군은 끝까지 포기하지 않았다. 그들은 슈르하치가 이끄는 상륙 부대에 의해 보급로가 차단당한 최악의 상황에서도 군마를 잡아먹으며 끝까지 항전했다. 아마 희망이 없다면 진즉에 포기했을지 몰랐다.

한데 산해관에서 얼마 떨어지지 않은 장소에 명나라 중앙군이 와 있는 상태였다. 조금만 버티면 중앙군이 슈르하치 상륙 부대를 돌파해 그들을 도와줄 거란 믿음이 있기에 뱃가죽이 등에 붙은 상태에서도 수성을 포기하지 않을 수 있었다.

상황이 그렇게 흘러가자 오히려 초조해진 것은 명군과 건주여진의 대치 상황을 지켜보던 이준성이었다. 여기서 시간이 더 지연되면 병사들이 지쳐 산해관 공략이 실패로 돌아갈 수밖에 없는 상황이었다.

이준성은 명나라가 병력을 더 모으기 전에 서둘러 결판을 지을 생각으로 진황도를 지키는 해병 1여단을 부르려 했다. 슈르하치가 명나라 중앙군을 막는 동안, 해병 1여단으로 산해관 후방을 기습해 누르하치를 지원해 주려 한 것이다.

한데 이준성이 막 마사카츠를 시켜 진황도에 사람을 보내려 할 때였다. 동행 중인 은호원 연락관을 통해 낭보가 전해졌다. 바로 명나라 조정과 요동순무 양호의 사이가 완전히 틀어져 되돌릴 수 없을 지경까지 이르렀다는 소식이었다.

이준성은 급히 연락관을 불러 물었다.

"그 말이 사실이냐?"

"그렇사옵니다, 전하. 북경과 명 조정에 요동순무 양호가 배신하여 여진족과 결탁했단 소문이 파다하게 퍼지는 중이옵니다."

"왜 갑자기 그런 소문이 파다하게 퍼진 거지?"

"거기엔 그럴 만한 이유가 하나 있었사옵니다."

"어서 말해 보아라."

"중앙군이 산해관 앞에서 건주여진 상륙 부대와 대치 중이
란 소식을 접한 명 조정은 즉시 산해관에 있는 요동순무 양호
에게 병력을 일부 갈라 중앙군을 도우란 명령을 내렸사옵니
다. 양호가 산해관 쪽에서, 중앙군이 북경 방향에서 치고 올
라가면 슈르하치의 상륙 부대를 역으로 포위할 수 있다고 생
각한 것이옵니다. 한데 양호가 이를 거부했사옵니다. 병력
일부를 중앙군 쪽으로 돌리면 산해관의 방비가 허술해져 누
르하치에게 성을 빼앗길 수 있다는 것이었사옵니다. 또한 양
호는 슈르하치의 상륙 부대는 짜서 없앨 수 있는 고름이지만,
산해관을 공격하는 누르하치의 주력은 오장을 병들게 하는
중병이니 명을 받들 수 없다 하였사옵니다."

이준성은 만면에 희색을 띠며 급히 물었다.

"그래서 명 조정은 어찌하고 있더냐?"

"양호가 군령을 어겼다며 즉시 체포란 명령을 내렸사옵
니다. 또한, 북경에 살던 양호의 가족을 잡아들이라 했사옵니
다."

연락관의 보고를 받은 이준성은 고개를 들어 하늘을 보았
다.

마침내 3단계 작전이 성공하기 직전까지 와 있었다.

독재자

4장. 대격변

4장. 대격변

양호는 당연히 크게 반발했다. 명 조정이 명령 불복종을 근거로 그를 체포해 죽이려는 것까진 이해할 수 있었다. 그러나 일가족을 잡아들인 행동에는 분기가 탱천할 수밖에 없었다.

양호는 명령을 따르지 않은 거지, 역모를 일으킨 게 아니었다. 그러나 명 조정은 이러한 차이를 모르는지 마치 양호가 산해관에서 역모를 꾸민 것처럼 그의 가족을 감금했다.

명 조정의 처사에 단단히 앙심을 품은 양호는 결국 산해관의 성문을 열어 누르하치가 이끄는 건주여진이 중원으로 들어올 수 있게 만들었다. 그뿐만이 아니었다. 양호와 양호를 따르는 부하들은 산해관에 입성한 누르하치를 만나 죽을 때까지 충성을 바칠 것을 천지신명 앞에서 맹세까지 하였다.

명 조정의 이해할 수 없는 결정 하나가 동북아시아 전체의 판도를 바꿔버리는 순간이었다. 산해관을 수비하던 명나라 요동군이 누르하치 밑으로 들어갔다는 말은 이미 전황이 건주여진 쪽으로 완전히 기울었다는 뜻이나 마찬가지였다.

누르하치는 기세를 잃지 않기 위해 바로 산해관을 나와 북경으로 쳐들어갔다. 건주여진의 기세는 거침이 없었다. 며칠 전에 슈르하치가 이끄는 상륙 부대까지 합류한 터라, 그 앞을 막아서던 명나라 중앙군이 사흘 만에 대패해 흩어졌다.

누르하치는 양호와 같은 명나라 출신 항장을 선봉장으로 삼아 불과 아흐레 만에 북경 외곽에 도착하는 기염을 토했다.

뒤늦게 사태의 심각성을 깨달은 황실과 조정은 급히 남경으로 천도하는 결정을 내렸다. 물론 천도하기 전에 감옥에 가둬 놓았던 배신자의 일가 수만 명을 일거에 참수해 그 머리를 북경에 있는 사대문 성문에 걸어 놓는 일을 잊지 않았다.

북경에 입성한 양호는 사대문에 걸려 있는 가족의 수급을 발견하곤 피눈물을 쏟았다. 사대문 성문 위에는 팔십 먹은 노모와 며칠 전에 태어난 손자의 수급이 나란히 걸려 있었다.

가족의 시신을 수습해 양지바른 장소에 묻은 양호는 원한이 골수에 사무쳤는지 가족의 복수를 마치기 전까진 칼과 갑옷을 몸에서 떼어 놓지 놓지 않겠다는 처절한 맹세를 하였다.

　양호의 부하들 역시 가족이 끔찍한 모습으로 처형당하긴 마찬가지였던지라, 제단 앞에 엎드려 복수의 맹세를 하였다.

　그다음은 일사천리나 마찬가지였다. 안팎이 썩을 대로 썩어 버린 명나라가 그나마 의지할 수 있는 군대는 북경을 수비하는 중앙군과 산해관을 수비하는 양호의 요동군 두 개였다.

　한데 요동군은 명 조정의 이해할 수 없는 멍청한 선택 탓에 적으로 돌아서 버린 상태였다. 또한 중앙군은 요동군과 힘을 합친 건주여진의 맹렬한 공세에 일패도지한 상태였다.

　그런 상황에서 건주여진, 요동군, 몽골과 같은 정병을 막아낼 수 있는 군대가 남아 있을 턱이 없었다. 누르하치는 불과 3년 만에 동쪽으론 산동, 서쪽으론 사천, 남쪽으론 하남까지 진격해 거의 명나라 영토의 반을 차지하는 기염을 토했다.

　심지어 명 지방군은 누르하치가 쳐들어오기 무섭게 항복해 오히려 적의 세력을 불려 주는 짓까지 저질렀다. 그야말로 총체적 난국이어서 오히려 망하지 않는 게 이상할 정도였다.

　이에 자신감을 얻은 누르하치는 결국 중원 북부에 청이란 이름을 가진 새 나라를 건국했고, 본인은 청나라 초대 황제에 등극하여 오랜 염원을 이루는 데 성공했다.

한편, 누르하치의 청나라에 쫓겨 강남으로 도망친 명나라 황실과 조정은 수도를 남경으로 옮긴 상태에서 장강의 물길을 이용해 방어전을 펴기 시작했다. 그들 스스론 여전히 명이란 호칭을 썼지만, 실제론 남명(南明)과 마찬가지였다.

즉, 중원 북쪽에는 여진족이 세운 새로운 나라인 북청(北靑)이, 남쪽에는 명나라가 강남으로 쫓겨나 세운 남명이 들어서 북청남명(北靑南明)시대가 본격적으로 열린 셈이었다.

한데 누르하치는 북청으로 만족할 생각이 없었다. 그는 남명을 마저 멸망시켜 중원에 청나라의 깃발만 펄럭이길 원했다.

누르하치는 여진족, 한족, 몽골족으로 이루어진 20만 대군을 일으켜 남명이 최후의 보루라 생각하는 장강에 쳐들어갔다.

누르하치가 명나라와 싸우는 동안, 이준성은 3단계 작전의 결과물을 감상하면서 아주 흡족한 시간을 보내는 중이었다.

누르하치는 약속을 지켰다. 아니, 그로서는 약속을 지킬 수밖에 없었다. 협정에서 약속한 대로 요동과 요서를 한국에 넘기지 않으면 북청은 남명과 싸우면서 한국이란 만만치 않은 상대를 상대해야 하는 골치 아픈 상황에 빠질 수 있었다.

오히려 북청 입장에서는 남명보다 한국이 더 두려운 상대였다. 한국이 가진 놀라운 신무기와 10만에 달하는 정예 병력은 북청이 전력을 다해도 막아 내기가 쉽지 않은 상대였다.

누르하치는 협정을 통해 약속한 1년에서 약 2개월이 지난 시점에 요동과 요서에 거주하던 여진족 수십만 명을 하북, 섬서, 산동 지역으로 각각 이주시켜 이준성과 한 약속을 지켰다.

이준성은 북청의 병력과 백성이 요동과 요서를 떠나기 무섭게 바로 군대를 진주시켰다. 그리곤 산해관 앞에 요하성을 건설해 북청을 견제하는 한편, 본토에 있는 국민을 대거 이주시켜 요하를 한국의 영토로 편입시키는 작업을 진행했다.

요하는 전략적으로 아주 중요한 지역이었다. 요하에 병력을 대거 주둔시키면 북청을 쉽게 견제할 수 있을 뿐만 아니라 북서쪽에 거주하는 몽골을 압박해 들어가기가 편했다.

이준성이 마음속에 품은 야망을 실현하기 위해서는 몽골의 협력이 필수적이기 때문에 전략적인 면에서 아주 중요했다.

게다가 요하는 지하자원의 보고이기까지 하였다. 특히 질좋은 철이 나는 철광산이 많기로 유명했다. 철광 외엔 금과 구리가 많이 나기로 유명했다. 무엇보다 이준성의 관심을 끈 건 석유가 묻혀 있는 대규모 유전이 있단 점이었다.

물론 몇 년 전 야인여진을 복속한 후에 차지한 대청유전이 있어 국가를 발전시키는 데 꼭 필요한 석유를 확보하지 못한 상태는 아니었다. 대청유전은 아무르강 유역에 있는 유전으로 매장량만 150억 배럴에 달하는 초대형 유전이었다.

한데 요하에 있는 요하유전 역시 대청유전의 규모에 못지 않아 반드시 차지해 둘 필요가 있었다. 석유는 현대 산업의 알파와 오메가였다. 확보할 수 있을 때 확보해 두는 게 좋았다.

이준성은 신흠, 김육, 조익, 최명길, 윤선도 등을 지휘해 만주와 요하를 한국 영토로 편입시키는 작업을 진두지휘하였다.

그렇게 2년쯤 흘렀을 때, 기반이 어느 정도 잡혀 이젠 그가 일일이 감독할 필요가 없어졌다. 신흠에게 만주와 요하의 통치를 위임한 이준성은 그 주변 지역을 탐사하기 시작했다.

1,000여 명의 원정대를 꾸린 이준성은 가장 먼저 사할린 섬을 찾았다. 사할린섬에는 원주민이 소수에 불과한 데다 그 대부분이 야인여진이어서 금세 섬 전체를 장악할 수 있었다.

사할린을 쉽게 장악한 다음엔 동해에서 올라온 해성과 해궁 등에 나눠 타고 쿠릴 열도로 항해했다. 쿠릴 열도는 사할린섬과 캄차카반도 사이에 길게 늘어서 있는 섬들을 의미했다.

이곳을 손에 넣으면 오호츠크해를 장악할 수 있었기에 쿠릴 열도는 아주 중요한 의미를 갖는 지역이었다. 무인도인 쿠릴 열도의 섬들을 일일이 찾아 지역을 샅샅이 탐사한 이준성은 그곳에 병력을 일부 남겨 이곳이 한국의 지배를 받는 영토임을 세계에 천명했다.

오호츠크해 북동쪽 끝은 캄차카반도와 이어져 있었다. 이준성은 여름을 골라 캄차카반도에 상륙했다. 캄차카반도는 시베리아보다는 훨씬 따뜻하여 사람이 거주하기에 괜찮았다.

또한 캄차카반도는 지하자원이 아주 풍부하여 더더욱 그냥 둘 수 없었다. 캄차카반도의 천연가스 매장량은 상당한 수준으로 알려져 있었다. 이준성은 캄차카반도에 대대 병력을 남겨 그곳을 지키게 했다. 물론 병사들의 사기를 생각해 1년마다 교체시켜 줄 계획이었다. 캄차카반도가 시베리아보다는 조금 덜 춥다지만 그런 곳을 몇 년 동안 지키게 하면 군기가 문란해져 탈영하는 병력이 생길 수밖에 없었다.

캄차카반도에는 쿠릴 열도 외에 열도가 하나 더 붙어 있었다. 바로 알류샨 열도였다. 알류샨 열도는 캄차카반도와 알래스카 사이에 길게 뻗어 있는 열도로 기온은 괜찮은 편이지만 비가 많이 내려 사람이 거주하기에 적당한 지역은 아니었다.

알류샨 열도는 다음에 탐색하기로 마음먹은 이준성은 다시 만주로 돌아왔다. 그러나 탐사를 종료한 것은 아니었다. 그는 만주 북쪽에 있는 송화도에서 북서쪽으로 원정을 떠났다.

이번 원정에는 시베리아 쪽의 사정을 잘 아는 이가 필요했으므로 만주사단장 오로치가 부하들과 함께 따라나섰다.

이준성은 요동과 요서를 점령한 후에 만주와 요하를 지키기 위한 군대를 개편했다. 우선 기존에 있던 아무르사단을 해체해 만주사단, 요동사단, 요서사단, 홀룬사단을 창설했다.

그렇게 해서 창설한 네 개 사단을 한데 묶어 아무르군단이라 칭했다. 아무르군단이 새로 생기며 자연스럽게 육군 전체 편제에 변화가 생겼다. 육군은 3개 군단 체제로 변했다. 중앙군인 아시온군단, 북부군인 아무르군단, 남부군인 천갑군단이 바로 그것이었다. 아시온군단은 전처럼 타국과의 전쟁과 같은 공세적 임무를 맡았으며 아무르군단과 천갑군단은 북쪽과 남쪽을 수비하는 임무를 맡았다.

물론 세 군단의 편제가 정확히 일치하진 않았다. 10만 명으로 이루어진 아시온군단은 장병 전원이 장기 복무 계약서에 서명한 현역병이었다. 장기 복무 계약서의 계약 기간에 차이가 있기는 했지만, 대략 짧게는 5년에서 많게는 10년이었으므로 실력이 뛰어난 베테랑을 오랫동안 잡아 둘 수가 있었다.

반면, 방어 부대인 아무르군단은 8만 명, 천갑군단은 7만 명으로 이뤄져 있었다. 그러나 그중 현역병은 10분의 1에 불과했으며 나머지 90퍼센트는 지역에 사는 주민과 예비군이었다.

이준성 일행은 열흘 동안 숲과 계곡, 초원을 지난 후에야 목적지에 도달할 수 있었다. 이준성은 야트막한 언덕 위에 올라가 밑을 내려다보았다. 엄청나게 넓은 초지 위에 유목 민족이 거주용으로 쓰는 게르 수백 개가 촘촘하게 모여 있었다.

게르의 행렬이 끝나는 곳엔 숫자를 헤아릴 수 없는 양과 염소 등이 한가로이 풀을 뜯는 중이었다. 그 반대편에 있는 울타리에서는 수백 마리가 넘는 말들이 뛰노는 중이었다.

옆으로 다가온 오로치가 가장 큰 게르를 가리키며 설명했다.

"저 큰 게르가 아자크족의 족장 무르진이 사는 거처이옵니다."

이준성은 말없이 고개를 끄덕였다. 오로치가 해 준 설명에 따르면 시베리아 남쪽에는 수십 개가 넘는 소수 부족이 존재했다.

반면, 툰드라 기후 지대에 속하는 시베리아 북쪽 지역엔 사람이 거의 살지 않았다. 물론 시베리아가 워낙 광대한 탓에 북쪽 전체가 툰드라 기후는 아니지만 어쨌든 사람이 거주하기엔 적절하지 않은 탓에 주로 남쪽에만 사람이 거주했다.

시베리아 남쪽에 사는 소수 민족은 생김새가 다양했다. 서쪽에는 동양인과 서양인의 혼혈처럼 보이는 색목인이, 동쪽에는 몽골인과 비슷한 외형을 지닌 동양인이 주로 거주했다.

아자크족은 소수 민족 중에서 세력이 두 번째로 컸다. 그리고 가장 큰 세력을 지닌 카르단족과는 경쟁 관계에 놓여 있었다.

송화강 유역에 살던 찰랑합부족은 아자크족과 거래할 일이 많아 아자크족장 무르진과 친분이 약간 있는 편이었다.

찰랑합의 동생인 오로치 또한 형 찰랑합을 따라 무르진을 몇 차례 방문한 적 있어 그가 이번 협상을 주도하기로 했다.

"이제 내려가시지요."

"그러세."

이준성은 오로치를 따라 게르가 있는 초원지대로 내려갔다. 아자크족 정찰병이 그들을 발견했는지 짐승의 뿔로 만든 호각 소리가 사방에서 들려왔다. 이준성은 침착한 표정으로 아자크족의 반응을 지켜보았다. 아자크족은 유목 민족답게 아주 신속하게 움직였다. 농경 민족이야 땅이 재산이라 자기가 살던 고향을 잘 떠나지 않으려 하지만, 유목 민족은 말과 양, 염소가 재산이라 바로 가재도구와 가축부터 챙겼다. 여차하면 다른 곳으로 도망칠 준비를 마친 것이다.

몇 분 후에는 100여 명이 넘는 아자크족 기병이 안장조차 씌우지 않은 말에 타고서 먼지를 짙게 피워 올리며 달려왔다.

"소장이 먼저 가서 상황을 설명하겠습니다."

"그리하게."

오로치는 큰 싸움이 나기 전에 얼른 앞으로 말을 몰아 달려갔다. 아자크족 기병들은 정체를 알 수 없는 자들 속에서 눈에 익은 사내가 뛰쳐나오는 모습을 보고는 말을 멈추었다.

아자크족 기병 중에서 덩치가 가장 큰 청년을 찾아가 이야기를 나눈 오로치가 돌아와 이준성 일행을 안으로 안내했다.

이준성이 촌락 안으로 들어가며 오로치에게 물었다.

"방금 이야기를 나눈 청년은 누군가?"

"무르진의 장남 라우진입니다. 아자크족이 자랑하는 전사지요."

"그가 뭐라던가?"

"전하를 손님용 게르에 모시라 했사옵니다. 그러면 자기가 자리를 마련해 아버지 무르진과 함께 전하를 만나 보겠답니다."

말없이 고개를 끄덕인 이준성은 오로치의 안내를 받아 아자크족이 쓰는 게르 중 하나로 들어갔다. 악취가 좀 나긴 했지만, 게르 가운데 있는 화로 덕에 언 몸을 녹일 수 있었다.

잠시 후, 아자크족 사내가 허기를 채우라며 마유주와 양고기를 내왔다. 둘 다 이준성이 좋아하는 음식은 아니었다. 삭힌 마유주는 역했고, 늙은 양으로 만들었는지 양고기에서는 누린내가 심하게 났다. 그러나 음식을 날라 온 아자크족 사내가 지켜보고 있었던 탓에 씁쓸한 미소를 지으며 억지로 먹었다.

아마 이준성이 마유주와 양고기를 입에 대지 않으면 아자크족 사내는 바로 돌아가 무르진에게 그 사실을 고할 터였다.

유목 민족은 손님 접대를 아주 중요하게 생각하기 때문에 그가 음식을 입에 대지 않으면 불쾌하게 생각할 공산이 높았다.

그렇게 1시간쯤 기다렸을 때였다. 아자크족 사내가 들어와 이준성 일행을 촌락 가운데 있는 게르로 데려갔다. 근처에 있는 게르보다 높이가 5미터 정도 더 높은 대형 게르였다. 아마 족장인 무르진이 외부 인사를 접견할 때 사용하는 게르인 모양이었다.

이준성은 열린 문을 통해 게르 안으로 들어갔다. 무르진은 게르 안에 있는 높은 의자에 앉아 있었다. 아들 라우진처럼 체구가 건장한 중노인이었다. 무르진 옆에는 라우진을 비롯해 지위가 높아 보이는 사내 10여 명이 늘어서 있었다.

이준성은 무르진 앞으로 곧장 걸어가 자기를 소개했다.

"만나서 반갑소. 내가 한국의 왕 이준성이오."

그때, 라우진이 무르진 앞을 막아서며 뭐라 소리쳤다.

아자크족의 말을 아는 오로치가 약간 당황해 통역했다.

"자기 아버지를 만나려거든 무릎을 꿇고 인사를 해야 한답니다."

"하하, 재밌군."

껄껄 웃은 이준성은 라우진을 보며 소리쳤다.

"내 무릎을 꿇릴 수 있는 사람은 천하에 내 아내들밖에 없다!"

오로치의 통역을 들은 라우진이 눈썹을 꿈틀하더니 주먹을 뻗어 이준성의 얼굴을 쳐 왔다. 전혀 예상하지 못한 공격이었기 때문에 게르에 있던 모든 사람이 당황한 표정을 지었다. 한데 이준성은 예상했다는 듯 얼굴에 미소를 띠었다.

◆ ◈ ◆

얼굴을 옆으로 움직여 주먹을 피한 이준성은 왼팔로 라우진이 뻗은 팔을 재빨리 붙잡았다. 팔을 빼내기 위해 몸부림치던 라우진의 눈이 화등잔만 하게 커졌다. 갑자기 몸을 돌린 이준성이 그의 옷깃을 잡아 그를 번쩍 들어 올린 것이다.

라우진은 믿을 수 없단 표정을 지었다. 그는 100킬로그램이 넘는 거구였다. 한데 그런 자신이 마치 어린아이처럼 공중으로 들어 올려진 것이다. 불길한 예감이 든 라우진은 급히 몸을 미친 듯이 흔들어 이준성의 손에서 빠져나가려 하였다.

그러나 이준성은 라우진에게 빠져나갈 틈을 주지 않았다. 바로 라우진의 거구를 땅바닥에 강하게 내리꽂았다. 라우진의 엄청난 거구가 허공을 가르는 모습에 다들 벌린 입을 다물지 못했다. 그때, 라우진이 허리부터 바닥에 떨어지며 게르에 깔려 있던 카펫에서 싯누런 먼지가 구름처럼 일어났다.

쿠웅!

바위가 떨어진 것과 같은 둔중한 소리가 나며 라우진이 바닥과 충돌했다. 떨어진 것과 충돌한 것에는 차이가 있었다. 떨어진 것에는 중력만이 관여하지만 충돌한 것에는 중력과 함께 상대가 쏟아 낸 힘까지 들어 있어 훨씬 더 고통스러웠다. 한데 라우진의 머리가 바닥과 충돌하려는 순간, 이준성이 재빨리 그의 머리를 손으로 받쳐 부딪히지 않게 해 주었다.

라우진의 버릇없는 행동이 괘씸하긴 했지만 무르진 앞에서 그의 아들을 반병신으로 만들 의향까지는 없었다. 그가 무르진을 찾아온 것은 아자크족과 원수를 맺기 위해서가 아니었다. 아자크족과 긴밀하게 협력해 나가기 위해서였다.

이준성의 광속 업어치기에 당한 라우진은 정신을 차리지 못했다. 그때, 무르진 옆에 있던 아자크부족 간부들이 라우진을 구하기 위해 허리에 찬 칼과 도끼 등을 분분히 뽑았다.

이에 뒤질세라 오로치와 마사카츠, 이시백, 낭환 등도 재빨리 무기를 뽑아 들었다. 여차하면 바로 출수해 상대를 몰살시켜 버리겠다는 행동이었다. 게르 안에 곧 숨 막힐 듯한 정적이 감돌았다. 그때, 이준성이 껄껄 웃으며 손을 번쩍 들었다.

"하하, 모두 무기를 거두게! 어린 친구가 실수 한 번 한 것 가지고 그리 열을 낼 필요 없네! 그렇지 않소? 무르진 족장?"

오로치가 이준성의 말을 무르진에게 통역했다. 아들이 이준성에게 당해 거의 반기절했을 때도, 부하들이 그런 아들을 구하기 위해 무기를 빼 들었을 때도 표정의 변화가 거의 없던 무르진은 오로치의 통역을 듣기 무섭게 껄껄 웃었다.

무르진이 자기네 말로 호통을 치는 순간, 그의 부하들이 겸 연쩍은 표정으로 뽑아 든 무기를 얼른 허리춤에 갈무리했다.

그 모습을 보며 피식 웃은 이준성은 바닥에 쓰러져 있던 라우진의 팔을 잡아 일으켜 세워 주었다. 라우진은 아버지가 마 뜩잖은 눈빛으로 자신을 쳐다보는 모습을 보고는 풀이 죽어 머리를 숙였다. 그때, 라우진의 옷에 묻은 먼지를 툭툭 털어 준 이준성이 이제 가 보란 듯이 그에게 손짓을 해 보였다.

라우진이 다혈질이긴 하지만 하늘 높을 줄 모르고 건방을 떠는 천방지축까지는 아닌 모양이었다. 이준성에게 고맙다 는 뜻으로 머리를 조아린 라우진이 아버지 옆으로 돌아갔다.

무르진이 낭패한 모습으로 돌아온 아들을 매섭게 훈계한 모양이었다. 라우진의 얼굴이 홍시처럼 붉어진 것이 그 증거 였다. 아들을 꾸짖은 무르진이 자리에서 천천히 일어나 밑으로 내려왔다. 그리고는 한쪽 편에 서서 이준성에게 예를 표했다. 이는 이준성을 인정한다는 의미나 마찬가지였다.

이준성은 마주 예를 표했다. 사실 그와 무르진이 가진 세력에는 엄청난 차이가 있었다. 그가 황제와 비견할 만한 세력을 지녔다면 무르진의 세력은 일개 토호 정도에 불과했다.

그러나 이준성은 아주 실용적인 사내였다. 자신이 세운 계획을 성공시킬 수만 있다면 무르진에게 절이라도 할 수 있었다.

이준성 일행에게 자리를 권한 무르진이 손뼉을 쳤다. 잠시 후, 아자크족 전통 복장을 입은 부족의 젊은 여인들이 술과 생고기 등을 담은 은쟁반 수십 개를 게르 안으로 들여왔다.

무르진을 기다리는 동안, 아자크족이 허기를 달래라며 가져다준 마유주와 양고기를 잔뜩 먹은 이준성은 미간을 약간 찌푸렸다. 삭힌 마유주와 냄새나는 양고기는 그의 취향이 아니었다. 보급이 끊긴 전장이라면 감지덕지할 테지만 이런 자리에서까지 마음에 들지 않는 음식을 먹고 싶진 않았다.

부족의 젊은 여인들이 쟁반을 놓고 나간 다음에는 부족의 사내들이 게르 가운데 있는 화덕을 이용해 양고기를 구웠다. 양고기 위에 소금과 허브로 보이는 채소 등이 묻어 있는 것을 보면 가져오기 전에 간을 해서 숙성해 둔 모양이었다.

그러나 아자크족이 이번에 내온 양고기에 무슨 짓을 했든 식욕은 별로 당기지 않았다. 좀 전에 먹은 양고기면 충분했다.

그때, 눈치 빠른 오로치가 얼른 그의 귀에 속삭였다.

"아자크족은 손님을 접대하는 풍습이 아주 특이한 편이옵니다."

"어떻게 특이한가?"

"손님이 그들의 부족을 처음 방문했을 때 형편없는 음식을 내주는 이상한 풍습이 있다 들었사옵니다. 그리고 형편없는 음식을 내준 다음엔 손님의 반응을 몰래 지켜보곤 하지요."

"흥미롭군. 계속해 보게."

"손님이 아자크족이 내준 형편없는 음식에 손을 전혀 대지 않으면 그들은 무척 불쾌하게 생각하는 경향이 있사옵니다."

"어째서?"

"손님이 음식에 손을 전혀 대지 않는 이유는 아자크족이 음식에 몰래 독을 탔을 거로 의심하기 때문이란 것이옵니다. 그리고 아자크족을 의심한다는 것은 애초에 불순한 동기로 그들을 찾아왔단 뜻과 같으니 기분이 좋지 않은 것이지요."

이준성은 미간을 찌푸렸다.

"이해가 안 가는군. 형편없는 음식을 먹지 않았다고 해서 그들을 찾아온 손님에게 불순한 저의가 있을 거로 의심하다니."

오로치가 고개를 살짝 저었다.

"그렇게 터무니없는 것은 아니옵니다."

"어찌하여 그런가?"

"손님에게 아자크족을 존중하는 마음이 조금이라도 있다면, 음식이 훌륭하든 형편없든 간에 일단 먹어는 볼 테니까요."

"흐음, 그럴듯하군."

고개를 끄덕이던 이준성은 갑자기 의문이 하나 생겼다.

"그렇다면 왜 조금 전에는 그런 이야기를 해 주지 않은 건가?"

오로치가 머리를 긁적이며 대답했다.

"소장이 어찌 존귀하신 주상전하께 그런 형편없는 음식을 드시라 권할 수 있겠사옵니까? 천부당만부당한 일이옵니다."

"하하, 자네는 날 좀 더 알 필요가 있겠군. 나는 체면을 신경 쓰지 않는 사람이네. 그럴 줄 알았으면 더 먹어 둘 걸 그랬어."

오로치의 말대로였다. 아자크족이 이번에 내온 음식은 그가 손님용 게르에서 먹었던 음식과는 차원이 달랐다. 마유주는 시중에 파는 요구르트와 비슷한 냄새가 나 전혀 역하지 않았다. 그리고 양고기는 머튼이 아니라 램으로 만들었는지 누린내가 거의 나지 않았다. 그나마 남아 있는 누린내 역시 향이 강한 허브로 잡아 식욕을 돋우는 냄새가 진동했다.

무르진은 이준성의 잔에 직접 마유주를 따라 주며 빙긋 웃었다. 그가 손님용 게르에서 음식을 먹었단 보고를 받은 모양이었다. 고소를 머금은 이준성은 일행과 함께 마유주, 양고기, 염소 고기로 배를 두둑이 채웠다. 심지어 평소에는 잘 접하기 힘든 말고기 요리와 늑대 고기 요리까지 대접받았다.

식사가 끝났을 때, 부족의 젊은 여인들이 우르르 들어와 빈 그릇이 가득한 은쟁반을 밖으로 내갔다. 무르진은 여인들이 다 나갈 때까지 기다렸다가 오로치를 통해 말을 전해 왔다.

"식사는 맛있게 하셨는지 묻고 있사옵니다."

"융숭한 접대에 감사드린다고 전해 주게."

오로치의 통역을 들은 무르진이 반쯤 센 수염을 쓰다듬으며 만족한 미소를 지었다. 그때부터는 오로치가 두 사람의 대화를 실시간으로 통역해 대화에 어려움을 겪는 일이 없었다.

겸양의 말이 서로 오간 후에 이준성이 단도직입적으로 물었다.

"이 근처에 얼굴 하얀 사람이 온 적 있소?"

무르진이 잠시 생각한 후에 고개를 끄덕였다.

"사냥꾼 차림을 한 사람 몇 명이 온 적 있었소."

무르진의 말에 따르면 불과 1년 전쯤에 말을 탄 하얀 피부의 사람 몇 명이 촌락 근처까지 와서는 총이란 무기로 짐승을 사냥하더란 것이다. 총이란 무기를 그때 처음 접한 무르진은 상당한 충격을 받아 즉시 아자크족 전사 수백 명을 불러모았다.

그러나 사냥꾼들은 모피만 수십 장 챙겨서는 바로 자기네 땅으로 돌아갔다. 이준성 등이 언덕에 모습을 드러냈을 때, 라우진이 바로 기병 부대를 인솔해 달려온 이유 역시 얼굴이 하얀 사냥꾼들이 또 나타난 줄 알았기 때문이었다.

고개를 끄덕인 이준성이 표정을 굳히며 말했다.

"그 백인들이 만든 강력한 군대가 10년 안에 여기까지 당도할 거요. 그리고 시베리아 남쪽에 있는 부족을 정복한 다음, 우리가 있는 아무르강까지 진격해 영토를 넓히려 할 것이오."

이준성의 말을 들은 무르진 역시 심각한 표정을 지었다. 경험이 많은 그는 이준성의 말이 거짓이 아님을 직감한 것이다.

그때, 풀이 죽어 있던 라우진이 벌떡 일어나 소리쳤다.

"우리 아자크족 전사들은 적을 두려워하지 않소! 그 백인이란 자들이 누군지는 모르겠으나 우리의 상대는 아닐 것이오!"

이준성은 라우진의 철없는 행동에 고개를 절레절레 저었다.

"우리 한국보다 인구가 좀 적긴 하지만 그들은 인구가 1,000만이지. 시베리아에 사는 소수 민족을 다 합쳐 봐야 3, 40만이 고작일 텐데, 그런 대국에 맞서 싸울 수 있다고 생각하나? 심지어 그들에겐 엄청난 위력을 가진 신무기까지 있어."

라우진이 콧방귀를 뀌었다.

"흥! 당신이나 아버지는 얼굴 하얀 놈들이 쓰는 총이란 무기를 두려워할지 모르지만, 난 아니오! 난 전혀 두렵지 않소!"

"아니, 두려워해야 해."

이준성은 허리춤에 찬 연뢰를 뽑아 엄지손가락으로 코킹했다. 그리고는 라우진의 이마를 겨누었다. 이준성의 갑작스러운 행동에 라우진이 놀라 숨을 헉하고 들이마실 때였다.

연뢰의 총구를 게르 천장으로 돌린 이준성이 방아쇠를 당겼다.

탕!

귀청을 찢는 총성이 들리는 순간, 게르 천장에 달아 둔 나무 장식 하나가 밑으로 떨어졌다. 장식이 화덕 위에 떨어지기 직전에 재빨리 낚아챈 이준성이 그걸 라우진 앞에 던졌다.

"살펴봐라."

라우진은 시키는 대로 이준성이 건넨 나무 장식을 살펴보았다. 한데 나무 장식 가운데에 동그란 구멍이 크게 뚫려 있었다.

라우진이 놀란 얼굴로 이준성을 다시 쳐다볼 때였다.

이준성은 한숨을 내쉬었다.

"내가 그 장식이 아니라 널 겨누고 이 총을 쏘았다면 어떻게 되었을 것 같은가? 넌 아마 지금쯤 피를 질펀하게 흘리며 바닥에 누워 있을 테지. 이게 바로 총의 위력이란 거다. 더구나 적에게는 이런 총으로 무장한 병력만 수천 명이야."

라우진은 다시 풀이 죽어 손가락으로 나무 장식만 만지작댔다.

그때, 무르진이 약간 초조한 음성으로 물었다.

"적이 그렇게까지 강성하다면 왜 바로 쳐들어오지 않는 거요?"

이준성은 고개를 저었다.

"내가 사람을 시켜 알아보니까 그쪽의 내부 사정이 별로 좋지 않았소. 아마 4, 5년은 지나야 정리를 마칠 수 있을 것이오."

무르진은 이준성의 말을 믿는 눈치였다.

물론 이준성이 거짓말을 한 건 아니었다. 다만, 사람을 시켜 알아본 게 아니라 유진을 이용해 알아보았을 따름이었다.

유진에 따르면 현재 러시아의 상황은 그다지 좋지 않았다. 러시아는 몽골군의 침입으로 엄청난 피해를 본 지역 중 하나였다.

그러나 몽골군의 전성기가 끝나면서 희망이 생겼다. 더욱이 이반 뇌제라 불리던 능력 있는 군주까지 태어나 모스크바 대공국을 중심으로 점차 국가의 형태를 갖추어 가기 시작했다.

이반 뇌제는 모스크바 대공국 주위에 있던 작은 나라들을 정복해 영토를 늘려 나갔다. 그리고는 그렇게 해서 만든 왕국에 루스 차르국이란 이름을 붙였다. 한데 이반 뇌제가 사망한 후에는 급격히 몰락해 주변 나라의 침략을 받기 시작했다.

심지어 이웃사촌이라 할 수 있는 스웨덴, 폴란드-리투아니아에 패해 차르가 강제로 쫓겨나는 등의 굴욕마저 겪었다.

한데 지금으로부터 몇 년 후에 로마노프가 차르로 등극하며 상황이 돌변했다. 로마노프가 마침내 차르국을 어지럽히던 여러 혼란을 잠재우고 나라의 기틀을 다시 정비한 것이다.

그러나 유럽의 다른 강국에 비해 약하긴 마찬가지였기 때문에 로마노프 왕조는 서쪽이 아닌 동쪽으로 시선을 돌렸다. 바로 동쪽에 있는 광활한 시베리아를 차지하려 한 것이다.

그 결과 17세기 중반에 들어서면 시베리아를 정복한 로마노프 왕조의 군대가 아무르강 유역까지 진출하는 데 성공했다. 그리고 그 때문에 청나라와 마찰이 생겨 조선이 억지로 출병한 나선 정벌과 네르친스크 조약 사건이 각각 일어났다.

로마노프 왕조의 군대가 17세기 중반쯤에 아무르강 유역에 진출했다는 말은 그보다 훨씬 전에 아자크족이 거주하는 시베리아 남부가 로마노프의 손에 떨어졌다는 의미와 같았다. 즉, 이준성이 무르진에게 한 말은 모두 사실인 셈이었다.

미간을 좁힌 상태에서 심사숙고하던 무르진이 물었다.

"그런 정보를 알려 주는 이유가 무엇이오?"

"아자크족이 러시아에 대항할 수 있게 우리가 지원해 주겠소. 무기도 주고 전사를 훈련시킬 교관도 파견해 주겠소. 이미 찰랑합에게 들었겠지만, 우리는 몇 년 전에 만주 전체와 요하를 손에 넣었소. 그런 우리가 아자크족을 지원하면 아자크족은 멀지 않아 시베리아 남부를 제패할 수 있을 것이오."

"그냥 도와줄 리는 없을 테고 조건이 무엇이오?"

"조건은 하나요. 여기 이 지역을 우리에게 넘겨주시오."

이준성은 지도를 펼쳐 아자크족이 통치하는 지역에 위치한 계곡 하나를 가리켰다. 이렇게 정밀한 지도를 처음 봤는지 무르진은 상당히 놀란 눈치였다. 심지어 그 지도에 담긴 내용이 다른 곳이 아닌 자기 부족의 영지였으니 놀라움은 이룰 말할 수 없을 것이었다.

무르진이 떨리는 목소리로 물었다.

"이 지도는 대체 어떻게 만든 거요?"

"하하. 미안하지만 그건 알려 줄 수 없소."

무르진은 캐물어도 소용없다는 것을 알았는지 그 문제는 다시 거론하지 않았다. 대신, 이준성에게 다른 것을 물어왔다.

"그 지역에 뭐가 있기에 달라는 것이오?"

"솔직히 말하겠소. 거기엔 금광이 있소."

"금광이란 말이오?"

"그렇소."

무르진은 심경이 복잡한지 한참 후에 다시 입을 열었다.

"나 역시 사람이라 금광이 없다는 것을 몰랐다면 모르지만, 금광이 있다는 사실을 안 후에는 욕심이 조금 생기는구려."

"금괴 100개를 생산하면 그중 5개를 주겠소. 우리가 광산을 개발하고 채굴한 뒤 제련까지 해서 주는 거니까 밑지는 장산 아닐 거요."

"10개를 주시오. 그럼 그 지역을 통째로 넘기겠소."

"뭐, 처음 하는 거래니까 그 정도 편의는 봐 드려야지. 좋소. 10개를 주리다. 대신, 나중에 다른 말이 없어야 하오. 만약 다른 말이 나온다면, 다른 방식을 쓸 수밖에 없소."

"다른 방식이란 게 무엇이오?"

"다른 나쁜 놈들처럼 당신 부족을 정복한 다음, 금광까지차지하는 거요. 사실 내 쪽에서는 그게 더 편하긴 하지만, 이번 거래를 맡은 오로치의 체면을 생각해 이렇게 하는 거요."

그 말에 깜짝 놀란 무르진이 오로치를 보며 고맙다는 표정을 지었다. 어쨌든 이리하여 이준성은 이번 원정에서 시베리아 남부에 거점을 하나 확보하는 소기의 성과를 거두었다.

이번 협상을 주도한 오로치의 체면을 생각했다는 이준성의 말은 반만 사실이었다. 실제로는 아자크족을 정복할 생각이 아예 없었다. 아니, 시베리아 남부로 진출할 생각이 없었다.

시베리아가 너무 광대하다는 게 문제였다. 이런 곳에 병력을 갈아 넣는 짓은 밑 빠진 독에 물을 붓는 행동과 다름없었다.

인구가 2~3,000만이라면 또 모르지만, 현재 한국의 주민 등록상 인구는 1,120만 명이었다. 시베리아를 차지하기엔 인구가 너무 적어 만주, 요하, 캄차카, 사할린 정도가 한계였다.

그렇다고 러시아가 시베리아 남부로 진출하게 그냥 놔둘 순 없는 일이었다. 몽골 제국의 영향에서 갓 벗어난 러시아는 유럽의 대표적인 약소국이었다. 잉글랜드나 에스파냐, 프랑스 같은 대국은 물론이거니와 옆에 있는 스웨덴 제국, 폴란드-리투아니아연방과 같은 나라에마저 치이는 신세였다.

한데 로마노프 왕조와 표트르 대제가 등장한 후에는 유럽의 강국 중 하나로 도약했다. 그리고 그다음엔 다 아는 대로 러시아 제국과 소련을 거쳐 한때 초강대국으로까지 성장했다.

한반도는 고래로부터 지정학적인 위치 때문에 서쪽에 있는 중국과 남쪽에 있는 일본의 침략을 자주 받았다. 좀 더 자세히 설명하면 고대, 중세에는 대륙에 있는 중국 왕조와 여러 이민족의 침입을 받았다. 그리고 중세부터 근현대에 이르는 몇백 년 동안엔 왜구와 일본의 침략을 견뎌야 했다.

한데 19세기에 이르러 그 침략의 대열에 종종 러시아가 포함되기 시작했다. 세계열강이 한반도를 차지하기 위해 앞다투어 쳐들어왔을 때는 아관파천 사건이 있었다. 그리고 냉전이란 이름으로 세계가 자본주의와 공산주의로 갈라졌을 땐 북한의 요청을 받아들여 한국 전쟁에 깊숙이 개입하기까지 하였다.

그런 러시아가 아무르강까지 진출하게 놔두는 것은 한국의 미래에 별로 좋지 않은 영향을 끼칠 공산이 아주 높았다.

지금 싸운다면 한국이 가볍게 이기겠지만 미래의 한국이 미래의 러시아, 혹은 소련과 싸워 이길 수 있다고 장담할 수는 없었다. 이에 이준성은 그 방책을 미리 세워 두려 하였다.

아자크족을 지원해 시베리아 남부에 러시아의 극동 진출을 저지하는 완충 지대를 설치하려는 계획이 바로 그것이었다.

이준성은 즉시 아자크족에 대규모 군사고문단을 파견했다. 그리고 그와 동시에 뇌우 1호, 화약, 뇌관 등을 무상으로 보급해 아자크족이 화약 무기로 무장할 수 있게 지원하였다.

그 결과, 아자크족은 불과 3년 만에 시베리아 남동부를 제패했다. 그리고 다시 2년 후엔 그들의 최대 경쟁자인 서쪽의 카드란족을 제압해 마침내 아자크 왕국을 세우는 데 성공했다. 물론 왕국의 초대 왕은 무르진이 맡았다. 무르진은 이준성의 조언대로 국왕의 권력이 강한 중앙 집권화를 통해 아자크 왕국을 작지만 강한 나라로 만드는 데 성공했다.

한국 정부는 아자크 왕국을 물심양면으로 지원하여 곧 극동에 모습을 드러낼 러시아 군대를 격파할 모든 준비를 마쳤다.

한편, 무르진과 거래를 마친 이준성은 그가 아자크족을 도와주는 조건으로 얻은 계곡을 먼저 찾았다. 계곡의 크기는 지름이 20킬로미터에 불과해 아주 작았다. 아자크족 영토가 한반도보다 약간 작단 점을 고려하면 아주 작은 지역이었다.

계곡의 풍광은 무척 수려한 편이었다. 계곡 사이에 풍부한 수량을 자랑하는 맑은 강물이 흘렀다. 그리고 강 양옆에는 수백, 수천 년 동안 인간의 손길이 닿지 않은 원시림이 존재했다. 즉, 채광과 제련에 필요한 나무와 물을 쉽게 구할 수 있다는 뜻으로 광산을 세우기에 아주 적합한 지역이었다.

이준성이 '아리나'란 이름으로 불리는 이 계곡을 원한 이유는 입지 조건 때문이 아니었다. 아리나 계곡이 황폐한 곳이었어도 그는 무르진에게 계곡을 달라 요청했을 것이다.

아리나 계곡에는 엄청난 금광석이 묻혀 있었다. 그 엄청나다는 게 어느 정도냐면, 단일광맥으론 인류가 발견한 금광맥 중 세 번째로 컸다. 그리고 계곡에 있는 다섯 개 금광맥 매장량을 모두 합쳤을 땐 세계에서 두 번째로 큰 광맥이었다. 한반도와 만주, 요하 역시 옛날부터 금이 많이 나기로 유명한 지역이지만, 그 세 지역에 묻혀 있는 금광맥의 양을 다 합쳐도 이 아리나 계곡의 매장량에 미치지 못할 정도였다.

21세기 러시아는 미국, 중국과 같은 경쟁국에 비해 국력이 현저히 약해진 상태였다. 심지어 경제면에서는 독일, 프랑스 등에 따라잡힌 지 오래일 정도였다. 그러나 러시아를 무시하는 국가는 없었다. 러시아가 가진 핵과 최첨단 무기 체계 때문이 아니었다. 이는 러시아가 가진 지하자원 때문이었다.

러시아는 지구에서 가장 큰 영토를 차지한 국가답게 엄청나게 많은 지하자원을 가졌는데, 그중 가장 대표적인 자원이 바로 천연가스와 금이었다. 특히 금 생산량이 엄청났는데, 러시아 금 생산을 책임지던 데가 바로 이 아리나 광산이었다.

이준성은 광부 100여 명과 함께 직접 아리나 계곡을 찾아 주변을 탐사했다. 현재 한국에서 가장 인기 있는 직종이 바로 군인과 광부였다. 둘 다 목숨이 위험한 직종이란 점을 생각하면 의외가 아닐 수 없는데, 이유는 의외로 단순했다.

바로 돈을 많이 주기 때문이었다.

초기에는 광부로 일하려는 사람이 거의 없어 포로와 죄인을 광산에 투입했다. 한데 지금은 오히려 광부를 하려는 사람이 너무 많아 문제였다. 경쟁이 얼마나 치열한지 자원부 인사 책임자가 뇌물을 받고 광부를 뽑다가 걸리는 바람에 중형을 선고받는 일이 일상적인 일처럼 느껴질 지경이었다.

이는 이준성의 기술자 우대 정책이 만들어낸 결과 중 하나였다. 이준성은 그가 가진 기술이 뭐든, 한 분야에서 장인이란 소리를 들으면 국무총리나 장관과 비슷하거나 더 많은 돈을 받을 수 있도록 기술을 가진 사람을 우대했다.

그 덕분에 자원부 소속 광부로 20년 이상 재직하면 국무총리와 비슷한 월급을 받았다. 당연히 25년, 30년 경력의 베테랑은 그보다 훨씬 많은 돈을 받았다. 또한 다이너마이트를 다루는 화기 기술자의 경우에는 따로 수당을 더 받기 때문에 경쟁률이 1,000 대 1에 달했다.

계곡에 캠프를 차린 이준성은 바로 광맥을 찾아 나섰다. 물론 이준성은 광맥을 찾는 광맥 기술자가 아니므로 유진의 도움을 받았다. 데이터베이스에 들어 있는 아리나 광산의 정보를 검색한 유진은 이준성을 광맥이 있는 곳으로 데려갔다.

이준성은 5미터 높이의 절벽을 올려다보며 물었다.

"여기야?"

-맞습니다. 이곳이 가장 큰 광맥을 가진 갱도의 입구입니다.

고개를 끄덕인 이준성은 바로 명령했다.

"이곳을 뚫어라!"

광맥 전문가인 광부들이 고개를 갸웃거리며 다가와 이준성이 지목한 절벽을 조사했다. 수십 년간 광맥을 찾아다닌 광부들이 보기에는 금광맥이 있을 것 같지 않은 지형이었다.

더욱이 광맥을 찾는데 문외한이나 다름없는 이준성이 고른 곳이라 더 의심이 갔다. 다만, 국왕이 내린 명령이기 때문에 명을 거역하지는 못했다. 어명을 거역하면 그건 항명이었다. 군인은 즉결 처형, 민간인은 재판 후 처형당하는 것이다.

광부들은 두 가지 방법으로 광맥을 찾아냈다. 첫 번째는 지진이나 홍수, 산사태와 같은 자연재해가 발생한 지역에서 우연히 밖으로 드러난 노상광맥을 발견해 파 들어가는 방법이었다.

　두 번째 방법은 첫 번째보다 좀 더 과학적이었다. 광부들은 사금, 사철이 풍부한 시내와 강을 찾아다녔다. 사금은 금이 작은 알갱이로 부서진 형태를, 사철은 철이 작은 알갱이로 부서진 형태를 뜻했다. 이러한 알갱이들은 보통 강바닥의 모래와 섞여 있으므로 모래 사자를 붙여 사금, 사철이라 불렸다. 강바닥에 사금, 사철이 풍부하다는 뜻은 근처에 금광석과 철광석이 존재한다는 증거이기 때문에, 그 주변을 자세히 조사하다 보면 운이 좋을 경우 광맥을 찾아낼 수 있었다.

　한데 이준성은 그 두 가지 방법을 쓰지 않았다. 그저 앞에 있는 화강암 절벽을 슬쩍 둘러본 다음 뚫으란 명령을 내렸다.

　어명을 거부할 수 없던 광부들은 바로 작업에 들어갔다. 광부들은 먼저 망치와 정, 손으로 돌리는 수동 드릴로 절벽 곳곳에 깊은 구멍을 뚫었다. 방사청에서 강선총과 강선포를 만들기 위해 수십 종류가 넘는 드릴을 새로 개발했기 때문에 광부들 역시 갱도를 뚫는 데 드릴을 사용하기 시작했다.

　광부들은 뚫어 놓은 구멍에 다이너마이트를 차곡차곡 밀어 넣었다. 그리고는 도화선을 설치한 상태에서 멀찍이 물러났다. 다이너마이트가 터진다고 해서 산사태가 일어날 것 같은 지형처럼은 보이지 않지만, 미리 조심해 나쁠 게 없었다.

　"폭파합니다!"

화기 기술자가 고함을 지르며 도화선에 불을 붙였다. 이준성은 돌아서서 귀를 막았다. 그렇게 한참을 기다렸을 때였다.

콰아아아앙!

몸이 흔들릴 정도의 엄청난 반동과 함께 다이너마이트가 폭발했다. 다이너마이트가 만든 돌먼지가 가라앉을 때까지 다시 한참을 기다린 이준성은 현장으로 뛰어가 살펴보았다.

절벽 사이에 커다란 구멍이 뚫려 있었다. 깊이 역시 꽤 깊어 2, 3미터에 달했다. 이준성은 바닥에 깔린 잔해를 조사했다. 그러나 단단한 화강암만 있을 뿐, 금은 보이지 않았다.

광부 책임자가 다가와 조용히 물었다.

"어떻게 하시겠사옵니까?"

"금맥이 나올 때까지 계속 뚫어라."

"알겠사옵니다."

광부 책임자는 돌아가 현장을 다시 지휘했다.

단단한 목재로 갱도를 만든 광부들이 바닥에 깔린 화강암 잔해를 밖으로 퍼 날랐다. 그리고는 다시 다이너마이트를 설치해 안으로 뚫고 들어갔다. 그런 식으로 엿새가 지났지만, 화강암만 계속 나올 뿐 금광맥은 모습을 보이지 않았다.

이준성은 광부 책임자를 불러 물었다.

"그동안 얼마나 뚫었는가?"

"줄잡아 100미터는 뚫었을 것이옵니다."

한숨을 내쉰 이준성이 물었다.

"그대는 어떻게 생각하는가? 금광맥이 있을 것 같은가?"

"말씀드리기 송구하오나, 소인의 생각에는 없을 것 같사옵니다."

이준성은 잠시 생각해 본 후에 다시 물었다.

"지금 가진 장비로 얼마나 더 뚫을 수 있을 것 같은가?"

"다이너마이트는 충분하오나 드릴이 문제이옵니다. 아마 두세 번 더 작업하면 드릴이 없어 채굴을 멈춰야 할 것이옵니다."

"올 때 드릴을 충분히 가져오지 않은 것인가?"

"그건 아니옵니다. 드릴은 원래 잘 부러지는 데다, 화강암과 같은 단단한 암석군에는 맥을 못 추는 경향이 있사옵니다."

"으음, 알겠네. 내 다시 명령을 내릴 테니 가서 쉬도록 하게."

"알겠사옵니다."

책임자가 나간 후에 이준성은 바로 유진을 불러 물었다.

"정말 금광맥이 저기 있긴 한 거야?"

유진은 약간 토라진 목소리로 대답했다.

-믿든, 안 믿든 저곳에 금광맥이 있는 건 틀림없어요.

"네가 가진 정보는 최소 400년 후의 정보잖아. 그동안 지진이나 홍수가 나서 지형이 변했을 가능성은 전혀 없는 거야?"

-인간의 시간으론 400년이 길지 모르지만, 지질학적인 면에서 보면 400년은 눈 깜짝할 사이에요. 이곳에 운석이 떨어져 땅이 통째로 뒤집힌 게 아니라면 저곳에 금광맥이 있는 것은 변함없어요.

이준성은 한숨을 내쉬었다.

"네 말이 맞는 것 같군."

이준성은 막사를 나와 광부들이 모여 있는 곳으로 돌아갔다. 갱도 안에서 파낸 화강암 바위에 앉아 휴식을 취하던 광부들이 얼른 일어나 예를 표했다. 그들은 기대감이 섞인 표정으로 이준성을 보았다. 광산 분야에서는 자신이 문외한임을 인정한 이준성이 이번 일을 그들에게 맡길 거로 믿는 모양이었다. 그러나 그는 그들을 실망시킬 수밖에 없었다.

"금맥이 나올 때까지 계속 판다!"

"알겠사옵니다."

대담한 책임자가 광부들을 독려해 다시 갱도 안으로 들어갔다.

그로부터 두 시간쯤 지났을 때, 광부들이 갱도 밖으로 나왔다.

책임자가 갱도 밖에 설치한 방폭문 뒤로 이준성을 안내했다.

"다이너마이트를 터트릴 테니 이곳에서 기다리시지요."

"알겠네."

이준성은 시키는 대로 방폭문 뒤에 앉아 귀를 막았다. 잠시 후, 갱도 안에서 폭음이 울렸다. 그리고는 마치 먼지 폭풍이 일어난 것처럼 갱도 입구 밖으로 먼지가 쏟아져 나왔다.

이준성은 한참을 기다린 후에야 갱도 안으로 들어갈 수 있었다. 광부들이 갱도 곳곳에 횃불을 걸어 내부를 볼 수 있게 해 주었다. 갱도 안은 서늘하다 못해 이가 시릴 정도였다.

이준성은 옷깃을 여미며 다이너마이트가 터진 갱도 끝에 도착했다. 몇 톤에 달하는 잔해가 바닥에 수북이 쌓여 있어 발이 빠지지 않도록 조심하며 위쪽으로 올라갔다. 바닥에 쌓인 잔해는 화강암이 대부분이어서 실망을 금치 못했다.

이준성은 갱도 끝으로 걸어가 다이너마이트에 뜯겨 나간 돌벽을 잠시 살펴보았다. 그러나 금광맥은 여전히 보이지 않았다. 고개를 절레절레 저은 이준성은 실망한 표정으로 돌아섰다.

이준성은 갱도 입구로 돌아가며 책임자에게 명령했다.

"잔해를 치워 내고 다시 작업하게."

"알겠사옵니다."

광부들이 나무 바퀴가 달린 수레에 화강암 잔해를 싣는 동안, 이준성은 얼마를 더 파야 금광맥이 나올지 계산해 보았다.

한데 그때였다.

"어?"

누군가가 놀라 내뱉은 소리가 갱도 끝에서 메아리처럼 울리며 들려왔다. 이준성은 혹시 하는 마음에 고개를 뒤로 돌렸다.

잠시 후, 광부들이 내지르는 환호성이 귀청을 쩌렁쩌렁 울렸다.

"찾았다!"

"금광석이다!"

"이봐! 여긴 광맥이 있어!"

이준성은 급히 갱도 끝으로 달려가 안을 들여다보았다. 이준성을 발견한 책임자가 손에 쥔 광석 하나를 두 손으로 바쳤다.

"그, 금광석이옵니다, 전하."

이준성은 책임자가 건넨 금광석을 살펴보았다. 책임자 말대로 금빛이 번쩍이는 금이 시커먼 광석에 별처럼 박혀 있었다.

이준성은 광산 분야에는 문외한이나 다름없어 책임자처럼 기뻐하지 않았다. 그는 광맥을 발견하면 금이 무더기로 나오는지 알았는데 좁쌀보다 작은 금 조각만 보일 따름이었다.

이준성은 미간을 찌푸리며 물었다.

"이게 그렇게 대단한가?"

"이건 약과이옵니다, 전하. 저쪽을 보시옵소서."

이준성은 책임자가 가리킨 방향으로 고개를 돌렸다. 그제야 책임자가 기뻐하는 이유를 알 수 있었다. 광부들이 잔해를 치우는 순간 아래쪽에 있는 돌벽이 드러났는데, 그곳에서 화강암 대신에 금이 들어 있는 금광석이 나타난 것이다.

책임자가 얼른 횃불을 가져와 아래쪽을 비추었다.

"대단하군!"

이준성의 입에서 절로 감탄사가 터져 나왔다. 그곳에는 마치 밤하늘을 수놓은 은하수처럼 금 조각이 박혀 있는 금광석이 깔려 있었다. 책임자가 건넨 금광석보다 양이 훨씬 많았다.

광부들은 신이 나서 작업에 들어갔다. 그리고 얼마 지나지 않아 금광 주맥을 발견해 바로 채굴을 시작했다. 앞으로 한국을 든든히 받쳐 주는 아리나 금광산의 첫 시작인 셈이었다.

5장. 푸른 초원의 늑대들

　이준성은 금강사단 방패연대를 호출해 아리나 금광산을 지키게 하였다. 아리나 금광산은 앞으로 한국 정부의 막대한 재정 지출을 뒷받침해 주는 든든한 기둥 역할을 해야 하므로 적이나 도적, 마적의 공격으로부터 반드시 사수해야 했다.

　이준성은 광산에 건설한 행궁에서 반년 가까이 머무르며 광산 개발을 진두지휘했다. 그는 먼저 만주에서 근무 중이던 건설부 건설공사의 기술자와 인부 수천 명을 불러들였다.

　광산 운영의 주역은 당연히 광부였다. 그러나 숙소와 식당 등이 전혀 없는 상황에서 광부부터 부를 순 없는 노릇이었다. 광산에 도착한 건설공사 직원들은 계곡 주위에 사무소와 숙소, 교량, 방앗간 등 20여 채가 넘는 건물을 건설했다.

그렇게 광부들이 사용할 편의시설이 어느 정도 갖춰졌을 때, 이준성은 광부들을 불러 본격적으로 광산을 개발했다. 개발을 시작한 후엔 자원부의 제련공사 기술자를 광산으로 호출했다.

금은 금괴 형태로 채굴하는 것이 아니었다. 물론 자연 상태에서 수백 킬로그램에 달하는 금덩이가 통째로 발견되는 사례가 몇 번 있기는 했지만, 이는 극히 드문 경우에 속했다.

대부분은 금이 일부 섞여 있는 금광석 형태로 나타나기 때문에 그 안에 들어 있는 금을 따로 추출해야 했다. 이런 추출 과정을 제련이라 하는데, 광석을 모래처럼 잘게 부숴 아말감으로 추출하는 방법과 용광로에 광석, 환원제, 용제 등을 같이 넣은 후 가열해 금을 추출하는 방법 등이 있었다.

즉, 이번에 도착한 제련공사 기술자들은 광부들이 채굴한 금광석을 제련하여 순금으로 만드는 일을 하는 사람들이었다.

제련공사 기술자들은 한반도, 만주, 요하에 있는 여러 광산을 거치며 엄청나게 많은 경험을 축적했기 때문에 우왕좌왕하는 일 없이 그들이 해야 하는 업무를 신속히 처리했다.

기술자들은 도착하기 무섭게 두 패로 나뉘어 작업을 시작했다. 먼저 첫 번째 패는 광산 반대편에 물레방아로 돌리는 분쇄기와 컨베이어벨트를 설치했다. 그리고 두 번째 패는 금광석을 녹이는데 쓰는 화덕, 용광로, 화로 등을 만들었다.

모든 작업을 마친 후엔 광부들이 채굴한 금광석에서 금을 추출하기 시작했다. 이준성이 광산에 머무른 지 다섯 달쯤 지났을 때 10킬로그램짜리 골드바 하나가 책상에 올라왔다.

이준성은 영롱한 광채를 뿜어내는 골드바를 집어 표면을 훑어보았다. 골드바 위에 큰 글씨로 10킬로그램이란 글자가 새겨져 있었다. 그리고 그 밑에는 작은 글씨로 대한민국이란 글자가 새겨져 있었다. 또한 그 바로 옆으로는 대한민국 정부가 만들었다는 사실을 인증하는 인장이 찍혀 있었다.

이준성은 골드바를 내려놓으며 물었다.

"1년에 이런 걸 몇 개나 만들 수 있을 것 같은가?"

머리가 희끗희끗한 광산사무소장이 긴장한 표정으로 대답했다.

"다른 광산의 예에서 보면 채굴을 시작한 후 3, 4년까지는 산출량이 많지 않사옵니다. 이것저것 처리할 게 많기 때문이옵니다. 아마 200개에서 300개 정도가 한계일 것이옵니다."

"그럼 3, 4년 후에는?"

"광부와 제련 기술자의 숙련도가 궤도에 올랐단 가정하에서 1년에 500개 이상의 골드바를 생산할 수 있을 것이옵니다."

"1년에 500개면 5톤이란 소리군."

"그렇사옵니다."

이준성은 말없이 고개를 끄덕였다. 러시아가 아리나 광산을 개발했을 때는 1년에 3, 40톤이 넘는 금을 생산해 냈다. 그러나 러시아는 현대적인 공정을 이용해 생산했기 때문에 공정이 거의 다 수작업으로 이뤄지는 지금과는 비교할 수 없었다.

아마 5톤이란 수치 역시 사무소장이 그에게 잘 보이기 위해 숫자를 불려서 말했을 가능성이 컸다. 그러나 그 역시 대단한 양이긴 마찬가지였다. 1년 단위로 끊으면 별것 아닌 것 같지만 수십, 수백 년 단위로 끊으면 엄청난 양이었다.

아리나 광산의 금 매장량을 고려했을 때, 최소 수백 년 동안은 안정적으로 채굴할 수 있기 때문이었다. 물론 이것은 다른 나라에 아리나 광산을 빼앗기지 않을 때의 이야기였다.

이준성은 골드바를 사무소장에게 넘기며 경고했다.

"광부와 기술자가 간부와 결탁해 금을 빼돌리는 일이 없도록 잘 감시해라. 혹시라도 그런 불상사가 발생한다면 내가 직접 그들에게 살아 있는 지옥이 뭔지 가르쳐 줄 생각이니까."

사무소장이 식은땀을 흘리며 머리를 급히 조아렸다.

"며, 명심하겠사옵니다."

사무소장을 돌려보낸 이준성은 유리창 밖의 풍경을 보며 말없이 앉아 있었다. 무슨 고민이 있는 것 같은 얼굴이었다. 그는 한참 만에야 고개를 절레절레 저으며 자리에서 일어났다.

"한 달쯤 더 기다려 본 후에 결정해야겠군."

이준성은 이튿날부터 광산을 지키는 금강사단 방패연대의 방어 준비를 직접 점검했다. 방패연대는 2,000명으로 이뤄진 전문 방어 부대로 그중 반인 1,000명이 광산에 들어와 있었다.

방패연대에 속한 나머지 장병 1,000명은 본토에서 훈련과 휴식을 취하며 1년 후에 있을 교체 투입을 기다리는 중이었다. 다시 말해 방패연대는 1,000명으로 이루어진 부대 두 개가 1년을 주기로 돌아가며 아리나 광산을 지킬 예정이었다.

이준성은 탁자 위에 올려놓은 방어 무기들을 점검하며 방패연대장의 브리핑을 받았다. 탁자 위에는 천뢰 5호, 지뢰 5호, 운룡 5호 등 이준성이 잘 아는 무기 외에도 진황도 상륙 작전 때 활약한 백뢰와 백뢰탄 등이 놓여 있었다.

이준성은 그중 탁자 끝에 놓여 있는 무기에서 시선을 떼지 못했다. 그 무기는 철가방처럼 생겼는데, 크기가 꽤 커서 가로 50센티미터에 세로 30센티미터, 두께는 20센티미터였다. 또한 밑에는 지면에 박을 수 있게 강철 다리가 달려 있었다.

이준성은 좀 더 가까이 가서 철가방처럼 생긴 무기를 자세히 관찰해 보았다. 철가방 앞에는 적이란 글자가, 뒤에는 아군이란 글자가 한글로 크게 새겨져 있었다. 아마 시력이 엄청 나쁘거나 한글을 모르지 않는 이상엔 헷갈릴 일이 없을 것 같았다. 또한 적이라 적혀 있는 부분이 안쪽으로 약간 휘어진 유선형의 형태여서 형태로 앞뒤 구분이 가능했다.

이준성은 만족한 표정으로 물었다.

"이게 은철뢰인가?"

50대 중반으로 보이는 방패연대장이 절도 있게 대답했다.

"그렇사옵니다, 전하. 방사청이 1년 전에 개발을 마친 무기로 방패연대가 전군에서 처음 보급받았다고 들었사옵니다."

이준성은 말없이 고개를 끄덕였다. 은철뢰는 바로 미군이 베트남전에서 운용해 효과를 톡톡히 본 산탄형 지뢰인 클레이모어였다. 정확한 명칭은 M18A1 클레이모어 마인이었다. 한국군에서는 크레모아란 이름으로 더 유명했다. 물론 전기 방식 뇌관으로 격발하는 진짜 클레이모어는 아니었다.

이준성은 연대장의 어깨를 두드리며 물었다.

"은철뢰의 사용법은 모두 숙지했겠지?"

"그렇사옵니다."

"숙지하는 것만으론 부족하네. 연대장을 포함한 연대의 간부 전원이 매일 병사들에게 은철뢰 사용법을 교육하도록 하게. 병사들의 귀에 딱지가 앉을 정도로 철저하게 하란 뜻이야."

연대장은 바로 부동자세를 취하며 대답했다.

"명심하겠사옵니다!"

클레이모어는 안에 작약과 쇠 구슬이 들어 있는 산탄형 지뢰였다. 즉, 뇌관을 격발시키면, 안에 든 쇠 구슬이 넓은 방향으로 퍼져 나가 전방에 있는 적 보병을 쓸어버리는 무기였다.

한데 그 말은 클레이모어의 방향을 착각해 잘못 설치할 경우, 반대로 아군이 쓸려 나갈 수 있다는 의미와 같았다. 클레이모어 앞뒤에 적과 아군이란 글자를 크게 새겨 구분해 두긴 했지만, 적의 기습을 받아 당황하면 착각할 위험이 있었다.

그렇기에 클레이모어 때문에 아군이 죽어 나가는 일이 없도록 연대장에게 장병을 철저히 훈련시키라는 엄명을 내린 것이었다.

이준성은 내친김에 방패연대의 사격장으로 쓰이는 곳에 방패연대 전 장병을 불러모았다. 그리고는 장병들이 보는 앞에서 직접 은철뢰를 바닥에 설치해 격발하는 시범을 보였다.

콰아아아앙!

은철뢰의 도화선에 불을 붙여 격발하는 순간, 귀가 윙윙 울리는 굉음과 함께 수천 개가 넘는 쇠 구슬이 계곡 밑으로 날아가 그곳에 있던 나무와 바위에 큼지막한 구멍을 뚫었다.

장병들은 은철뢰 격발 훈련을 할 때 모형을 가지고 훈련했기 때문에 은철뢰가 실제로 폭발하는 모습을 거의 처음 보았다.

은철뢰 격발 시범을 마친 이준성은 돌아서서 계곡 상부에 발 디딜 데가 없을 정도로 앉아 있는 장병들을 향해 소리쳤다.

"지금 본 광경을 절대 잊지 마라! 만약 내가 조금 전 아군과 적이란 글자를 혼동하여 은철뢰를 반대 방향으로 설치했다면, 방금 날아간 쇠 구슬이 너희가 앉아 있는 장소에 쏟아졌을 것이다!"

이준성의 말에 장병들이 두려운 표정을 감추지 못했다. 그가 말한 대로 만일 은철뢰를 반대로 설치했다면 그들은 조금 전에 은철뢰에 당한 나무와 바위처럼 몸에 구멍이 숭숭 뚫리는 참혹한 신세를 면하기 어려웠기 때문이었다.

이준성은 백문이 불여일견이란 속담이 맞단 사실을 다시 한 번 절감하며 방패연대장과 함께 계곡 주위를 시찰했다.

계곡은 괜히 계곡이 아니었다. 적이 들어올 만한 통로 몇 개만 제대로 통제하면 의외의 방향에서 기습받을 일이 없었다.

연대장이 지휘봉으로 계곡 남서쪽을 가리키며 설명했다.

"남서쪽에 목진지 하나와 전초기지 다섯 개를 세웠사옵니다."

뒷짐을 진 이준성이 고개를 돌려 북동쪽을 보았다.

"그럼 북동쪽에는?"

"북동쪽은 지형이 험해 전초기지를 세 개만 세워 두었사옵니다."

"뭐, 알아서 잘 처리했겠지. 운용 방법은 어떻게 하기로 했나?"

"주상전하께서 저술하신 국방총람에 나오는 대로 각 전초기지는 4명이 한 조를 이루어 3교대로 근무하는 중이옵니다."

"거동수상자가 나타났을 때 연락 방법은?"

"쇳조각에 줄을 달아 당기는 방법을 쓰기로 했사옵니다."

"잘 처리했네."

이준성의 칭찬을 받은 연대장의 얼굴에 미소가 살짝 어렸다가 바로 사라졌다. 국왕의 칭찬은 곧 진급을 의미했다. 특히 계급 정년에 걸린 그로서는 이준성의 눈에 들 필요가 있었다.

이준성은 행궁으로 돌아가기 전에 연대장을 보며 당부했다.

"아자크족장의 설명에 따르면, 이 주변 지역에 마적이 들끓는다더군. 아마 우리가 이곳에서 금광석을 채굴 중이란 소문을 들으면 즉시 금을 강탈하기 위해 쳐들어올 것이네. 방패연대는 지금부터라도 경계에 온 힘을 기울여야 할 것이야."

"명심하겠사옵니다."

연대장을 격려한 이준성은 행궁으로 돌아가 남은 업무를 처리했다. 그로부터 열흘이 지났을 때였다. 방패연대가 일상적으로 하던 정찰 작전 도중에 말을 탄 마적 몇 명이 아리나 계곡 남서쪽 능선에 나타났다가 사라지는 모습을 포착했다.

이준성은 바로 방패연대에 경계경보를 발령했다. 한데 경계경보를 내린 지 열흘이 지났음에도 마적은 나타나지 않았다.

남서쪽 전초기지에 숨어 전방을 주시하던 일병 하나가 하품을 크게 하는 순간, 옆에 있던 비쩍 마른 중사가 살기가 감도는 눈으로 일병을 잡아먹을 듯이 노려봤다. 하품하던 일병은 기겁해서 얼른 입을 다문 다음, 다시 전방을 주시했다.

비쩍 마른 중사는 이름보다 독사란 별명으로 더 유명했는데, 소문에 따르면 왜국 원정에까지 참여한 베테랑이라 하였다.

독사는 성미가 아주 지독해서 군기가 풀어지거나 임무 중에 나태한 모습을 보이는 부하를 그냥 놔두는 법이 없었다. 그런 모습을 발견하면 바로 부하의 무릎부터 까는 바람에 그를 두려워하는 병사들이 그에게 독사란 별명을 붙였다.

일병은 자신이 독사 중사와 같은 근무조에 걸린 게 행운인지, 아니면 불행인지 점점 헷갈리기 시작했다. 경계경보가 울린 직후에는 독사 중사가 옆에 있다는 게 그렇게 든든할 수 없었다. 독사 중사는 실전 경험이 많아 그처럼 실전을 치러 본 적이 전혀 없는 병사에게는 그야말로 구원의 손길과 같았다. 그가 하라는 대로만 하면 왠지 살 수 있을 것 같았다.

그러나 경계경보가 울린 후 열흘이 지났지만 적은 나타날 기미가 보이지 않았다. 그제야 긴장이 약간 풀린 일병은 지금처럼 새벽 근무일 때는 독사와 같이 있는 게 지옥처럼 느껴졌다. 그가 너무 졸려 하품하거나 옆에 있는 벽에 약간 기대는 시늉만 해도 잡아먹을 것처럼 노려봤다.

일병이 속으로 욕을 하며 툴툴거릴 때였다. 독사가 갑자기 손을 뻗어 그의 팔을 잡았다. 일병이 깜짝 놀라 독사를 쳐다볼 때였다. 조용하란 신호로 입술에 손가락을 댄 독사가 왼쪽 풀숲을 가리켰다. 일병의 시선이 그쪽으로 획 돌아갔다.

풀이 달빛 속에서 좌우로 흔들리는 모습이 눈에 들어왔다. 풀이 흔들리는 거야 별 이상한 일은 아니지만, 다른 쪽은 멀쩡한데 그쪽의 풀만 흔들리는 것이 어째 심상치가 않았다.

신중히 살펴보던 독사가 반대편에 있던 병장에게 고개를 끄덕였다. 병장은 즉시 긴장한 모습으로 전초기지 안에 있는 통신실로 들어갔다. 통신실에 있는 줄을 당기려는 것이다.

그때, 흔들리던 풀숲 안에서 마적으로 보이는 날렵한 사내가 불쑥 튀어나왔다. 일병은 너무 놀라 헛바람을 집어삼켰다.

마적은 경계병이 있는지 알아보기 위해 주위를 천천히 둘러보았다. 그러나 마적은 그들이 숨어 있는 전초기지를 발견하지 못했다. 전초기지 위장에 공을 들인 게 통한 것이다.

안전하다고 판단한 마적이 휘파람을 살짝 불었다. 그 순간, 앞에 있는 풀숲 전체가 흔들리더니 그 안에서 수백 명이 넘는 마적이 튀어나왔다. 간이 철렁한 일병이 본능적으로 비명을 지르려는 순간, 독사가 재빨리 그의 입을 틀어막았다.

전초기지를 지키던 병사들은 얼음처럼 굳은 상태에서

기지 옆을 스쳐 지나가는 수백 명의 마적을 초조하게 지켜 보았다.

한편, 그 시각 연대 상황실에 내려와 있던 이준성은 상황실 장병이 바쁘게 움직이는 모습을 보고 바로 연대장을 불렀다.

"전초기지에서 신호가 온 건가?"

"그렇사옵니다."

"몇 군데서 왔는가?"

"남서쪽에서 네 군데, 북동쪽에서 두 군데이옵니다."

"양쪽에서 동시에 들이치겠다는 말이군."

"예. 적이 최소 3,000명이 넘는 병력을 동원한 것 같사옵니다."

"우리보다 3배나 많군."

연대장이 자신 있는 표정으로 고개를 끄덕였다.

"소장은 방패연대가 상대하기에 적당한 숫자라 생각하옵니다."

피식 웃은 이준성은 더는 연대장을 귀찮게 하지 않았다. 연대장은 곧 전선에 전령을 보내 마적을 공격하란 명령을 내렸다. 그로부터 얼마 후, 클레이모어가 폭발했는지 계곡 전체가 찌르르 울리는 굉음이 연달아 울려 퍼지기 시작했다.

상황실 밖으로 나선 이준성은 마사카츠와 낭환 등을 이끌고 계곡 위로 올라갔다. 곧 횃불이 듬성듬성 걸린 계곡 안에서 방패연대 병사들이 마적 수천 명과 혈전을 벌이는 모습이 시야에 들어왔다.

클레이모어에 상당한 손해를 본 마적들은 그제야 자신들이 벌집을 건드렸다는 사실을 깨달은 모양이었다. 더구나 상대는 그냥 벌이 아니라 다른 벌을 잡아먹는 말벌이었다.

콰콰콰쾅!

뇌섬, 연뢰, 천뢰 5호가 발하는 섬광이 밤하늘에 명멸할 때마다 마적들이 피와 비명을 쏟아 내며 허무하게 쓰러졌다.

전투를 시작한 지 1시간이 지났을 때였다. 무수히 많은 사상자가 발생한 마적단이 결국 계곡 밖으로 도망치기 시작했다.

마적단이 황금을 포기하는 것은 참새가 방앗간을 그냥 지나치는 것보다 더 보기 힘든 일이었다. 그만큼 그들이 이번에 입은 손해가 엄청나서 전투 자체가 어렵다는 뜻이었다.

이준성은 인드라망으로 도망치는 마적단을 재빨리 훑었다. 마적단 100여 명이 중요한 인물을 호위해 계곡 밖으로 도망치는 모습이 보였다. 아마 마적단 두목과 간부인 것 같았다.

이준성은 계곡 밑으로 뛰어 내려가며 소리쳤다.

"마적단 간부를 가장 많이 잡은 자에게 큰 상을 내릴 것이다!"

이준성의 외침을 들은 마사카츠 등은 환호성을 내지르며 계곡 밑으로 달려 내려갔다. 한편, 가장 먼저 밑에 도착한 이준성은 바로 연뢰를 뽑아 코킹한 후에 방아쇠를 당겼다.

얼굴에 탄환이 박힌 마적 하나가 팔을 허우적거리다가 길 밑에 있는 강물 위로 떨어졌다. 이준성은 번개 같은 솜씨로 코킹과 조준을 반복해 마적 세 명을 더 쓰러트렸다. 연뢰에 장전해 둔 소뇌전 다섯 발을 다 사용한 그는 탄띠에 착용한 토마호크와 낫을 뽑아 주변에 있는 마적들을 베어 갔다.

토마호크가 허공을 가르면 마적의 몸에 구멍이 뚫렸다. 그리고 낫이 날아들면 마적의 팔다리가 피를 뿜으며 잘려 나갔다.

가슴에 날아든 마적의 도끼를 낫으로 감아 밀어낸 이준성은 오른손에 쥔 토마호크로 비어 있는 적의 가슴을 후려쳤다. 토마호크의 도끼날이 마적의 갈비뼈를 부수며 들어갔다.

그때, 옆에 있던 마적 하나가 단창으로 그의 허리를 찔러 왔다.

"어딜!"

토마호크로 재빨리 단창을 밀어낸 이준성은 낫으로 마적의 하체를 베어 갔다. 오른 다리가 반절 이상 잘려 나간 마적이 비명을 지르며 주저앉았다. 이준성은 토마호크로 주저앉은 마적의 머리를 내려찍었다. 토마호크의 뾰족한 날이 마적의 정수리를 뚫고 들어갔다. 앉은 자세로 절명한 마적을 발로 걷어차며 토마호크를 뽑아낸 이준성은 낫을 휘둘러 마적의 머리를 마저 잘라 냈다. 그의 잔혹한 솜씨에 그를 에워싼 많은 마적이 두려운 표정을 지으며 주춤주춤 물러섰다.

이준성은 그 틈에 마적들이 호위하던 자들을 향해 돌진했다. 간부로 보이는 마적이 날이 넓은 칼로 그를 베어 왔다. 토마호크와 낫을 교차시켜 칼을 막은 그는 오른발을 그대로 올려 찼다. 낭심을 맞은 적이 헉하는 비명을 지르며 상체를 수그렸다. 직후 토마호크의 넓적한 날 부분이 마적의 관자놀이를 후려쳤다. 마적은 거품을 흘리며 기절했다.

그런 식으로 간부 세 명을 더 쓰러트린 이준성은 마침내 머리를 박박 민 중년 사내 앞에 도착했다. 바로 이준성이 계곡 위에서 점찍어 놓은 자로 마적을 지휘하는 두목이었다.

두목은 고리눈을 번득이며 달려와 못이 박힌 몽둥이를 냅다 휘둘렀다. 피식 웃으며 복싱 스텝으로 몽둥이를 피한 이준성은 낫 등으로 두목의 어깨를 후려쳤다. 그러나 두목 역시 한가락 하는 자인지 재빨리 상체를 젖혀 공격을 피했다.

하긴 철저한 약육강식 세계인 마적단에서 두목에 올랐단 말은 부하들을 제압할 수 있는 실력을 갖추었단 뜻일 터였다.

흙을 한 움큼 집어 손바닥에 비빈 두목이 몽둥이를 쥔 손
에 힘을 바짝 주었다. 흙을 손바닥에 묻히면 땀 때문에 미끄
러워진 손에 마찰력이 생겨 무기를 전보다 더 강하게 휘두를
수 있었다. 이는 두목의 실전 경험이 많단 뜻이었다. 그러나
이준성은 그 몇 배에 해당하는 실전을 경험한 사람이었다.

이번에는 기필코 없애겠다는 듯 두목이 고리눈에 잔뜩 힘
을 준 상태에서 몽둥이를 다시 휘둘러 왔다. 몽둥이가 곧 바
람을 가르는 살벌한 소리를 내며 이준성의 허리를 향해 짓쳐
들어왔다.

붕붕붕!

두목이 휘두르는 몽둥이를 연속 세 번 피한 이준성은 다시
한 번 낫 등으로 두목의 어깨 위를 내리찍었다. 조금 전과 같
은 공격이었다. 히죽 웃은 두목은 다시 상체를 뒤로 젖혀 공
격을 피하려 했다. 그러나 이는 이준성의 속임수였다.

이준성은 유도의 다리걸기로 중심이 무너진 두목의 종아
리를 걸어 넘어트렸다. 두목은 그 와중에 팔로 땅을 짚는 뛰
어난 운동 신경을 드러냈지만, 이준성의 동작이 더 빨랐다.

이준성은 다리로 두목의 목을 감아 힘껏 조였다. 두목은
발버둥을 치며 조르기를 빠져나가려 했으나, 이준성이 다리
에 힘을 주는 순간 꼬르륵거리는 소리를 내며 눈을 뒤집었
다.

두목까지 당하는 모습을 본 마적들이 사방으로 뿔뿔이 흩

어졌다. 아리나 금광산을 기습한 마적단이 패배하는 순간이었다.

기절한 두목과 간부의 처리를 부하에게 맡긴 이준성은 다시 상황실로 돌아가 방패연대의 피해 상황을 확인했다. 방패연대는 전사자가 다섯 명, 부상자가 21명이었다. 그에 반해 마적단은 전사자가 500여 명, 부상자가 600여 명, 포로가 800여 명이었다. 말 그대로 완벽한 승리라 할 수 있었다.

이준성은 다음 날 오전에 방패연대장을 불러 명령했다.

"우리 측 희생자와 부상자는 전례에 따라 처리하시오."

"알겠사옵니다."

"마적단 시체는 빨리 불에 태워 화장하고 부상자는 수레에 실어 멀리 떨어진 곳에 버려 버리시오. 죽든지, 살든지는 지들이 알아서 하겠지. 그리고 포로는 힘든 노역에 투입하시오. 식충이처럼 우리 식량만 축내게 만들 수는 없으니까."

"즉시 조치하겠사옵니다."

연대장이 돌아간 후에는 마사카츠가 들어왔다.

서류를 살펴보던 이준성은 고개를 들며 물었다.

"어제 전투에서 마적단 두목과 간부를 총 몇 명이나 잡았는가?"

"두목 하나, 부두목 둘, 간부급은 10여 명이옵니다."

"누가 가장 많이 잡았던가?"

마사카츠가 쓴웃음을 지었다.

"당연히 주상전하시지요."

"난 당연히 빼야지. 애들 노는 데 어른이 낄 순 없잖아."

"그럼 간부 셋을 잡은 낭환이옵니다."

"낭환에게 포상으로 이걸 주도록 해라."

이준성은 1킬로그램짜리 골드바를 건넸다.

마사카츠는 낭환이 부럽다는 표정을 지으며 골드바를 챙겼다.

이준성은 골드바를 챙긴 마사카츠에게 다시 명령했다.

"두목과 간부들을 고문해서 어디 출신인지 알아내도록 해라."

마사카츠가 이해가 안 간다는 표정으로 물었다.

"그들이 어디에서 태어났는지를 알아내라는 말씀이시옵니까?"

"그렇다."

마사카츠는 의문이 가시지 않은 표정이었지만 어쨌든 명령을 수행하러 떠났다. 사흘 후, 마사카츠가 결과를 보고했다.

이준성은 차를 마시며 물었다.

"알아냈느냐?"

"몇 놈이 고집을 부리는 통에 애를 먹기는 했지만, 어쨌든 그들이 어디에서 태어났는지 알아내는 데는 성공했사옵니다."

"어디더냐?"

"마적단 간부 대부분은 요하 북서쪽에 사는 몽골 호르친 부족 출신이었사옵니다. 또, 그들 외에 건주여진, 해서여진, 할하 부족, 차하르 부족, 아자크족 출신이 소수 섞여 있었사옵니다."

"그들은 나중에 써먹을 데가 있다. 잘 먹이도록 해라."

"알겠사옵니다."

마사카츠가 돌아간 후에 이준성은 혼자 깊은 생각에 빠졌다.

예상대로였다. 아리나 계곡은 몽골 호르친 부족과 아자크족 국경 사이에 절묘하게 걸쳐져 있었다. 그래서 금광산을 노리는 마적단이 있다면 호르친 부족과 아자크족 마적단 중 하나일 가능성이 컸다. 한데 아자크족 마적단은 족장 무르진이 무서워 금광산을 노리지 못할 게 분명했다. 아자크족 마적단 또한 자기네 족장과 이준성이 친하단 사실을 아는 것이다.

그렇다면 답은 하나였다. 호르친 부족 마적단이 금광산을 노릴 확률이 거의 8, 90퍼센트에 달했다. 그 예상대로 호르친 부족이 다수를 차지하는 마적단이 금광산을 습격했다.

호르친 부족은 몽골고원 동쪽에 거주하는 부족으로 동쪽으로 건주여진, 해서여진과 같은 여진족과 국경을 맞대고 있었다.

점점 쇠락해 가는 몽골과 달리 여진족은 떠오르는 태양이나 다름없었기 때문에 호르친 부족은 서쪽에 있는 몽골 부족보다 동쪽 국경을 맞댄 여진족과 더 자주 교류하기 시작했다.

호르친 부족은 처음에 좀 더 가까운 쪽에 있는 해서여진과 친하게 지냈다. 심지어는 해서여진이 건주여진을 공격하기 위해 원병을 요청했을 때, 상당한 숫자의 원병까지 보냈다. 한데 그런 해서여진이 건주여진에 점차 밀리는 모습을 목격한 호르친 부족은 바로 건주여진으로 말을 바꿔 탔다.

지금은 거의 건주여진의 속국과 다름없는 상황으로 누르하치가 이끄는 북청군의 일익을 맡아 남명을 공격 중이었다.

중국이 21세기에 그렇게 큰 영토를 차지할 수 있던 이유는 여진족이 세운 청나라가 중원을 점령했기 때문이었다. 명나라가 가진 영토에 여진족의 땅이던 만주와 여진족의 속국이나 다름없던 몽골 부족의 영토가 더해지는 바람에 그렇게 커진 것이다. 만약 청나라가 아니라 명나라가 계속 왕조를 이어 갔다면, 21세기 중국의 영토는 훨씬 작았을 것이다.

이준성은 북청이 몽골을 통째로 잡아먹어 세력을 더 키우기 전에 그쪽으로 진출할 수 있는 발판, 즉 명분이 필요했다.

한데 은호원이 조사한 정보에 따르면 아리나 계곡 근처에는 수천 명으로 이루어진 대규모 마적단이 몇 개 활동 중이었다. 그리고 그런 마적단 중 하나가 호르친 부족의 마적단이었다. 이준성은 명분을 얻기 위해 호르친 부족 마적단이 쳐들어오기를 기다렸다. 그리고 마침내 호르친 부족 마적단이 쳐들어옴으로써 몽골에 개입할 수 있는 명분이 만들어졌다.

방패연대장과 광산사무소장에게 아리나 광산의 방어와 운영을 맡긴 이준성은 곧장 혁도아랍으로 돌아갔다. 그리고 혁도아랍에서 송흠, 김육 등을 만나 만주와 중국 내전의 상황을 알아본 후에 서쪽으로 이동해 심양성에 입성했다.

심양은 요동의 핵심 지역으로 명나라 요동군이 주둔하던 도시여서 큰 도시를 세우는 데 필요한 인프라가 갖추어져 있었다.

심양을 개발 중인 공무원과 기술자 등을 만나 격려하는 시간을 가진 이준성은 그곳에서 다시 서쪽의 부신성으로 향했다.

부신성은 호르친 부족과의 국경에 있는 방어 거점이었다. 그러나 지금은 방어 거점보다는 공격 거점에 더 가까운 상황이었다.

현재 부신성에는 비룡여단, 흑표사단, 천마기동여단, 맹호특수전여단에 속한 육군 병력 4만여 명이 집결해 있었다. 이준성이 아리나 금광산에서 전령을 통해 계속 명령을 내렸기 때문에 부신성의 병력은 이미 출진 준비를 마친 상태였다.

이준성은 정석대로 한명련을 먼저 불러 명령했다.

"맹호특수전여단은 지금부터 호르친 부족의 주요 시설물을 파괴해라. 그리고 호르친 부족 내에 호르친 부족 마적단이 한국이 소유한 광산을 공격했기 때문에 이런 일이 발생한 거란 소문을 퍼뜨려라. 그 후에는 마적단을 사주한 자들을 한국에 바치면 한국군이 물러갈 거라는 소문을 내도록 해라."

한명련이 의외라는 표정으로 물었다.

"그들이 관련한 자들을 바치면 정말로 철수하실 생각입니까?"

피식 웃은 이준성은 대답 대신 한명련에게 작전을 수행하면서 주의할 점을 몇 가지 알려 주었다. 한명련이 이끄는 맹호특수전여단 대원 200여 명은 즉시 호르친 부족의 영토에 잠입해 군량 창고, 군마를 키우는 목장, 대장간 등을 파괴했다.

맹호특수전여단이 잠입을 마쳤을 때, 이준성은 직접 주력 부대와 함께 호르친 부족 국경을 대대적으로 침범했다. 김덕령이 지휘하는 천마기동여단은 장성이 있는 남쪽으로 쳐들어갔으며, 명회가 이끄는 흑표여단은 북쪽 국경을 침범하였다.

이준성은 하구로가 지휘하는 비룡여단과 함께 정중앙을 맡았다. 세 방향에서 동시에 쳐들어간 한국군은 별다른 저항을 받지 않은 상태에서 호르친 부족 수도까지 진격할 수 있었다. 호르친 부족 전사 다수가 북청군에 속해 남명군을 공격하는 중이였기 때문에 정작 그들의 영토에는 병력이 많지 않았다.

더구나 한명련의 맹호특수전여단이 곳곳에서 파괴 공작과 선동을 벌인 탓에 호르친 부족의 대응이 빠르지 못했다.

곧 호르친 부족의 수도 전면에 한국군 공격 부대 세 개가 차례로 집결했다. 가장 먼저 이준성의 비룡여단이 도착했고 그다음 날에는 김덕령이 이끄는 천마기동여단이 합류했다. 그리고 넷째 날에는 마침내 명회가 이끄는 흑표사단이 도착해 주요 부대가 호르친 부족 수도 앞에 집결하는 데 성공했다.

호르친 부족장은 닥치는 대로 끌어모은 2만여 기병을 수도 앞에 배치했다. 몽골족이 다 그렇지만, 호르친 부족 역시 기동전이 특기라 야전에서 한국군과 자웅을 겨루려는 것이다.

이준성은 타치바나 무네시게의 흑룡대대와 함께 야트막한 언덕 위에 올라가 전투를 지켜보았다. 한국군이 진채를 단단히 세우기 전에 쳐들어가는 게 이득이라 생각했는지 호르친 부족은 집결을 마치기 무섭게 거의 전 병력을 내보냈다.

한때 세계를 벌벌 떨게 만들었던 몽골 제국의 영화는 사라진 지 오래지만 어쨌든 그 후손들은 여전히 뛰어난 기병이었다. 2만에 달하는 몽골 기병은 새싹이 파릇파릇 돋아나는 광활한 초원을 폭풍처럼 질주하며 한국군 진채를 공격했다.

몽골 기병은 두 종류였다. 첫 번째는 중갑을 입은 중기병이었으며, 두 번째는 활을 쏘는 경기병이었다. 한데 바로 이

두 번째 경기병이 몽골 군대의 주력을 맡는 경우가 많았다.

지금 역시 마찬가지였다. 호르친 부족 경기병이 진채에 세운 방책 너머로 화살을 쏘며 수비하는 한국군을 계속 괴롭혔다.

이준성은 시선을 돌려 한국군의 대응을 지켜보았다. 한국군은 목재로 만든 방책 뒤에서 뇌섬으로 적을 집중 공격했다. 그리고 가끔은 백뢰를 발사해 적을 움찔하게 만들었다.

전투를 시작한 지 불과 30분이 지나지 않았지만, 벌써 전황은 한국군 쪽으로 유리하게 흘러갔다. 아마 이대로 1, 2시간을 더 싸우면 도망치거나 항복하거나 둘 중 하나일 듯했다.

그때, 타치바나 무네시게가 말을 몰아 다가왔다.

"전하, 호르친 부족 중기병들이 언덕 위로 올라오려 하옵니다."

이준성은 철모를 덮어쓰며 고개를 끄덕였다.

"우리 차례군."

이준성은 새로 구한 군마인 적풍의 말 배를 걷어차 그들을 치기 위해 올라오는 호르친 부족 중기병을 향해 달려갔다. 그리고 그런 이준성의 뒤를 비룡여단 흑룡대대 기병 천여 기가 바짝 따르니 그 기세가 하늘과 땅이 놀랄 정도였다.

호르친 부족장은 처음에 몽골족이 즐겨 사용하던 병법대로 경기병을 내보내 한국군을 흔들려 하였다. 호르친 부족 경기병은 족장의 명령을 충실히 이행했다. 그들은 한국군이 세운 방책 가까이 접근해 화살을 엄청나게 쏟아부은 다음, 더는 버티지 못한 한국군이 밖으로 나오기만을 기다렸다.

　　만약 한국군이 정말 뛰쳐나온다면, 그다음이야 식은 죽 먹기나 다름없었다. 몽골 기병 특유의 기동력을 살려 몸이 무거운 한국군을 상대로 치고 빠지는 식의 전투를 반복하는 것이다. 이런 방식의 전투를 반복하면 아무리 강한 군대라도 약점이 드러날 수밖에 없었다. 호르친 부족을 이끄는 족장은 한국군 역시 그런 전철을 밟을 거라 예상했다. 그리고 한국군이 지쳐 쓰러질 때쯤 최후까지 아껴 둔 호르친 부족 중기병 부대를 내보내 한국군의 숨통을 단번에 끊어 버릴 작정이었다.

　　그러나 호르친 부족장의 바람은 첫 번째 전투부터 완전히 어긋나 버렸다. 한국군은 머리를 등딱지에 집어넣은 거북이처럼 진채 밖으로 나올 생각을 아예 하지 않았다. 아니, 그뿐만이 아니었다. 한국군은 방책에 거치한 뇌섬을 이용해 오히려 경기병 숫자를 차근차근 줄여 나가기 시작했다.

　　심지어 뇌섬으로 공격하기 어려울 때는 백뢰로 백뢰탄을 발사해 호르친 부족 경기병 부대에 심각한 손상을 입혔다.

191

호르친 부족장은 그제야 한국군이 자신들이 사용하는 기병 전술을 아주 잘 알고 있다는 사실을 깨달았다. 몽골족과 한반도에 사는 한민족은 수백 년 동안 교류가 거의 없었다. 두 나라 사이에 명나라와 여진족이 끼어 있기 때문이었다.

그런 탓에 한민족과 몽골족이 전투를 치른 역사는 13세기까지 거슬러 올라가야 찾아볼 수 있었다. 몽골족의 최전성기라 할 수 있는 13세기에 강화도를 제외한 고려의 전 국토가 몽골 제국의 말발굽 아래 초토화된 적이 있었다. 그리고 14세기에 고려 공민왕이 북원의 장수이던 나하추를 상대로 영토 수복 전쟁을 펼친 것이 몽골과의 마지막 전투였다.

몽골족이 생각하는 한민족은 그들이 끈질기다는 점과 수성을 잘한단 점이었다. 그 외엔 별다른 인상을 받지 못했다.

한데 17세기 초에 나타난 한국군은 수백 년 전의 경험을 잊지 않았는지 그들의 기병 전술을 낱낱이 파악한 상태였다.

이제 호르친 부족장에게 남은 길은 세 가지였다. 하나는 경기병 부대가 더 큰 피해를 보기 전에 후퇴해 후일을 도모하는 길이었다. 수도는 넘어갈 공산이 크지만, 전열을 정비한 다음에 북청의 지원까지 받으면 방법이 전혀 없진 않았다.

두 번째는 당연히 항복하는 길이었다. 그리고 마지막 세 번째는 한쪽의 군대가 전멸할 때까지 계속 밀어붙이는 길이었다.

물론 그들이 세 번째 길을 선택할 경우, 현재까지의 결과만 놓고 봐서는 호르친 부족의 군대가 전멸할 가능성이 매우 컸다.

　호르친 부족장은 그 세 가지 길 중에서 가장 현명해 보이는 길을 따르기로 마음먹었는지 경기병 부대를 뒤로 후퇴시켰다. 일단 전열을 정비해 후일을 도모하려는 계획이었다.

　한국군이 진채 밖으로 나올 생각이 없어 보였기 때문에 도망치는 것은 그리 어려워 보이지 않았다. 한데 호르친 부족장의 심기를 자꾸 건드리는 게 하나 있었다. 바로 근처 언덕 위에서 전투를 지켜보는 이준성과 흑룡대대 중기병 1,000여 기였다. 흑룡대대는 한국군 진채와 1킬로미터 떨어진 언덕 위에 자리해 있었는데, 그 위치가 아주 교묘해 호르친 부족이 퇴각하기 위해서는 반드시 지나가야 하는 길목에 있었다.

　한국군 진채로 쳐들어갈 때는 호르친 부족 경기병 부대가 한국군을 박살 낼 수 있을 거라 기대해 크게 신경을 쓰지 않았다. 그러나 참패한 탓에 무사히 퇴각하는 게 무엇보다 절실해진 지금은 그 흑룡대대가 눈엣가시처럼 보이기 시작했다.

　언덕을 내려온 흑룡대대가 퇴각하는 호르친 부족 경기병 부대의 옆구리를 쳐 버리는 상황보다 끔찍한 일은 있을 수 없었다.

　호르친 부족장은 어쩔 수 없이 아껴 두었던 중기병 부대를 언덕 위로 올려 보내 흑룡대대의 발을 묶어 두기로 하였다.

중기병 부대가 흑룡대대의 발을 묶어 주면 한국군을 공격하던 경기병 부대가 그 옆을 지나 퇴각할 수 있기 때문이었다.

이준성은 애초에 이런 상황이 오리라 예측한 상태에서 흑룡대대를 배치했기 때문에 상대의 대응에 그다지 놀란 반응을 보이지 않았다.

이준성은 언덕을 달려 내려가며 연뢰를 계속 발사했다. 연뢰의 총구가 튀어 오를 때마다 중기병 부대의 선두를 맡은 적 기병이 말 위에서 굴러떨어졌다. 흑룡대대의 다른 기병들 역시 연뢰를 꺼내 발사했기 때문에 두 중기병 부대가 제대로 충돌하기도 전에 이미 전황이 한쪽으로 기울었다.

더구나 올라오는 쪽보다 내려가는 쪽이 훨씬 더 유리했다. 두 중기병 부대가 정면으로 충돌하는 순간, 호르친 부족 중기병 부대의 군마와 기병이 비명을 지르며 획획 나가떨어졌다.

적 기병이 찔러 온 단창을 상체를 옆으로 움직여 피한 이준성은 왼쪽 허리춤에 찬 기병용 칼을 뽑아 그대로 올려쳤다.

적 기병의 얼굴이 칼날에 잘려 나가며 피가 수증기처럼 뿜어져 나왔다. 이준성은 그 틈에 적풍의 말 배를 걷어차 내려가는 속도를 더 높였다. 앞을 막아서던 적 기병 하나가 적풍의 가슴에 제대로 들이받혀 쿵 하는 소리와 함께 나자빠졌다.

적풍은 덤프트럭처럼 적 기병을 날려 버리며 계속 질주했다. 적풍은 요서에 있던 어느 목장에서 어렵게 공수한 군마였는데 이준성이 지금까지 탄 그 어떤 말보다 체격이 거대했다. 다른 군마와 비교해 머리 두 개가 더 있는 정도였다.

물론 그 바람에 지구력은 형편없어 몇 시간 정도 타면 붉은 피 같은 땀을 엄청나게 흘리며 힘겨워하는 모습을 보였다.

즉, 몽골고원에 사는 말이 장거리 마라톤선수라면 적풍은 단거리를 달리는 스프린터라 할 수 있었다. 이준성은 이동하는 중에는 지구력이 좋은 말을 타고 전투가 벌어졌을 때는 트럭처럼 적 기병을 날려 버릴 수 있는 적풍을 선호했다.

그때, 적 기병 두 명이 창으로 그의 가슴과 허리를 동시에 찔러 왔다. 칼을 크게 휘둘러 창 두 개를 동시에 막아 낸 이준성은 등자에 끼운 다리로 적풍의 말 배를 강하게 걷어찼다.

콧김을 흥 하며 뿜어낸 적풍이 곧장 달려가 군마와 기병을 동시에 밀어 버렸다. 이준성은 그 틈에 칼을 양쪽으로 휘둘러 창을 쥔 적 기병 두 명을 손쉽게 쓰러트렸다. 그런 식으로 적 기병을 쓰러트리며 언덕을 거의 다 내려왔을 때였다.

타치바나 무네시게의 지휘를 받는 흑룡대대가 호르친 부족 중기병 부대를 완벽히 궤멸시키는 데 성공했다. 그리 좁지 않은 언덕 위로 적 기병 시체와 주인 잃은 군마가 가득했다.

완벽한 결과에 만족한 표정을 지은 이준성은 뒤를 슬쩍 돌아보았다. 그와 얼마 떨어지지 않은 곳에서 활에 화살을 잰 자세로 독수리처럼 사방을 감시하는 낭환의 모습이 보였다.

피식 웃은 이준성은 낭환을 향해 소리쳤다.

"효시를 쏴라!"

알아들었다는 듯 고개를 두 번 끄덕인 낭환은 즉시 화살집에 든 효시를 세 발 꺼내 허공으로 쏘아 올렸다. 효시가 귀신이 우는 것 같은 기이한 소리를 내며 연달아 날아올랐다.

효시 세 개에는 진채에 있는 한국군에게 진격하란 뜻이 담겨 있었다. 곧 진채의 한국군을 지휘하던 권웅수가 비룡여단, 흑룡사단을 인솔해 퇴각 중인 경기병 부대를 추격해 갔다.

그 모습을 본 호르친 부족장은 잠시 망설이는 모습을 보였다. 언덕 위에 있던 흑룡대대의 발목을 잡기 위해 파견한 중기병 부대가 오히려 흑룡대대에 통째로 잡아먹히는 재앙이 발생했다. 그야말로 발등에 불이 떨어진 상황이었다. 한데 그 직후에 전혀 예상하지 못한 일이 하나 더 발생했다.

중기병 부대가 흑룡대대에 먹히는 순간, 한국군이 무슨 생각을 했는지 진채를 빠져나와 그들의 뒤를 추격하기 시작했다.

이는 호르친 부족장이 처음부터 원하던 결과였다. 호르친 부족은 진채에 숨은 한국군을 끌어내기 위해 경기병 부대를 내보냈다. 한데 그때는 꿈쩍 않던 한국군이 중기병 부대가 전멸하는 순간, 뒤늦게 진채를 박차고 튀어나온 것이다.

고민하던 호르친 부족장은 퇴각하던 경기병 부대에 기수를 돌려 진채를 나온 한국군을 재차 공격하란 명령을 내렸다.

한국군이 진채 안에 웅크리고 있을 땐 무서웠다. 그러나 진채 밖으로 나온 한국군은 전혀 무섭지 않았다. 몽골족이 좋아하는 망구다이 전술을 쓰기에 최적의 상황이기 때문이었다.

망구다이 전술은 몽골 기병의 정예를 뜻하는 망구다이로 펼치는 일종의 유인 작전을 뜻했다. 몽골족이 자랑하는 경기병이 활을 쏘며 적을 공격하면 적은 당연히 거리를 좁혀 경기병을 섬멸하려 들었다. 그때, 몽골 경기병은 적당히 싸우다가 뒤로 도망쳐 적을 유인했다. 물론 그냥 도망치진 않았다. 몽골 경기병은 상체를 돌린 자세에서 활을 쏘는 궁술이 발달했기 때문에 적에게 계속 피해를 누적시킬 수 있었다.

만약 상대가 유인당하지 않으면, 유인할 때까지 치고 빠지는 식의 전술을 반복해 적이 어떻게 해서든 쫓아오게 하였다.

그런 방식의 전투를 반복하면 상대는 깊숙이 유인당한 상태에서 며칠간 이어진 전투 때문에 체력마저 바닥나 버리기 일쑤였다. 그때, 체력이 쌩쌩한 몽골 주력 부대를 내보내 지친 상대를 포위해 섬멸하는 전술이 바로 망구다이 전술이었다.

호르친 부족에 지친 한국군을 포위해 섬멸할 수 있는 주력 부대가 남아 있지는 않지만, 어쨌든 몽골의 광활한 초지를 적극적으로 활용해 한국군을 몽골고원 깊숙한 곳까지 끌어들이면 보급 문제에 발목을 잡혀 한국군은 곤경에 빠질 수밖에 없었다.

언덕에서 벌어진 전투에서 호르친 부족 중기병 부대를 전멸시킨 흑룡대대가 마음에 걸리긴 했으나 중기병 부대로 경기병 부대를 추격하기는 힘들어 족장은 크게 신경 쓰지 않았다.

무거운 중갑과 마갑을 온몸에 두른 중기병은 속도가 느릴 뿐 아니라 지구력까지 떨어져 추격전에서는 힘을 쓰지 못했다. 더구나 상대가 경기병이면 차이가 더 클 수밖에 없었다. 족장은 나름 합리적인 이유에서 그런 결정을 내린 것이다.

곧 도망치던 호르친 부족 경기병 부대가 다시 말머리를 돌려 추격해 오는 한국군 주력에 싸움을 걸었다. 그러나 애초에 이기기 위한 전투가 아니라 유인하기 위한 전투였기에 대충 싸우는 척하다가 다시 기수를 돌려 서쪽으로 도망치기 시작했다.

한편, 언덕 밑에 모여 있던 이준성과 흑룡대대는 한국군과 합류해 도망치는 적을 쫓지 않았다. 대신 천천히 이동하며 호르친 부족 경기병 부대가 다른 길로 새지 못하게 막았다.

타치바나 무네시게가 도망치는 호르친 부족 경기병 부대와 이를 쫓는 한국군 주력을 보며 걱정스러운 기색으로 물었다.

"적의 유인 작전에 말려들면 주력 부대가 상할 수 있사옵니다."

이준성은 피식 웃었다.

"자넨 아직 이상한 점을 눈치 채지 못했나 보군."

"이상한 점이요?"

반문한 타치바나 무네시게가 얼른 망원경을 이용해 전장을 둘러보았다. 타치바나 무네시게 역시 평범한 자는 아닌지라, 이준성이 말한 이상한 점을 바로 찾아내는 데 성공했다.

"주력 부대 안에서 천마기동여단의 모습이 보이지를 않는군요."

이준성은 껄껄 웃으며 고개를 끄덕였다.

"하하, 바로 그거일세."

"그렇다면?"

타치바나 무네시게의 시선이 급히 앞쪽으로 이동했다. 앞에는 호르친 부족의 수도로 이어지는 넓은 길이 하나 있었다. 그리고 그 길 오른쪽에는 야트막한 언덕이 하나 존재했다.

타치바나 무네시게가 급히 물었다.

"언덕 뒤에 복병을 숨겨 두신 것이옵니까?"

"맞네. 지금쯤이면 슬슬 모습을 드러내겠군."

이준성의 말이 채 끝나기 전에 길 오른쪽에 있는 야트막한 언덕 위에서 수천에 달하는 중기병 부대가 나타나 언덕 밑으로 질주했다. 바로 김덕령이 이끄는 천마기동여단이었다.

천마기동여단은 호르친 부족 경기병 부대가 공격해 왔을 때 은밀히 진채를 빠져나와 크게 우회했다. 그리고는 호르친 부족 경기병 부대가 퇴각하는 방향에 있는 언덕 뒤에 매복했다.

복병을 눈치 챈 호르친 부족장은 재빨리 병력 반을 갈라 한국군 복병을 막게 했다. 그리고 나머지 반은 왼쪽으로 우회해 도망치려 하였다. 그러나 천마기동여단은 그런 식으로 막을 수 있는 부대가 아니었다. 순식간에 호르친 부족 경기병 부대의 허리를 가르며 들어와 적을 혼전으로 이끌었다.

문제는 그것만이 아니었다. 호르친 부족 경기병 부대가 천마기동여단에게 붙잡혀 있는 사이, 비룡여단과 흑표사단이 호르친 부족의 뒤를 들이쳤다. 이제 호르친 부족 경기병 부대가 빠져나갈 수 있는 방향은 왼쪽에 있는 소로만이 유일했다.

한국군에게 완전히 당했단 사실을 깨달은 호르친 부족장은 하늘을 원망하며 왼쪽에 있는 소로를 향해 말을 몰아갔다.

진채에 처박혀 있던 한국군이 그들을 쫓아 진채를 나온 이유는 그들을 추격하기 위해서가 아니었다. 오히려 그들의 퇴로를 막기 위해 쫓아온 것이었다. 그리고 그사이 매복해있던 한국군 복병 부대가 길 위에 있는 언덕 위에서 치고 내려와 호르친 부족 경기병 부대의 허리를 단숨에 갈라 버렸다.

호르친 부족장은 피눈물을 쏟으며 친위대와 함께 길 왼쪽에 있는 소로로 미친 듯이 말을 몰았다. 어쨌든 살아서 도망치는 게 가장 중요했다. 그는 이 포위망을 어떻게든 빠져나간 후에 누르하치에게 간청해 복수에 나설 생각이었다.

　한데 소로를 반쯤 통과했을 때, 또 다른 적이 앞을 막아섰다. 바로 이준성이 직접 이끄는 흑룡대대 중기병이었다. 귀신을 본 것처럼 놀란 호르친 부족장이 급히 뒤를 돌아보았다. 뒤에선 천마기동여단 기병 수백 명이 그를 뒤쫓는 중이었다.

　소로 안에 갇혔다는 사실을 깨달은 호르친 부족장은 감정이 북받쳐 오르는지 갑자기 피를 토하며 말 위에서 떨어졌다.

　비어 있던 소로 또한 적이 교묘히 파 놓은 함정 중 하나였단 사실을 깨달았기 때문이었다. 자신은 그게 함정인지도 모른 채 살기 위해 아등바등 도망쳤지만 이미 부처님 손바닥 안이었다. 애초에 그에게는 빠져나갈 방도가 전혀 없었다.

　호르친 부족장이 피를 토하며 쓰러지는 것을 끝으로 전투는 거의 막바지에 접어들었다. 곳곳에서 끝까지 항전하는 호르친 부족 전사들이 몇 있기는 했지만 금세 제압당했다.

　이준성은 그날 전투에서만 포로 1만 명을 사로잡았다. 전사자와 부상자가 거의 7,000명이었기 때문에 도망친 호르친 부족 전사는 고작 3,000명에 불과했다. 더욱이 호르친 부족장을 잡았기 때문에 완승을 넘어 거의 압승에 가까운 결과였다.

바로 호르친 부족 수도에 쳐들어가 무주공산이나 다름없는 수도를 장악한 이준성은 그곳에 머물며 전열을 정비하였다.

그렇게 열흘쯤 흘렀을 때, 마침내 그가 원하던 것이 도착했다.

바로 북원의 링단 칸이 보낸 사절이었다.

독재자

6장. 북원

남송을 멸망시킨 몽골족은 그 자리에 원나라를 건국했다. 그러나 몽골족은 농경 국가를 통치하는 법을 알지 못했다. 결국, 백 년이 채 지나기 전에 주원장, 진우량, 장사성과 같은 한족 출신 반란군에 패해 중원을 내줄 수밖에 없었다.

중원에서 쫓겨난 몽골족은 그들이 살던 몽골고원으로 돌아가 원나라를 계속 유지했는데 그 왕조가 바로 북원이었다.

북원은 그 후 200여 년 가까이 몽골고원을 지배하며 그럭저럭 살아가지만, 제국의 영화가 사라진 북원은 전처럼 결속이 강하지 못했다. 서쪽에선 몽골 제국에서 떨어져 나온 오이라트가 세력을 키우는 중이었으며, 동쪽에서는 여진족과 동맹을 맺은 호르친 부족이 호시탐탐 왕좌를 노리는 중이었다.

몽골고원 북쪽의 사정 역시 별반 다르지 않았다. 북쪽의 강자인 할하 부족이 외몽골을 기반으로 세력을 키워 나가는 바람에 북원의 칸을 배출하던 부족인 차하르 부족으로선 이제 그들 주변에 믿을 수 있는 부족이 없는 셈이나 마찬가지였다.

한데 그때 차하르 부족에게 좋은 소식과 나쁜 소식이 동시에 전해졌다. 좋은 소식은 여진족의 위세에 기대 몽골을 어지럽히던 호르친 부족이 한국군에 대패해 그들의 수도마저 빼앗겼다는 소식이었다. 그리고 나쁜 소식은 호르친 부족을 점령한 한국군이 거기서 멈추지 않고 북원의 핵심인 차하르 부족을 정벌하기 위해 서진할지 모른다는 것이었다.

북원의 칸인 링단 칸은 한국군이 차하르로 쳐들어오기 전에 재빨리 사절단을 보내 이준성의 의도를 알아내려 하였다.

이준성은 그를 찾아온 사절단을 만나 한마디만 하였다.

"우리 한국은 호르친 부족의 영토를 북원에 넘길 의향이 있소. 단, 북원이 우리와 동맹을 맺는다는 조건하에서 말이오."

전혀 예상하지 못한 제안인지 사절단은 자기들끼리 한참을 수군거린 후에야 고개를 돌려 이준성의 제안에 답변했다.

"칸께 먼저 여쭤본 후에 결정하겠습니다."

"좋소. 그러나 오래 기다려 주진 못하오. 우리가 호르친 부족의 영토에 쳐들어갔단 소식이 누르하치 귀에 들어가면 가만 안 있을 게 뻔하니까. 누르하치는 그 밑에 있는 호르친 부족 전사들의 사기를 위해서라도 어떤 식으로든 움직일 거요."

"이해합니다."

며칠 후, 사신이 본국에서 온 칸의 전언을 이준성에게 전했다.

"칸께서는 차하르와 호르친의 접경지대에서 한국의 국왕 전하를 직접 만나 뵙고 양국의 동맹에 관해 상의하길 원하십니다."

이준성은 시원하게 승낙했다.

"원하던 바요."

그로부터 엿새 후, 이준성은 측근 100여 명만 대동한 상태에서 호르친과 차하르의 접경지대에 있는 평원으로 말을 몰았다. 평원의 넓이가 거의 100킬로미터에 가까웠다. 어느 한 진영이 복병을 숨기려 해도 숨길 데가 없는 지형이었다.

이준성은 적랑이라 이름 붙인 말을 타고 전속력으로 질주했다. 적랑은 전형적인 몽골 군마였다. 체격이 작고 속도는 느리지만, 지구력이 좋아 먼 거리를 꾸준히 이동할 수 있었다. 그가 전투 때 타는 적풍과는 장단점이 완전히 반대였다.

이준성 일행은 약속 시각보다 2, 3시간 일찍 도착했지만, 상대는 벌써 약속 장소에 도착해 만반의 준비를 마친 상태였다.

새싹이 파릇파릇 돋아나는 초원 한가운데 몽골족 게르가 몇 개 세워져 있었다. 한데 그중 하나는 높이가 10미터에 달했으며 게르 꼭대기엔 북원을 상징하는 깃발이 달려 있었다.

또한 완전무장한 몽골 전사 수십 명이 창을 든 자세로 게르를 지키는 중이었는데, 군기가 잡혀 있는 게 정예병인 듯했다. 그리고 게르와 조금 떨어진 초원에는 칸과 칸의 일행이 타고 온 것으로 보이는 군마 수백 마리가 풀을 뜯고 있었다.

그 모습을 본 강주봉이 안색을 굳히며 물었다.

"우리 쪽도 서둘러 준비할까요?"

이준성 일행 역시 초원의 먼지를 들이마시며 북원의 칸과 회담할 생각이 없었기에 올 때 군용 막사를 몇 개 챙겨 왔다.

링단 칸이 무슨 짓을 해 놓았을지 모르는 북원의 게르 안으로 이준성을 들여보내고 싶지 않았던 강주봉은 우리가 세운 막사로 상대방을 초청하는 게 어떻겠냐는 뜻을 내비친 것이다.

이준성은 피식 웃으며 강주봉에게 물었다.

"왜? 링단 칸이 나를 게르로 불러들여 암살할 것 같아 그래?"

"사람 일은 모르는 게 아니겠사옵니까."

"모르긴 하지. 하지만 링단 칸이 그 정도로 어리석지는 않을 거야. 설령 링단 칸이 불순한 마음을 먹었더라도 그를 보필하는 늙은이들은 세상 물정에 밝아 전력으로 만류하겠지."

강주봉 반대편에서 달려가던 마사카츠가 인상을 잔뜩 구겼다.

"그렇긴 하지만 소장은 여전히 마음이 놓이지 않사옵니다. 린단인지, 링단이지 하는 칸이 올해 열여덟 살이라는데, 원래 그 나이대에는 무슨 짓을 저지를지 알 수 없지 않사옵니까?"

이준성은 고개를 저었다.

"나이가 무슨 상관인가? 나이가 어리다고 혈기가 넘치는 것도 아니고 나이가 많다고 점잖은 것도 아닌데. 또, 은호원의 정보에 따르면 나이에 맞지 않게 아주 성숙한 청년이라더군. 그들이 처한 상황을 냉정히 볼 줄 아는 성격이란 거겠지."

마사카츠가 약간 마음을 놓으며 대꾸했다.

"그렇다면 다행이옵니다."

이준성은 적랑의 고삐를 당겨 말을 멈추었다. 적랑은 몸무게가 많이 나가는 자신의 새 주인이 빨리 내리기를 바라는지 공손히 머리를 조아렸다. 길이 잘 든 적랑의 갈기를 한차례 쓰다듬어 준 이준성은 말에서 내려 몽골 게르로 걸어갔다.

수행원들 역시 재빨리 말에서 내려 앞서 걸어가는 이준성의 뒤를 쫓았다. 산천 유람 나온 관광객처럼 주위를 구경하던 이준성은 가장 큰 게르 앞에 멈춰 서서 뒷짐을 졌다.

이준성은 칼을 찬 몽골 장수에게 물었다.

"안에 링단 칸 있느냐?"

통역관이 재빨리 다가와 이준성의 말을 통역했다. 몽골 장수가 이준성의 거대한 체구에 약간 압도당한 모습으로 물었다.

"한국의 국왕이 맞으십니까?"

"맞다. 내가 한국의 국왕 이준성이다."

그때, 게르 문이 열리며 10대 후반으로 보이는 몽골 청년이 걸어 나왔다. 체구가 왜소해 실제 나이보다 더 어려 보였다.

그 청년이 바로 북원의 칸, 링단 칸이었다. 링단 칸 역시 이준성을 바로 알아보았다. 이준성 앞으로 걸어와 몽골식 예를 표한 링단 칸이 열려 있는 게르 문을 두 손으로 가리켰다.

고개를 끄덕인 이준성은 게르 안으로 성큼성큼 걸어 들어갔다. 이준성이 전혀 의심하는 기색 없이 안으로 드는 모습에 링단 칸의 눈빛이 살짝 바뀌었다가 원래대로 돌아왔다.

게르 안에는 미리 준비해 놓은 커다란 탁자가 놓여 있었고, 탁자 좌우에는 의자가 세 개씩 위치해 있었다. 의자가 세 개란 말은 양측에서 세 명씩 나와 협상을 하자는 의미일 터였다.

이준성은 주저 없이 우측 중앙에 있는 의자에 앉아 등을 등받이에 편하게 기대었다. 잠시 후, 비서실장 강주봉이 그의 오른쪽에, 경호실장 마사카츠가 그의 왼쪽에 각각 앉았다.

북원 역시 세 명이 나와 각자 자리를 차지하고 앉았다. 당연히 가운데에는 링단 칸이 앉았고 그 양옆에는 수염이 하얗게 센 노인과 얼굴이 험상궂게 생긴 대머리 노인이 자리했다.

북원 쪽에는 한국말을 할 줄 아는 통역관이 없어 몽골말을 유창하게 할 줄 아는 한국 측 통역관이 대화를 통역했다.

링단 칸은 한국에서 나온 통역관을 보며 약간 감탄한 표정을 지었다. 한국과 몽골은 수백 년 동안 교류가 없었다. 마지막으로 교류한 게 고려 말기였기 때문에 상대국의 언어를 할 줄 아는 통역관이 없는 게 어쩌면 당연할 수 있었다.

한데 한국은 그렇지 않았다. 몽골인에 비하면 발음이 약간 이상하긴 했지만 거의 완벽한 몽골말을 구사하는 통역관을 데려왔다. 이는 한국이 철저한 계획하에 움직이는 중이란 뜻과 같아 이를 눈치 챈 링단 칸은 감탄을 금하지 못했다.

이준성은 등받이에 기댔던 등을 앞으로 당겼다.

"나는 실용적인 사람이라 외교적 수사 같은 건 할 줄 모르오."

통역을 들은 링단 칸이 바로 고개를 끄덕였다.

"마찬가지입니다."

"좋소. 그럼 바로 협상을 시작하도록 합시다."

링단 칸은 주도권을 내주기 싫었는지 얼른 본론으로 들어갔다.

"호르친 부족의 땅을 북원에 양도하겠다고 하셨는데 사실입니까?"

이준성은 시원하게 대답했다.

"그렇소. 나는 호르친 부족의 영토를 북원에 양보할 생각이오."

링단 칸이 어린 나이답지 않게 신중한 기색으로 물었다.

"물론, 조건이 있겠지요?"

"하하하, 젊은 친구가 계산이 정확하군. 당연히 조건이 있소. 나는 뼈 빠지게 고생해서 얻은 광대한 영토를 다른 나라에 무상으로 넘겨주는 자선 사업가가 절대 아니기 때문이오."

링단 칸이 눈을 빛내며 물었다.

"어떤 조건입니까?"

"우리와 동맹을 맺어 북청을 견제합시다."

통역을 들은 링단 칸이 이해가 안 간다는 표정을 지었다. 그때, 옆에 앉아 있던 노인이 링단 칸의 귀에 뭐라 속삭였다.

심각한 표정으로 듣던 링단 칸이 고개를 돌리며 물었다.

"한국은 북청과 동맹이란 말을 들었는데, 제가 잘못 안 겁니까?"

이준성은 다시 껄껄 웃었다.

"칸의 말대로 우리 한국은 북청과 동맹을 맺었소."

"그럼 동맹인 북청을 배신하고 우리와 손을 잡겠다는 말인가요?"

이준성은 바로 고개를 저었다.

"한때 동맹을 맺은 적이 있단 거지, 지금까지 동맹 관계란 뜻은 아니오. 북청은 중원을 얻고 우린 만주와 요하를 얻는 게 동맹의 핵심 조건이었소. 한데 북청은 중원을 얻었고 우리 역시 만주와 요하를 얻었으니 동맹은 거기서 끝난 거요."

"냉정하시군요."

"냉정한 게 아니라 현실적인 거요."

이준성의 말을 들은 링단 칸이 다시 양옆에 앉은 노인 두 명과 귓속말을 나누며 무언가를 골똘히 상의하기 시작했다.

1분쯤 지났을 때, 링단 칸이 묘한 표정을 지었다.

"듣던 대로 한국군은 정말 강하더군요. 호르친 부족의 전사들이 북청을 돕기 위해 중원에 들어가 있다고는 하지만 불과 보름 만에 호르친 부족의 수도까지 점령할 줄은 정말 몰랐습니다. 그렇다면 우리 북원이 걱정해야 할 대상은 북청이 아니라 한국이어야 맞는 게 아닐까요? 요하를 차지한 한국이 언제든 몽골고원으로 병력을 보낼 수가 있으니까요."

이준성은 고개를 살짝 저었다.

"에둘러 얘기할 필요 없소. 칸의 본심을 말해 보시오."

"지금과 같은 상황에선 북원이 오히려 북청과 손을 잡고 한국을 견제해야 하는 게 더 맞는다고 생각합니다. 그래야 북원, 북청 모두 한국의 침략으로부터 안전해질 수 있으니까요."

이준성은 피식 웃었다.

"우리와 동맹을 맺는 대가로 호르친 부족의 영토 외에 뭔가를 더 원하는 모양인데, 칸 양옆에 앉아 있는 늙은이들의 조언에 귀 기울이다가는 넝쿨째 굴러온 복을 차 버릴 수 있다는 점을 잊지 마시오. 우리는 북원과 동맹을 맺으려는 거지, 동맹을 핑계로 북원을 어찌해 보려는 게 아니오. 그러나 북청은 어떨 것 같소? 북청이 과연 북원이 몽골고원을 계속 지배하게 놔둘 것 같소? 아마 그런 일은 없을 것이오. 북청은 북원을 쳐서 그들의 직할지로 삼으려 들 게 뻔하오. 여진족은 몇백 년 전에 몽골족에게 호되게 당한 경험이 있어 북원을 놔두면 필시 후환이 남을 거란 사실을 알기 때문이지."

여진족이 세운 금나라는 한때 송의 수도였던 개봉까지 점령했을 정도로 기세가 대단했다. 말 그대로 여진족에 전성기가 도래한 시기였다. 그러나 불행히도 그 전성기는 오래가지 못했다. 여진족보다 더 큰 전성기를 맞은 민족이 있었기 때문이다.

그건 바로 몽골 제국이었다. 몽골 제국은 치열한 전투 끝에 금나라를 멸망시켰고 여진족은 다시 수백 년간 숨죽이며 살아야 했다. 이를 모를 리 없는 북청이 북원을 그냥 두는 건 있을 수 없는 일이었다. 링단 칸 역시 알고 있을 것이다.

링단 칸이 뭐라 대답하기 전에 이준성이 먼저 입을 열었다.

이준성은 손가락 세 개를 링단 칸 앞에 펴 보였다.

"이제 칸 앞에는 세 가지 길이 있소. 잘 생각해서 선택하시오. 첫 번째로, 우리 한국과 동맹을 맺고 북청을 견제해 지금의 왕조를 계속 유지하는 것이오. 두 번째는 북청과 동맹을 맺고 우리 한국을 견제하는 것이오. 물론 사냥이 끝난 후에 잡아먹히는 개 신세를 피하려면 머리를 잘 굴려야 할 것이오. 마지막 세 번째는 둘 다 거절하는 선택이오. 즉, 북청과 한국 어느 쪽의 편도 들지 않고 독립을 유지하는 거지."

그때, 노인이 링단 칸의 귀에 또다시 속삭이려 하였다.

그러나 듣기 싫다는 듯 고개를 저은 링단 칸이 다시 물었다.

"우리가 만약 세 번째 길을 택하면 어찌 되는 겁니까?"

"몽골엔 북원만 있는 게 아니니 다른 부족을 찾아갈 생각이오. 할하나 오이라트 둘 중 하나는 넘어올 거라 확신하오."

그 말을 들은 링단 칸의 얼굴이 약간 창백해졌다.

링단 칸이 한숨을 살짝 내쉬며 물었다.

"우리가 한국과 동맹을 맺으면 왕조를 유지할 수 있는 겁니까? 한국이 동맹을 핑계로 영향력을 점점 확대하다가 갑자기 돌변해 북원을 차지하지 말라는 법이 없지 않겠습니까?"

이준성은 쓴웃음을 지으며 고개를 저었다.

"칸이 뭔가 오해한 것 같군. 우리가 그렇게 귀찮은 짓을 왜 할 거라 생각하는 거요? 그냥 호르친처럼 밀어 버리면 그만

215

인데. 설마 우리가 그렇게 하지 못할 거로 생각하는 거요?"

그 말이 이치에 맞는다고 느꼈는지 링단 칸은 입을 다물었다.

한국이 몽골고원을 원한다면 호르친 부족을 보름 만에 점령한 것처럼 군대를 동원하면 그만이었다. 한국이 한반도에서 몽골로 쳐들어왔다면 보급선이 길어 처음엔 이겨도 나중에는 힘들어질 가능성이 컸다. 그러나 한국군은 한반도에 있는 게 아니라 요하 북서쪽에 있는 부신성에 있었다. 빠른 말로 달리면 보름 만에 보급을 마칠 수 있는 거리였다.

이준성은 고민하는 링단 칸을 향해 웃으며 말했다.

"우리가 동맹을 맺으면 그 후엔 입을 싹 닦을 것 같아 걱정이오? 우리가 도와주지 않으면 북원이 사나운 늑대나 다름없는 북청의 침략에서 어찌 버틸 수가 있겠소? 그리고 북원이 망하면 굳이 여기까지 찾아와 그쪽과 동맹을 맺은 일 역시 헛수고로 돌아가는 게 아니겠소? 나는 아주 실용적인 사람이라 쓸데없는 데에 힘을 쓰는 걸 아주 싫어하오."

총명한 링단 칸의 얼굴에 화색이 돌았다.

"그렇다면 한국이 북원을 지원해 주겠단 뜻입니까?"

"그렇소. 무기와 화약, 식량 등을 무상으로 넘겨주겠소."

링단 칸은 상대의 화끈한 제안에 정신을 쉽게 차리지 못했다.

◆ ◈ ◆

그 자리에서 링단 칸의 북원과 동맹을 체결한 이준성은 약속대로 한국군이 점령한 호르친 부족 영토를 북원에 양도했다.

신이 난 링단 칸은 바로 부하들을 파견해 호르친 부족의 영토를 북원의 영향력 아래 두었다. 호르친 부족 백성들은 물밀듯이 밀려들어 오는 북원의 군대에 저항할 방법이 마땅치 않은 탓에 어쩔 수 없이 북원의 지배를 받아들여야 했다.

이준성은 거기서 그치지 않았다. 약속대로 뇌우, 뇌관, 화약, 심지어는 진천 1호와 유성 3호까지 북원에 제공했다. 또, 무기를 제공할 때, 무기 사용법을 가르쳐 줄 군사고문단을 같이 파견해 북원군이 화약 무기로 무장하는 데 도움을 주었다.

한국군의 지원을 받은 북원군은 금세 다른 부족을 크게 압도하는 수준의 전력을 갖추는 데 성공했다. 북원이 자랑하는 기병 부대에 한국군의 도움으로 완성한 보병 부대를 더하는 순간, 몽골고원에서는 그들을 막을 부족은 별로 없어 보였다.

링단 칸은 야망이 있는 사내였다. 그는 전력이 갖춰지기 무섭게 바로 몽골고원 북쪽에 거주하는 할하 부족을 쳐들어 갔다.

할하 부족은 몽골족 안에서 다섯 손가락 안에 드는 강력한 부족이었다. 그러나 북원의 전력이 할하 부족을 압도해 불과

1년 만에 부족의 전 영토를 북원에 내주는 결과로 이어졌다.

몽골고원 북쪽을 정복하는 데 성공한 링단 칸은 거기서 멈추지 않고 그들의 최대 숙적이라 할 수 있는 오이라트로 쳐들어갔다. 그러나 오이라트는 절대 만만한 세력이 아니었다.

오이라트는 칭기즈칸이 몽골 일대를 통일할 때 가장 늦게 항복한 부족 중 하나로, 몽골어를 쓰기는 하지만 혈통 면에서 보면 튀르크에 가까웠다. 즉, 튀르크계 몽골인인 셈이었다.

오이라트는 15세기에 에센 타이시라는 걸출한 인물을 배출해 전성기를 맞이하는데, 그는 먼저 몽골고원 서쪽에 있던 유목 민족을 정복해 강대한 세력을 형성했다. 그리고 그 강대한 세력을 바탕으로 정복 전쟁을 일으켜 몽골고원 전체를 제패하기에 이르렀다. 이것이 바로 오이라트 제국이었다.

그러나 타이시란 명칭에서 유추할 수 있듯 오이라트의 왕은 칭기즈칸의 직계 혈통이 아니었다. 만약 에센이 칭기즈칸의 직계를 의미하는 황금 씨족이었다면, 오이라트 제국을 세운 후에 에센 타이시가 아니라 에센 칸이라 불렸을 것이다.

한데 타이시에 만족하지 못한 에센은 결국 황금 씨족을 학살한 다음에 본인이 몽골의 대칸에 등극하는 불경을 저질렀다.

물론 에센의 이러한 무리수는 몽골족의 눈에 좋게 비칠 리가 없었다. 몽골족은 칭기즈칸과 그의 후손인 황금 씨족을 아주 신성하게 생각하기 때문에 에센의 이러한 행동은 몽골족의 금기를 건드리는 행동과 같았다. 결국, 에센은 이에 불만을 품은 부하에게 암살당했다. 그리고 그 사건 때문에 몽골고원이 두 개로 쪼개져 오이라트가 몽골고원 서쪽을, 북원이 몽골고원 동쪽을 각각 차지하는 결과로 이어졌다.

오이라트는 그 후에 튀메드의 알탄 칸에게 패해 쫓겨나긴 하지만, 준가르로 거점을 옮겨 다시 힘을 기르기 시작했다.

이 준가르에서 유래한 준가르 왕국이 나중에 유목 민족이 세운 최후의 제국이란 명칭을 들을 정도로 강했기 때문에 한국의 지원을 받는 북원조차 처음에는 고전을 면치 못하였다.

오이라트의 강력한 저항에 당황한 링단 칸은 급히 이준성에게 사절단을 파견해 2차 회담을 열자고 먼저 제의해 왔다.

심양에 머물던 이준성은 링단 칸의 제의를 수락하고 한국과 북원의 국경지대에 있는 부신성에서 2차 영수회담을 하였다.

링단 칸은 영수회담에서 좀 더 많은 지원을 요청했다. 심지어 한국군 일부를 지원군으로 파견해 달란 요청까지 하였다.

이준성은 턱을 쓰다듬으며 한참을 고민한 후에야 대답했다.

"우린 다른 나라의 전쟁에 끼어들 생각이 없소."

조급해진 링단 칸이 앞으로 상체를 기울였다.

"지원군을 보내 주면 호르친 부족의 영토를 한국에 드리겠습니다."

이준성은 다시 고개를 저었다.

"전에 말했다시피 우린 영토를 지금보다 넓힐 생각이 없소. 광대한 영토를 가지면 당연히 좋겠지만, 그 광대한 영토를 지키기 위해서는 어느 정도의 대가가 필요하기 때문이오."

"대가요?"

"그렇소. 영토를 지키기 위해서는 병력을 주둔시켜야 하고 국민도 이주시켜야 하는데, 호르친 부족 영토는 그렇게까지 해서 차지하고 싶을 정도로 매력적인 땅이 아니오. 초원밖에 없는 지역에서 우리가 대체 무엇을 할 수 있겠소? 기껏해야 목축업인데, 그건 만주에서도 충분히 할 수 있는 일이오."

링단 칸이 실망한 목소리로 물었다.

"그렇다면 방법이 전혀 없는 겁니까?"

이준성은 다시 턱을 쓰다듬으며 한참을 고민한 후에 대답했다.

"음, 방법이 하나 있기는 한데."

링단 칸이 만면에 희색을 드러내며 물었다.

"어, 어떤 방법이 있습니까?"

이준성은 대답 대신 회의장 탁자에 지도를 하나 펼쳤다.

"이, 이것은?"

깜짝 놀란 링단 칸이 지도를 뚫어지게 보았다. 링단 칸을
보필하기 위해 따라온 중신들 역시 창백한 얼굴로 지도에서
시선을 떼지 못했다. 이준성이 꺼낸 지도가 몽골에 있는 수많
은 부족의 영토를 표기한 군사용 지도였기 때문이었다.

북원 역시 지도가 있긴 하지만 그렇게 정확한 편은 아니었
다. 오히려 지도보다는 경험과 기억에 의존하는 편이었다.
한글과 몽골문자를 같이 적어 설명해 놓은 지도이기 때문에
링단 칸 역시 지도에 나온 지명을 쉽게 읽을 수 있었다.

링단 칸은 한숨을 길게 내쉬며 지도를 천천히 읽어 내려갔
다.

"호르친, 고르로스, 우랑카이, 튀메드, 오르도스, 할하, 다
구르, 차하르, 준가르, 코토고이드, 코슈드, 부라가드, 바야
드……."

고개를 저은 링단 칸이 씁쓸한 표정을 지었다.

"한국의 능력은 보면 볼수록 놀랍군요. 수천 년간 몽골고
원에서 살아온 우리도 이런 지도를 만들지 못했는데 수만 리
나 떨어진 한국에 이런 지도가 있을 줄은 정말 몰랐습니다."

"운이 좋았을 뿐이오."

링단 칸은 단순히 운만 좋아서는 이런 지도를 만들 수 없다
는 사실을 알았다. 그러나 지금은 지도가 문제가 아니었다.

"이런 지도를 보여 주신 데는 이유가 있을 것 같은데요?"

"그렇소."

고개를 끄덕인 이준성은 몽골족이 차지한 영토의 외곽 부분을 손으로 천천히 그어 가다가 몇 개 지점에서 잠시 멈추었다.

"이곳과 이곳, 그리고 이곳에 한국군이 주둔할 수 있는 기지와 도로를 만드는 데 협조해 준다면 지원군을 파견해 주겠소."

눈을 크게 뜬 링단 칸이 당황한 목소리로 물었다.

"이런 변경에 기지와 도로를 만들려는 이유를 알 수 있을까요?"

이준성은 차분히 대답했다.

"우리는 유럽과 교역하기를 원하오. 물론, 칸 역시 유럽이 어디에 있는지는 알 것이오. 그대의 선조들이 싸웠던 전장이니만큼 까먹으려고 해도 까먹을 수 없겠지. 우리는 유럽과 교역할 생각인데, 문제는 유럽이 너무 멀리 있다는 것이오."

링단 칸이 조금 긴장한 목소리로 물었다.

"유럽이 어디 있는지 당연히 알고 있습니다. 한데 한국은 정말 몇 달을 가야 하는 곳에 있는 유럽과 교역할 생각입니까?"

"그렇소. 우리 한국이 있는 한반도에서 유럽과 교역하는 방법은 두 가지가 있소. 하나는 배를 타고 가는 방법이오. 그리고 다른 하나는 육로를 이용해 가는 방법인데, 몽골 제국이 이미 육로를 이용해 유럽에 갈 수 있다는 사실을 증명해 보였기 때문에 우리는 몽골 제국의 선례를 참고하려는 것이오."

링단 칸은 아주 총명한 청년이었기 때문에 이준성이 몽골 국경에 군사 기지와 도로를 만들려는 이유를 바로 이해했다.

"설마 한국이 유럽까지 쭉 이어지는 도로를 뚫겠다는 겁니까?"

"그렇소."

링단 칸은 믿기지 않는단 표정을 지었다.

"몽골고원 서쪽에도 여러 민족이 살고 있다는 사실을 아십니까?"

"당연히 알고 있소."

"한국이 유럽으로 가는 도로를 건설하려면 그 민족들이 세운 나라를 다 통과해야 합니다. 그게 가능할 거라 보십니까?"

"가능하니까 이런 계획을 추진하는 것이오."

그때, 옆에 있던 노인이 링단 칸에게 뭐라 속삭였다.

한참을 듣던 링단 칸이 미간을 살짝 찌푸리며 말했다.

"국경에 한국이 쓸 도로와 거점을 내주는 것은 그리 어려운 일이 아닙니다. 하지만 국경에 다른 나라의 군대가 진주하도록 허락하는 것은 쉽게 결정할 수 있는 일이 아님을 이해해 주셔야 합니다. 저야 당연히 도와 드리고 싶지만, 몽골의 다른 부족이 쉽게 허락할 리가 없기 때문입니다. 만약 국경에

223

주둔한 한국군이 마음을 바뀌 몽골을 점령하기로 마음을 먹는다면, 막아 내기가 쉽지 않을 것이기 때문입니다."

이준성은 팔짱을 끼며 피식 웃었다.

"교활한 늙은이에게 휘둘리다간 굴러온 복을 송두리째 차버리는 불상사가 생길 수 있다고 전에 한 번 언급한 것 같은데."

링단 칸을 따라온 중신들은 경험이 많아 유럽과 교역할 거라는 이준성의 계획을 듣는 순간 판이 바뀌었음을 눈치 챘다. 처음에는 그들이 부탁하는 상황이었다면, 지금은 이준성이 내건 조건을 이용해 더 뜯어낼 수 있다고 생각한 것이다.

이준성이 지목한 교활한 늙은이를 힐끔 본 링단 칸이 물었다.

"굴러온 복이요?"

이준성은 팔짱을 풀며 진지한 표정을 지었다.

"유럽까지 이어진 육로를 뚫는 방법은 두 가지가 있소. 하나는 그대의 선조가 그랬던 것처럼 무력으로 뚫는 것이오. 쳐들어가서 항복을 받은 다음, 강제로 도로와 거점을 건설하는 거지. 한국이 가진 전력이라면 충분할 것으로 생각하오."

긴장한 표정으로 입술에 침을 바른 링단 칸이 급히 물었다.

"그럼 두 번째 방법은 무엇입니까?"

"당연히 지금처럼 그 나라의 통치자를 만나 협상을 벌이는 것이오. 물론, 한국만 이득을 보겠단 것은 아니오. 도로가 생기고 거점이 생기면 거기서 일정한 수익이 발생할 것이오. 사람들이 먹고 쉬는 데 들어가는 비용이 적지 않을 테니 말이오. 우리는 그 수익을 해당 국가에 넘길 의향이 있소."

매력적인 제안임에 틀림없었다.

그러나 링단 칸은 여전히 불안을 떨치지 못하는 모습이었다.

"거점과 도로는 정말 유럽으로 가기 위한 용도입니까?"

"칸은 대체 무엇을 걱정하는 거요?"

"솔직히 말씀드리면, 그 거점과 도로가 언젠가는 우리 몽골을 침략하기 위한 용도로 쓰일까 봐 약간 겁이 나 그렇습니다."

이준성은 한숨을 깊이 내쉬었다.

"반복해 말하지만, 우린 몽골족의 영토가 전혀 필요하지 않소. 그렇게 큰 영토를 지키고 유지할 자신이 없기 때문이오."

무언가를 골똘히 생각하던 링단 칸이 한참 후에 다시 물었다.

"국경에 있는 부족의 반대는 어떻게 처리하실 생각입니까? 할하와 준가르는 한국이 도로를 건설하도록 가만히 내버려 두지 않을 겁니다."

이준성은 처음으로 미간을 찌푸렸다.

"이해를 못 하겠소. 할하 부족은 이미 북원이 정복한 부족이 아니오? 그리고 칸이 지금 지원을 요청하는 이유는 준가르에 있는 오이라트 부족을 정복하기 위해서고. 한데 할하와 준가르가 북원과 한국의 협정에 반기를 들 수 있단 거요?"

링단 칸이 약간 머쓱한 표정으로 대답했다.

"우리 몽골족은 한국과 사정이 다릅니다. 다른 부족을 점령할 수는 있지만, 완벽히 통제하는 것은 힘들다는 뜻입니다. 국가라는 개념보다 부족이란 개념이 더 강하기 때문이죠."

이준성은 별거 아니라는 표정으로 대답했다.

"그럼 그걸 바꾸시오."

"어떻게 바꾸라는 겁니까?"

"칸이 몽골을 통치하는 진짜 칸에 오르면 간단히 해결할 수 있는 문제요. 방법을 모르겠다면 우리가 가르쳐 줄 수 있소."

링단 칸은 자신이 없는지 풀이 죽어 대꾸했다.

"누차 말씀드리지만, 유목 민족은 농경 민족과 다릅니다. 우린 국가란 개념보다 부족의 개념이 강한 민족입니다."

이준성은 한숨을 내쉬었다.

"우리가 그러한 이치를 모를 것 같소? 한반도 역시 몽골과 비슷한 시절이 있었소. 중앙에 왕이 있긴 하지만 지방에 있는 호족들은 그 왕의 명령을 잘 따르지 않았지. 왕의 힘이 약했기 때문이오. 그러나 왕이 힘을 기른 후엔 호족들을 제거하거나 무력으로 찍어 눌러 강력한 중앙집권화를 이루는 데 성공했소. 우리가 도와주면 몽골 역시 그렇게 할 수 있소. 명목만 남은 칸에 안주하지 말고 몽골족 전체를 통치하는 진정한 대칸의 자리에 도전해 보란 뜻이오."

링단 칸은 자신감을 조금 회복했는지 눈을 반짝이며 물었다.

"제게 이런 조언을 해 주시는 이유가 무엇입니까?"

"그게 나에게도 이득이기 때문이오. 생각해 보시오. 북원의 정세가 어지러워 칸이 칸의 자리를 할하나 준가르의 오이라트 등에게 빼앗긴다면, 우리는 국경에 건설한 기지와 도로를 지키기 위해서 그들과 전쟁을 치르거나 또다시 협상하는 수밖에 없소. 이 얼마나 생산성이 떨어지는 일이오? 그럴 바에야 차라리 처음 손을 잡은 칸을 도와 북원이 강해지도록 해 주는 게 우리로서는 훨씬 이득이지 않겠소?"

이준성의 설득에 넘어간 링단 칸은 카라코룸으로 돌아가 먼저 준가르 분지에 있는 눈엣가시인 오이라트부터 공격했다.

물론, 이번에는 한명련이 지휘하는 맹호특수전여단과 김덕령이 지휘하는 천마기동여단의 도움을 받아 쳐들어갔다. 이준성이 약속을 지킨 것이다. 결국, 맹호특수전여단이 오이라트의 후방을 어지럽히는 동안, 천마기동여단이 합류한 북원의 주력 부대가 오이라트와의 회전에서 대승을 거두었다.

링단 칸은 거기서 멈추지 않고 북원의 통제를 벗어나 있던 주변의 여러 부족을 정복해 마침내 몽골 전체를 통일하는 위업을 달성했다. 이후 정식으로 대칸의 지위에 등극한 링단 칸은 이준성의 조언대로 부족 개념이 강한 몽골에 처음으로 칸의 권력을 강화하는 중앙집권화 정책을 시행했다.

말은 거창하지만, 방법은 간단했다. 북원이 선발한 지방관을 각 지역에 파견해 그 지역을 통치하게 한 것이다. 물론, 그 지역을 통치하던 부족들은 이에 반발해 반란을 일으켰다.

링단 칸은 한국군의 지원을 받아 반란을 일으킨 부족을 철저히 궤멸시켰다. 링단 칸 역시 이번에는 마음을 독하게 먹었는지 반항하는 부족은 아예 뿌리를 뽑아 본보기로 삼았다.

이에 겁을 먹은 부족들은 점차 중앙의 명령에 순응하기 시작했다. 그 후에는 이준성이 파견한 한국의 정부 고문관이 링단 칸을 도와 북원을 현대적인 형태의 국가로 만들어 갔다.

링단 칸 역시 약속을 지켰다. 몽골 북쪽 국경 10여 군데에 한국군이 주둔할 수 있는 자그마한 영토를 내어 준 것이다. 이준성은 김육과 권응수 두 명에게 몽골 북쪽 국경에 군사 기지와 도로를 건설하란 명령을 내렸다. 이준성의 진짜 계획은 그곳에 철로를 깔아 열차가 달리게 하는 것이었지만, 어쨌든 지금은 유럽으로 가는 통로를 구축하는 게 먼저였다.

그러던 어느 날, 북청의 황제 누르하치가 심양성에 있는 그에게 사신을 보냈다. 이준성은 별로 놀라지 않았다. 올 게 왔기 때문이었다. 그는 침착한 표정으로 북청 사신을 만났다.

◆ ◈ ◆

누르하치는 피옹돈이란 이름을 쓰는 심복을 사신으로 파견했다. 올해 마흔 중반인 피옹돈은 북청 최강의 장수로 12살 때 이미 강궁의 시위를 당길 수 있을 정도로 힘이 강했다.

이준성은 절을 하는 피옹돈을 보며 사신을 선정하는 누르하치의 기준이 무척 흥미롭다는 생각이 들었다. 피옹돈을 외교 사절로 보내는 행동은 그가 가진 재능을 낭비하는 일일 뿐이었다. 피옹돈은 화려한 언변과 권모술수가 필요한 외교계보다 피와 땀이 흐르는 전장이 더 어울리는 사내였다.

한데 그가 아는 것을 누르하치가 모를 리 없었다. 즉, 피옹돈을 사신으로 파견한 데는 그럴 만한 이유가 있단 뜻이었다.

이준성은 그 이유를 쉽게 짐작할 수 있었다. 그건 바로 심복 중의 심복을 보내야 할 만큼 북청의 사정이 좋지 않단 뜻이었다. 누르하치가 북청을 완벽히 장악한 상태라면 전장에서 남명군과 싸우고 있어야 할 피옹돈을 사신으로 보내는 게아니라, 외교를 전담하는 다른 중신을 보냈을 것이다.

그때, 피옹돈이 눈에 힘을 주며 한국을 찾은 이유를 설명했다.

"황제께서는 귀국이 보인 행동에 심려가 크십니다."

이준성은 미간에 약간 힘을 주며 물었다.

"우리의 어떤 행동이 귀국의 마음에 들지 않았소?"

"황제께서는 귀국을 형제처럼 생각하십니다. 소장에게도 한국이 자주 도와주지 않았으면 오늘과 같은 대업을 이루지 못했을 거라며 항상 귀국에 감사해야 한다는 말씀을 하곤 하셨습니다. 한데 믿었던 귀국이 대청의 동맹인 호르친에 쳐들어갈 거라곤 전혀 예상치 못하신 듯합니다. 심지어 귀국이 호르친의 족장을 연금하고 빼앗은 영토를 대청에 반기를 든 북원의 칸에게 양도할 줄은 더더욱 모르셨을 겁니다."

"흐음."

이준성은 서늘한 눈길로 피옹돈을 쏘아보았다. 피옹돈은 기세에서 질 수 없다는 듯 눈을 부릅뜨며 마주 쏘아보았다. 그가 전문 외교관이라면 상대를 마주 쏘아보기보단 말로서 지금 상황을 해결하려 했을 테지만, 불행히도 그는 전문 외교관이 아니었다. 그는 그저 본능이 시키는 대로 따를 뿐이었다.

피식 웃은 이준성이 손가락을 튕겼다. 잠시 후, 아리나 광산을 습격했던 마적 두목과 부두목이 포승줄에 묶여 끌려왔다.

이준성은 마적 두목을 가리키며 대답했다.

"그대가 알아볼지 모르겠지만 이자들은 호르친 출신이 모여 만든 유명한 마적단의 두목과 부두목이오. 몇 달 전에 한국 정부가 소유한 아리나 광산을 습격했다가 붙잡혀 왔지. 한데 이들의 배후에 누가 있었는지 아시오? 바로 호르친 부족의 고위 인사들이었소. 마적단은 광산 약탈에 성공하면 약탈한 금의 일부를 호르친 부족에 바칠 생각이었소. 그리고는 그 대가로 호르친 부족 고위층의 비호를 받으려 하였지. 나중에 국제적인 문제로 비화했을 때를 대비해 말이오."

"헉!"

피웅돈은 처음 듣는 얘기인지 헛바람을 집어삼켰다.

이준성은 그런 피웅돈을 날카롭게 주시하며 힐난했다.

"그대는 내가 이런 상황에서 어떻게 하는 게 좋았을 것 같소? 북청의 체면을 생각해 병신처럼 꾹 참았어야 한다고 생각하시오? 만일, 정말 그렇게 생각했다면 그대의 황제에게 돌아가 이제부터 마음 단단히 먹는 게 좋을 거라 전하시오."

피웅돈은 흠칫하며 물었다.

"지금 대청을 위협하시는 겁니까?"

이준성은 서늘한 눈빛으로 피웅돈을 직시했다.

"이 정도는 위협 축에도 끼지 않소. 내가 북청을 위협할 생각이었다면, 사신 따위를 만나기 전에 이미 행동에 나섰을 테니까."

피웅돈은 더 할 말이 없는지 마적단 두목과 부두목을 노려보다가 북청으로 돌아갔다. 한편, 이준성은 은호원장 강태봉을 불러 중국 내전이 어떻게 돌아가는 중인지를 확인했다.

강태봉이 손가락으로 중국 지도에 나와 있는 장강을 가리켰다.

"내전 초기엔 북청군이 장강을 지키는 남명군을 압도해 장강 너머에 있는 중요한 거점 몇 개를 점령하는 등 상당히 유리한 고지를 선점했었사옵니다. 심지어 북청군 일부는 남명 수도가 있는 남경 근방까지 쳐들어갔을 정도였사옵니다."

"했었다는 말은 지금은 아니란 뜻인가?"

"그렇사옵니다. 우리가 호르친에 쳐들어가 그들의 족장을 사로잡은 후에는 북청군의 기세가 한풀 꺾였사옵니다. 호르친을 비롯해 북청에 협력하던 몽골 부족 10여 곳이 자기 부족의 영토를 지키기 위해 돌아가겠다고 선언했기 때문이옵니다. 영토를 오래 비워 두면 호르친처럼 될 수 있으니까요."

이준성은 말없이 고개를 끄덕였다. 한국군이 쳐들어간 몽골 부족은 호르친 하나였다. 그러나 그 후에 한국의 지원을 받아 전력을 끌어올린 링단 칸의 북원이 몽골고원을 제패하기 위해 사방으로 군대를 파견하는 바람에 이에 위협을 느낀 몽골족은 자기 부족의 영토로 서둘러 돌아가려 하였다.

하지만 몽골고원과 장강은 며칠 만에 갈 수 있는 거리가 아니어서 그들이 자기 부족 영토에 도착했을 땐 이미 북원의 군대가 진주해 그들이 도착하기를 기다리는 상황이었다. 북원은 지칠 대로 지친 적을 손쉽게 요리해 북청에 협력하던 몽골 부족 10여 개를 눈 깜짝할 사이에 점령해 버렸다.

반까지는 아니지만 그래도 전력의 3할 정도를 차지하던 몽골족의 군대가 돌아간 후엔 북청군 역시 전처럼 기세를 올리지 못했다. 누르하치는 몽골군이 빠져나간 자리를 급히 한족 출신 병사로 채우는 순발력을 보여 주었지만, 몽골군을 대체한 한족 출신 병사의 실력은 몽골군에 비할 바 아니었다. 결국, 장강 너머에 건설한 거점을 빼앗기기 시작했다.

이준성은 손가락으로 탁자를 두드리며 물었다.

"그럼 지금 전황은 어떤가?"

"요 몇 달 동안에는 남명군이 다시 밀리는 중이옵니다."

이준성은 미간에 잔뜩 힘을 주며 물었다.

"남명군이 다시 밀려? 어떻게 그럴 수가 있단 말인가?"

이준성은 남명이란 나라가 도무지 이해 가지 않았다. 그는 호르친과 북원의 복잡한 관계를 이용해 남명을 몰래 도와주면 남명이 이기지는 못해도 적어도 패하지는 않을 거라 내다보았다. 남명 역시 200년 넘게 중원을 다스려 온 대국이기 때문이었다. 한데 남명은 그의 기대를 철저히 배신했다.

강태봉이 한숨을 내쉬며 대답했다.

"남명은 여진족에게 영토의 반을 잃고도 아직 정신을 못차린 것 같사옵니다. 여전히 환관과 유학자들이 권력을 쥐기위해 치열한 당쟁을 펼치는 중이옵고, 전과 달리 황제가 조회에 얼굴을 비추기는 하지만 말 한마디 않을 때가 더 많다 하옵니다. 또, 곳곳에서 폭정에 불만을 품은 농민들이 반란을 일으켜 남명은 지금 안팎이 다 어수선한 상태이옵니다."

"빌어먹을!"

앞에 있는 탁자를 걷어찬 이준성은 한참을 씩씩거리다가 다시 자기 자리로 돌아왔다. 그리고는 얼굴을 쓸어내리며 열을 식히기 위해 애를 썼다. 그로부터 한참이 지나서야 붉게 달아올랐던 얼굴이 원래대로 돌아왔다. 강태봉, 강주봉, 마사카츠, 은게란 등은 숨을 죽인 채 그 모습을 지켜보았다.

이준성은 다시 호랑이 가죽을 덮은 옥좌에 털썩 주저앉았다.

"은호원이 포섭한 슈르하치 쪽 인사가 누구라 했지?"

강태봉이 서둘러 대답했다.

"슈르하치의 장남이옵니다."

그 말에 옆에 있던 강주봉, 마사카츠, 은게란 등이 놀란 표정을 지었다. 은호원이 슈르하치 측 주요 인사를 포섭했단 소문은 들었지만, 그게 슈르하치의 장남일 거라고는 전혀 생각지 못했다. 그들은 은호원의 뛰어난 능력에 감탄을 금치 못했다.

고개를 끄덕인 이준성은 바로 명령을 내렸다.

"장남을 구워삶아 슈르하치가 반란을 일으키게 만들어라. 누르하치와 슈르하치 사이의 골이 깊어질 대로 깊어진 상태라, 바람만 약간 잡아 주면 기다렸다는 듯 들고 일어날 거다."

"알겠사옵니다."

"남명 쪽에는 누가 가 있나?"

"전하께서 잘 아시는 이홍발이 남경에 있사옵니다."

"그럼 이홍발이 은호원 남명지부장인가?"

"그렇사옵니다."

이홍발은 은호원이 보유한 최고의 작전 요원으로 그동안 왜국과 야인여진, 건주여진, 호르친, 명, 남명 등에서 활약했다.

"이홍발에게 어떤 수를 써서든 남명 황제를 끌어내리라 전해라. 그리고 황제를 끌어내린 다음에는 지금 황태자를 새 황제로 등극시키라고 하고. 황태자는 황제와 달리 정신머리가 제대로 박힌 자라 들었다. 난국을 수습할 수 있을 거야."

역사가 정확한 것은 아니었다. 아니, 정확히 말하면 역사 기록이 정확한 것은 아니었다. 역사를 기록하는 것이 사람이기 때문이었다. 그러나 만력제의 뒤를 이어 명나라 황제에 등극하는 태창제는 확실히 명나라를 말아먹은 네 명의 황제와는 애초에 결이 다른 인물이었다. 만력제의 장자인 태창제는 즉위한 후에 바로 부황 만력제가 망가트린 명나라의 기틀을 바로잡기 위해 여러 개혁 조치를 서둘러 단행했다.

태창제는 황제 대신 지방을 순시한단 명목으로 백성의 고혈을 쥐어짜던 환관부터 불러들였다. 또, 국고를 털어 굶주린 백성들을 도왔으며 황실 내탕금을 써서 만성 군량 부족에 시

235

달리던 요동병을 지원했고 만력제가 수십 년간 정사를 제대로 돌보지 않는 바람에 생긴 조정의 결원을 충원했다.

만력제에 질려 버린 명나라 백성들에게 태창제가 취한 일련의 개혁 조치는 수십 년간 가문 논에 내린 단비와 같았다. 백성들은 드디어 멀쩡한 황제가 나타났다며 만세를 불렀다.

그러나 명나라는 망할 수밖에 없는 운명이었던지, 성군의 재목으로 추앙받던 태창제는 즉위한 지 불과 29일 만에 급사했다. 아마 태창제가 몇 년 더 살아 명나라를 계속 통치했다면 명나라의 수명은 좀 더 길어졌을지도 모를 일이었다.

만력제는 역사상 그와 비슷한 전례를 찾아보기 힘들 정도의 암군이었다. 한데 태창제 다음에 등극한 천계제 역시 그 못지않았다. 재위 기간은 할아버지 만력제와 비교해 훨씬 짧은 7년이었지만, 그 7년 동안 목공예에만 빠져 살았다. 그리고 정사는 대부분 간신으로 유명한 환관 위충현에게 맡겼다. 그런 상황에서 명나라가 제대로 돌아갈 리 만무했다.

강태봉은 한때 조선이 상국으로 모시던 남명의 황제를 갈아치우라는 이준성의 명령을 듣고는 얼굴이 하얗게 질렸다. 그러나 강태봉 역시 배짱이 두둑한 인물이었던지라, 신색을 곧 회복하고는 이준성 앞에서 그렇게 하겠노라 대답했다.

사안이 심각했기 때문에 강태봉은 남명의 수도인 남경에 직접 잠입해 남명의 황제를 갈아치우는 공작을 진두지휘했다. 그는 우선 황태자의 측근을 포섭했다. 그리곤 그 포섭한 측근을 통해 황태자에게 접근해 안면을 서서히 익혀 나갔다.

황태자는 꽤 괜찮은 사람이었다. 강태봉은 황태자에게 반란을 일으킬 의향이 있는지 떠보았지만, 황태자는 아들이 아버지를 쫓아내는 불효를 저지를 순 없다며 완강히 거절했다.

눈치 빠른 강태봉은 바로 방법을 바꾸어 황태자의 인정에 호소하기 시작했다. 도탄에 빠진 백성과 무너져 내리는 사직을 구하기 위해서는 황태자가 나설 수밖에 없다며 설득했다.

인정에 호소하는 방법은 의외로 잘 먹혀 황태자가 관심을 보이기 시작했다. 아마 황태자의 권력욕을 자극하는 작전을 썼다면 오히려 역효과가 났을 테지만, 강태봉이 황태자의 약점을 제대로 찌른 덕분에 공작이 활기를 띠기 시작했다.

강태봉은 먼저 황태자에게 믿을 수 있는 신하와 장수를 선별하게 하였다. 그리고는 은호원이 몰래 들여온 각종 무기로 황태자가 포섭한 장병을 서둘러 무장시켰다.

이제는 반란을 일으킬 명분을 만들어 내는 일만 남았다. 명분이 확실하지 않으면 조정과 백성의 지지를 얻기 힘들었다.

다행히 황태자가 처한 상황 자체가 명분이나 다름없었다. 만력제는 장남이 멀쩡히 살아 있음에도 삼남인 공왕 주상순을 더 총애해 황태자 책봉을 차일피일 미루었다. 만력제가 공왕의 친모인 정귀비를 총애했기 때문이었다. 그러나 신하들의 간곡한 만류 때문에 만력제는 하는 수 없이 총애하던 삼남 주상순 대신에 장남 주상락을 황태자로 책봉했다.

한데 공왕의 친모인 정귀비가 자기 아들인 공왕을 태자로 앉히기 위해 황태자를 시해하려 했던 이궁안 사건이 발생했다. 이궁안 사건은 국문에서 밝혀진 대로 공왕의 친모인 정귀비가 사주했단 설과 황태자가 그를 위협하던 공왕의 세력을 제거하기 위해 벌인 자작극이란 설 등 여러 설이 존재했다. 하지만 어쨌든 그 덕에 황태자는 공왕의 세력을 실각시키고 자신의 태자 지위를 더욱 공고히 할 수 있었다.

강태봉은 이 이궁안 사건에서 모티브를 얻어 공왕이 황태자를 죽이려 한다는 소문을 남경과 남명 조정에 퍼트렸다. 그리곤 그 소문이 진짜인 것처럼 가짜 증거를 곳곳에 심었다.

어느 날, 황태자는 강태봉을 은밀히 불러 물었다.

"공왕의 무리가 환관, 간신과 결탁해 반란을 일으키려 한다는 소문이 황실은 물론이거니와 남경 저잣거리에까지 파다하게 퍼졌단 말을 들었는데, 이제 움직여야 하는 것이 아닌가?"

강태봉은 고개를 저었다.

"아직은 때가 아니옵니다, 태자 전하."

황태자가 약간 초조한 표정으로 물었다.

"그럼 대체 언제 움직여야 한단 말인가?"

강태봉은 담담한 목소리로 대답했다.

"공왕이 먼저 움직일 때까지 기다리시옵소서."

"자넨 공왕이 먼저 움직일 거라 예상하는 건가?"

"그렇사옵니다. 공왕은 가만있으면 전하를 시해하려 한다는 누명을 꼼짝없이 뒤집어쓸 수밖에 없는 상황이옵니다. 그럴 바엔 차라리 실제로 저지르는 게 낫다고 생각할 것입니다."

고개를 끄덕인 황태자는 강태봉의 조언에 따라 좀 더 상황을 지켜보기로 하였다. 다행히 오래 기다릴 필욘 없었다. 환관과 간신의 도움을 받아 반란을 일으킨 공왕은 기세 좋게 황태자가 거주하는 동궁으로 쳐들어왔다. 그러나 이미 준비를 갖추고 기다리던 황태자는 바로 친위대를 내보내 반란을 진압했다.

한국군이 제공한 신무기로 무장한 친위대는 불과 반나절 만에 공왕의 반란군을 제압했다. 그리고 그날 저녁엔 만력제를 찾아 상황을 설명한 후에 양위할 것을 간곡히 요청했다.

만력제는 별 불만 없이 태자에게 옥새를 내주고 자기는 상황으로 물러나는 대범한 모습을 보여 줬다. 마치 이런 순간이 오길 기다렸다는 듯 양위하는 과정이 일사천리로 이뤄져 오히려 황태자가 더 당황할 지경이었다. 어쨌든, 만력제에게 양위를 받은 황태자는 곧 명나라 14번째 황제에 등극했다.

새로운 황제는 강태봉의 조언대로 바로 개혁 조치를 단행했다. 우선 명나라를 좀먹던 환관 세력을 숙청한 다음, 그들이 부정 축재한 어마어마한 재산을 몰수해 국고에 환수했다.

그리고는 결원이 생긴 곳에 새로운 관원을 임명해 행정 공백을 최소화하는 한편 농민 반란을 진압해 내부 문제를 해결했다.

내부의 문제를 해결한 후에는 장강 방어선에 국력을 집중해 북청군에 빼앗긴 장강 이남의 주요 거점을 모두 수복했다. 또, 장강 이남에 남아 있던 북청군의 남은 세력을 강 북쪽으로 모두 쫓아내 마침내 진정한 남명 정부를 구축하였다.

북청 남명 체제가 공고해지는 것을 확인한 이준성은 곧장 남하해 도성으로 돌아갔다. 거의 5년 만에 이뤄지는 귀환이었다.

7장. 뒷물결

  황제가 바뀌면 신경 써야 할 일이 한둘이 아니었다. 재위 기간이 짧을 때는 조금 덜 하지만 만력제처럼 수십 년에 달하는 재위 기간을 가진 황제가 물러날 때는 더욱 그러했다.

  이는 전 세대가 종말을 고하고 그다음 세대가 주역으로 등장하는 것을 의미했다. 그런 상황에선 보통 예상치 못한 문제가 동시다발적으로 발생해 혼란으로 치닫는 경우가 많았다.

  특히나 반란, 양위와 같은 변고가 생긴 직후의 황위 계승은 더 그러해 남명 조정은 몇 달 동안 혼란을 피할 수 없었다.

  북청 입장에서는 절호의 기회가 아닐 수 없었다. 적이 내부적으로 혼란하다면 그때야말로 치고 내려갈 타이밍이었다.

한데 북청은 그럴 수 없었다. 아니, 혼란한 것으로 따지면 남명보다 북청이 더했다. 남명에서 벌어진 반란 사건이 공왕 주상순이 환관, 간신 등에 업고 홧김에 일으킨 변고라면 북청에서 생긴 일은 나라를 뒤흔드는 내전에 더 가까웠다.

강태봉은 미리 포섭해 둔 슈르하치의 장남을 이용해 슈르하치가 반란을 일으키도록 부추겼다. 슈르하치 역시 누르하치가 자길 그냥 둘 리 없단 생각을 하던 차였던지라, 못 이기는 척 그 충동질에 넘어가 형을 상대로 반란을 일으켰다.

북청군은 8기로 이뤄져 있었다. 쉽게 말해 여덟 개의 사단으로 이루어진 형태라 할 수 있는데, 조금 더 깊이 들어가면 일반적인 사단이라기보다는 일종의 행정 구역에 가깝단 사실을 알 수 있지만 어쨌든 북청군은 8기로 이루어져 있었다.

8기 중 가장 강한 두 개를 자기 휘하에 둔 누르하치는 남은 6기 중 세 개를 자기 아들 추엔과 다이샨 등에게 나눠 주었다. 그리고 남은 3기는 동생 슈르하치와 그의 아들에게 맡겼다. 즉, 슈르하치 가문은 8기 중 3기를 보유한 셈이었다.

한데 슈르하치 가문이 챙긴 3기는 8기에서 전력이 떨어지는 편에 속하기 때문에 누르하치와 슈르하치 사이에 갈등이 생기면 누르하치 목소리가 더 클 수밖에 없는 실정이었다.

한데 누르하치와 슈르하치 형제 사이에 생긴 불신의 골이 시간이 지날수록 점점 더 깊어짐에 따라 몇 달 전부터 누르하치 5, 슈르하치 3의 체제에 변화가 생길 조짐이 보였다. 누르하치가 슈르하치의 손발을 미리 잘라 놓을 생각으로 동생에게 준 3기 중 하나를 빼앗으려 들었기 때문이었다.

물론 그냥 뺐으면 슈르하치가 반발할 게 뻔했기에 호시탐탐 기회를 노리고 있었는데, 3개월 전에 사건이 하나 발생했다.

슈르하치의 차남이 지휘하던 3기 중 하나가 난공불락으로 유명한 양양성에서 남명군과 붙었다가 대패해 상당한 손해를 보았다. 누르하치는 이 패전을 빌미 삼아 슈르하치의 차남에게 준 3기 중 하나를 회수하려 했다. 능력이 없는 지휘관에게 북청군 주력 부대를 맡길 수 없다는 이유에서였다.

슈르하치는 당연히 반발했다. 누르하치의 아들들이 지휘하는 부대 역시 몇 차례 전투에서 패한 적이 있기 때문이었다. 그러나 그때는 누르하치가 아들이 가진 군령권을 빼앗지 않았기 때문에 슈르하치는 이는 명백한 차별이라 주장했다.

하지만 누르하치의 의지가 생각보다 강경해 하루하루가 살얼음판 위를 걷는 것 같은 날들이 이어졌다. 한데 이때 강태봉이 지휘하는 은호원 요원들이 슈르하치를 충동질한 것이다. 슈르하치는 한국의 지원을 받을 수 있다는 생각에 용기가 샘솟은 듯 즉시 형 누르하치를 상대로 반란을 일으켰다.

누르하치와 슈르하치 형제가 벌인 내전은 그 여파가 엄청나 남명에서 새로운 황제가 등극한 후에도 끝날 기미가 없었다.

그러나 누르하치와 슈르하치는 개인이 가진 능력뿐만 아니라 애초에 지닌 전력에서도 차이가 크게 났기 때문에 2년쯤 지난 후에는 결국 슈르하치가 패해 스스로 목숨을 끊었다.

물론, 남명의 새 황제는 그 틈을 이용해 내부를 정리하고 외부에 전력을 집중하기 시작했다. 누르하치가 동생을 죽이고 다시 남명을 상대하려 했을 땐 이미 그가 알던 예전의 남명이 아니어서 번번이 장강을 넘는 데 실패하고 말았다.

남명과 북청이 형성한 전선이 장강을 중심으로 굳어지는 모습을 보고 안심한 이준성은 근 5년 만에 도성으로 복귀했다.

영토를 거의 서너 배 이상 확장한 정복 군주의 복귀였기 때문에 가는 곳마다 국민이 나와 그에게 열렬한 환영을 보냈다.

처음에는 지방관이 그에게 잘 보이기 위해 주민을 강제로 동원한 줄 알았다. 이런 허례를 싫어하던 이준성은 바로 은호원을 시켜 실상을 알아보았다. 한데 지방관이 강제로 동원한 숫자보다 자발적으로 나온 주민의 숫자가 훨씬 많았다.

자기가 사는 지역에 이준성이 온단 소식을 들은 주민들이 버선발로 뛰쳐나와 큰절을 올리거나 그를 보며 만세를 불렀다.

이준성은 쓴웃음을 지으며 그를 환영하는 주민들을 향해 손을 흔들었다. 그 순간, 천지가 떠나갈 듯한 함성이 울렸다.

"내가 인기가 좋은가 보군."

마사카츠가 당연하다는 표정으로 대꾸했다.

"주상전하께서 인기가 없으면 대체 누가 인기가 있겠습니까? 소인이었어도 버선발로 뛰쳐나와 절을 올렸을 것입니다."

"내가 내 손으로 얼굴에 금칠하는 기분이군."

피식 웃은 이준성은 고개를 돌려 주변을 둘러보았다. 이준성 일행은 지금 의주와 도성을 잇는 경의 고속도로 위에 있었다.

경의 고속도로는 아직 완공 전이라 구간마다 포장을 마친 부분과 그렇지 않은 부분이 섞여 있었다. 포장 공사를 마친 부분은 30퍼센트였는데, 건설부가 파견한 공사 책임자의 브리핑에 따르면 완공하는 데 10년은 더 필요한 모양이었다.

이준성은 남하하면서 포장을 마친 도로 부분을 관심 있게 지켜보았다. 도로는 왕복 4차선으로 이루어져 있었다. 지금이야 말이나 마차가 다니는 게 다지만, 나중에는 자동차가 다녀야 하므로 무리해서라도 도로의 너비를 넓혀 설계했다. 물론, 그 바람에 완공하는 데 수십 년의 기간이 필요했다.

도로를 포장할 때, 철근과 콘크리트를 사용했기 때문에 보수만 잘하면 100년 이상 사용할 수 있었다. 그리고 도로의 수명이 끝나 갈 즈음에는 아스팔트로 재포장이 가능할 것이다.

현재 한국은 도성과 인천을 잇는 경인 고속도로, 도성과 의주를 잇는 경의 고속도로, 도성과 부산을 잇는 경부 고속도로, 도성과 광주를 잇는 경광 고속도로, 도성과 회령을 잇는 경회 고속도로를 건설 중이었다. 경인 고속도로처럼 공사 구간이 짧은 고속도로는 이미 완공을 마친 상태였다. 그리고 경부 고속도로와 경회 고속도로처럼 고속도로를 건설하기가 쉽지 않은 지역은 2, 30퍼센트의 공정률을 보이는 중이었다.

도로공사는 적어도 10년 안에 한국 내에 있는 모든 고속도로를 완공한 다음, 새로 얻은 영토인 만주와 요하, 캄차카 등에 짓는 고속도로에 인력과 예산을 집중할 예정이었다.

만약 도로공사 계획대로 모든 공정이 순조롭게 이어진다면, 경제 및 군사 등 거의 모든 분야에서 괄목할 만한 성장을 이뤄낼 수 있었다. 말 그대로 나라의 수준이 달라지는 것이다.

평양시에 도착한 이준성은 평양 행궁에서 잠시 휴식을 취하다가 하루 날을 잡아 평양 시내를 돌아다녔다. 평양에서 가장 눈에 띄는 건 학교와 경찰서, 소방서와 같은 관공서였다.

이준성은 교육을 아주 중요하게 생각했다. 인구와 자원이 부족한 국가는 교육에 사활을 걸어야 했다. 또, 국민의 교육 수준이 올라감에 따라 범죄율, 빈곤율 등이 내려가는 게 일반적이어서 교육은 말 그대로 백년지대계라 할 수 있었다.

초등학교, 중학교, 고등학교로 이어지는 기초 교육 체계를 완성한 이준성은 그 위에 대학교, 대학원을 설립해 재능이 뛰어난 학생이 양질의 교육을 받을 수 있게 조치했다. 또, 전문 연구 기관을 대거 설립해 실력이 뛰어난 학자를 육성했다.

이준성이 지금 돌아보는 중인 평양에는 초등학교가 열 개, 중학교가 일곱 개, 고등학교가 다섯 개 있었다. 그리고 평양 대학과 평양 대학원이 각각 하나씩 있었고 그 외에 수학, 의료, 물리 등을 연구하는 전문 연구 기관이 하나씩 있었다.

현재는 취학 연령에 해당하는 아동과 청소년의 15퍼센트가 학교에 적을 둔 상태였다. 물론 남녀를 모두 포함했을 때의 애기였다. 남자만 따지면 좀 더 높아 30퍼센트에 달했다.

여전히 남아 있는 조선 시대의 낡은 규범과 각 가정의 사정 등으로 인해 여자보다는 남자 쪽의 취학 비율이 더 높았다.

이준성은 10년 안으로 이 비율을 50퍼센트로 끌어올릴 계획이었다. 그리고 30년 안으로 70퍼센트에서 80퍼센트로 끌어올리는 중장기 계획까지 세워 놓았다. 이 교육 문제만 그의 대에서 처리해도 그는 후손들에게 할 만큼 한 셈이었다.

평양엔 학교 외에도 도청, 시청, 소방서, 경찰서, 세무서, 법원, 검찰청 등이 차례로 들어서 시민의 편의를 돕는 중이었다.

물론, 평양은 도성에 비견할 만한 대도시이기 때문에 다른 지역보다는 훨씬 빠른 속도로 개발이 이루어지는 중이었다. 아마 전국에 있는 모든 도시가 평양과 같은 현대적인 형태의 인프라를 갖추려면 적어도 100년은 넘게 걸릴 것이다.

평양을 둘러본 이준성은 개성을 지나 곧장 도성으로 향했다. 도성에 도착하기 수십 킬로미터 전부터 경의 고속도로 양편에 이준성을 보기 위해 나온 인파가 인산인해를 이루었다.

이준성은 주민들이 보내는 열렬한 지지와 환호에 적당히 호응해 주며 서대문에 도착했다. 정부의 고위 관료 수백 명이 서대문 앞에 나와 이준성 일행의 도착을 기다리는 중이었다.

고위 관료들 속에서 이원익, 이항복, 이덕형 등 낯익은 얼굴을 쉽게 찾아낼 수 있었다. 이준성은 기뻐하며 말을 몰았다.

한데 가까이 가서 보는 순간, 고위 관료 중 몇 명이 보이지 않는단 사실을 깨달았다. 이준성의 개선식은 아주 중요한 행사이기 때문에 누군가가 빠진다는 것은 있을 수 없었다.

적랑 위에서 뛰어내린 이준성은 이원익 앞으로 걸어가 물었다.

"총리와 국방부장관은 왜 보이지 않는 거요? 내 개선식보다 중요한 업무가 있어 참석하지 못했다는 말은 하지 마시오."

이원익은 신장이 150센티미터를 갓 넘을 정도로 작은 사내였다. 그러나 누구도 이원익을 우습게 보지 못했다. 아니, 오히려 가장 두려워하는 사람에 더 가까웠다. 정부에서 가장 상대하기 싫은 사람은 은호원장 강태봉이지만, 가장 무서운 사람은 감사원장 이원익이라는 소문까지 있을 정도였다.

이원익은 온화한 성품으로 백관의 존경을 한 몸에 받는 큰 어른이지만 공사가 지독하리만치 철저해 봐주는 법이 없었다. 특히, 부패와 비리, 권력 남용과 같은 죄를 끔찍이 싫어하기 때문에 감사원장으로 10년 가까이 재직하는 동안 수백 명이 넘은 고위 관원을 사형시키거나 감옥으로 보냈다. 당연히 직급이 낮은 관원이야 수를 셀 수 없을 정도였다.

이원익의 장점은 그뿐만이 아니었다. 그는 실무형 관료였다. 조선의 대신들은 기본이 유학자이기 때문에 실무에 정통하기보다는 왕에게 정치적인 조언을 하는 정치 고문에 더 가까웠다. 그러나 이원익은 달랐다. 이원익은 일머리가 뛰어난 전형적인 실무형 관료여서 업무를 하나 맡기면 남들보다 훨씬 짧은 시간에 완벽하게 해내는 모습을 보여 주었다.

이원익은 헛기침하며 대답하기를 망설였다.

"그게 저…… 어찌 말씀을 드려야 하올지……."

그는 이원익의 망설이는 모습에서 일이 생겼음을 직감했다.

"류성룡과 권율이 중병에라도 걸린 거요?"

이원익은 어쩔 수 없다는 듯 한숨을 길게 내쉬며 대답했다.

"국방부장관은 사흘 전에 유명을 달리했사옵니다. 그리고 국무총리는 숙환이 도져 거동하기가 힘든 상태라 하옵니다."

"으음……."

탄식한 이준성은 주먹을 꽉 쥔 상태에서 하늘을 올려다보았다. 다른 관료들 또한 이준성과 류성룡, 권율의 관계를 잘 알기 때문에 숨소리조차 크게 내지 못하며 조용히 서 있었다.

이준성은 다시 적량 위에 올라타며 명령했다.

"국무총리의 관사부터 들르겠다. 경호실은 바로 길을 잡아라."

그 말에 이원익, 이항복 등이 당황한 표정을 감추지 못했다. 지금 경복궁에서는 중전과 수빈, 무빈 등이 왕자, 공주들과 함께 그가 도착하기를 학수고대하는 중이었다. 더욱이 막내인 공주는 아버지를 4년 만에 처음으로 보는 날이었다. 한데 이준성이 류성룡의 집부터 들르겠다고 한 것이다.

이원익이 급히 권했다.

"중전마마, 수빈마마, 무빈마마께서 몇 달 전부터 전하께서 환궁하시기만을 학수고대하셨사옵니다. 오늘은 일단 환궁하시었다가 내일 아침 일찍 방문하시는 것이 어떻겠사옵니까?"

"부인들은 내 행동을 이해해 줄 것이오."

고개를 저은 이준성은 곧장 류성룡의 관사로 적랑을 몰았다.

이준성은 환자의 가족을 먼저 만나 그들의 상심한 마음을 어루만져 주었다. 그리곤 별채로 이동해 먼지가 묻은 옷을 갈아입은 다음, 몸을 씻어 환자에게 피해가 가지 않게 했다.

목욕을 마친 이준성은 사랑채 문을 열고 안으로 들어갔다. 약 냄새가 진하게 나는 사랑채 안에선 국립 의료 대학에서 나온 의사와 간호사가 류성룡의 병세를 살펴보는 중이었다.

이준성을 본 의사와 간호사가 갑자기 일어나는 바람에 병색이 완연한 얼굴로 누워 있던 류성룡 역시 이준성이 도착했다는 것을 눈치 채고는 억지로 일어나 예를 차리려 하였다.

이준성은 얼른 병상 옆으로 다가가 일어나는 류성룡을 다시 눕혔다. 5년 만에 본 류성룡은 얼굴에 주름이 가득한 데다 얼굴 곳곳에 검버섯까지 피어 있어 10년은 더 늙어 보였다.

류성룡은 숨이 찬 목소리로 의사와 간호사를 향해 부탁했다.

"잠시 자리를 피해 줄 수 있겠소?"

"그리하겠습니다."

의사와 간호사는 이준성에게 절을 올린 후에 조용히 나갔다.

문이 닫히는 모습을 본 류성룡이 고개를 돌려 이준성을 보았다.

"신이 권 장군보다는 운이 좋은가 보옵니다. 전하께서 환도하시기 전에 세상을 뜰 줄 알았는데, 질긴 목숨을 억지로 부여잡고 있다 보니 전하를 뵈옵고 떠날 수 있게 되었사옵니다."

이준성은 류성룡의 주름진 손을 움켜잡으며 고개를 저었다.

"치료를 받으면 금방 쾌차할 것이오. 총리가 해 줘야 하는 일이 얼마나 많은데 벌써 내 곁을 떠나려 하시오? 난 허락 못하겠소. 그러니 내가 떠나랄 때 떠나시오. 이건 어명이오."

류성룡이 쓸쓸한 표정으로 대답했다.

"송구하옵게도 이번만은 그 어명을 어겨야 할 것 같사옵니다."

고개를 저은 류성룡이 천장을 바라보며 말을 이었다.

"전하께서 신의 집에 처음 찾아오셨을 때가 엊그제 같은데, 벌써 10여 년이 훌쩍 넘었사옵니다. 그때 전하께서는 참으로 막무가내이셨지요. 지금도 가끔 그때가 생각나곤 합니다."

이준성은 슬픔을 참기 위해 억지로 미소를 지었다.

"그랬소? 나도 가끔 그때 일을 떠올리곤 한다오."

그때, 류성룡이 밭은기침을 하며 괴로운 표정을 지었다.

류성룡의 병세가 심상치 않은 모습을 본 이준성은 얼른 밖에 있는 의사를 부르려 했지만, 류성룡의 만류로 그만두었다.

"대체 왜 의사를 부르기 싫다는 거요?"

"죽기 전에 전하께 드릴 말씀이 있기 때문이옵니다."

"지금은 치료가 우선이오."

류성룡은 다급한 표정으로 고개를 저었다.

"신은 이제 언제 죽을지 모르는 상태이옵니다. 신이 정신을 놓기 전에 전하께 드리고 싶은 말씀이 있어 그렇사옵니다."

입술은 깨문 이준성은 어쩔 수 없이 고개를 끄덕였다.

"알겠소."

그 모습에 미소를 지은 류성룡이 담담히 이야기를 시작했다. 대부분 왕의 통치 철학과 관련된 이야기였다. 이준성은 류성룡의 이야기에 귀를 기울이며 그의 조언을 뼈에 새겼다.

말을 하느라 숨이 많이 가빠진 류성룡이 괴로운 표정을 지었다.

"시, 신이 마, 마지막으로 말씀드리고 싶은 것은 국무총리 후임에 관한 문제이옵니다. 저, 전하의 인사에 개입하는 것은 주제넘은 짓이긴 하나, 신의 유언으로 생각하여 주시옵소서."

"당치 않은 말이오. 그래, 후임으론 누가 좋겠소?"

"이, 이원익을 임명하시옵소서."

"감사원장을?"

"그, 그렇사옵니다."

이준성은 내심 류성룡의 후임 국무총리로 실무 능력이 뛰어난 이항복, 이덕형 중 한 명에게 맡길 생각이었다. 한데 류성룡은 감사원장 이원익을 자기 후임으로 강력히 천거했다.

"이유가 있소?"

"시, 신은 전하를 따르기로 맹세한 후에 정적의 비난을 사는 일을 별로 두려워하지 않았사옵니다. 그, 그들이 뭐라 하든 신이 하는 일이 우리 한민족의 미래에 더 이롭다는 생각을 했기 때문이옵니다. 그, 그 바람에 신은 사방에 적을 만들었사옵니다. 그, 그러나 한국이 안정기에 접어든 지금은 시, 신처럼 독선적인 사람보다 이, 이원익처럼 분열된 한국 사회를 통합할 수 있는 덕이 많은 지도자가 필요하옵니다."

이준성은 류성룡의 손을 잡으며 고개를 끄덕였다.

"알겠소. 총리의 말대로 이원익을 임명하리다."

"서, 성은이 망극하옵니다."

이준성의 대답에 안심했는지 류성룡은 두 눈을 감았다. 그리고는 통증으로 고통스러워하던 표정에 온화한 미소가 깃들었다.

그 모습에 불안한 예감을 받은 이준성은 얼른 손가락을 류성룡의 코 밑에 대 보았다. 한참을 그렇게 있었지만, 숨을 쉬는 어떠한 조짐을 찾을 수 없었다. 입술을 깨문 이준성은 숨을 거둔 류성룡의 얼굴을 한참 바라보다가 천천히 일어났다.

"게 누구 있느냐?"

문밖에서 비서실장 강주봉이 대답하는 소리가 들려왔다.

"예, 전하!"

"총리께서 방금 운명하셨다! 어서 고인의 유가족을 모셔
오너라!"

"아, 알겠사옵니다!"

곧 강주봉이 유가족을 부르러 바깥으로 달려가는 소리가
들려왔다. 한편, 침통함을 감추지 못한 이준성은 문 앞에 서
서 눈에 묻은 물기를 닦아 낸 후에야 밖으로 걸음을 옮겼다.

잠시 후, 고인의 유가족 몇 명이 통곡하며 사랑채로 뛰어
들어갔다. 이준성은 그 모습을 보며 한숨을 깊이 내쉬었다.

"총리의 장례를 국장으로 치르겠다."

강주봉이 얼른 대답했다.

"관계부처와 협의해 바로 준비하겠사옵니다."

"그리고 감사원장 이원익에게 이쪽으로 오라 전해라."

"알겠사옵니다."

이준성은 사랑채에 있는 자그마한 정원을 구경하며 이원익
을 기다렸다. 잠시 후, 이원익이 황망한 표정으로 달려왔다.

이준성은 인사하는 이원익을 보며 씁쓸한 목소리로 말했다.

"방금 류 총리가 세상을 떠났소."

이원익도 오기 전에 들었는지 침통한 표정을 감추지 못했다.

"아까운 분을 잃었사옵니다."

"이렇게 보내기엔 아까운 사람이지. 하지만 떠난 사람을 그
리워하며 계속 슬퍼할 수만은 없지 않겠소? 나라는 커지는 상
황에서 행정에 공백이 발생하면 큰일이니까. 해서 신임 국무

총리로 감사원장을 지명하려 하는데, 본인의 의향은 어떻소?"

전혀 생각지 못한 제안에 이원익은 잠시 말을 잇지 못했다. 류성룡이 중병에 들었단 소식이 전해지기 무섭게 말 지어내기 좋아하는 호사가들은 앞다투어 다음 총리를 예상하기 시작했는데, 대부분 이항복과 이덕형을 거론했다. 한데 이준성은 한국을 대표하는 두 장관 대신 감사원장인 그를 지명했다. 이원익으로서는 얼떨떨한 기분을 느낄 수밖에 없었다.

이원익은 잠시 생각을 정리해 본 후에 조심스레 물었다.

"이는 전하의 뜻이옵니까?"

"그렇소."

이준성은 태연한 표정으로 거짓말을 하였다. 그 역시 이항복과 이덕형 중 한 명을 후임 국무총리로 생각했기 때문이었다.

이원익이 진중한 표정으로 고개를 들었다.

"신은 지금까지 공무원의 비리를 감시하는 감사원에서만 근무해 다른 관청이 하는 업무에는 무지한 편이옵니다. 또, 국무총리는 장관 사이에 발생한 알력과 관청 간에 벌어지는 힘겨루기를 조정해야 하는 막중한 자리이온데 신 같이 능력이 떨어지는 자가 맡기엔 분에 넘치는 자리라고 생각하옵니다."

이준성은 고개를 저었다.

"난 경의 능력을 믿소. 지금은 비록 제안일 뿐이지만, 경이 받아들이지 않으면 어쩔 수 없이 어명을 동원하는 수밖에 없소. 경 역시 그런 식으로 그 자리를 맡고 싶진 않을 거요."

자신이 외통수에 걸렸다는 사실을 깨달았는지 어두운 표정으로 긴 한숨을 내쉰 이원익은 흙바닥에 엎드려 절을 올렸다.

"성심을 다해 신에게 맡겨진 소임을 다하도록 하겠사옵니다."

이원익을 일으켜 세운 이준성이 그의 손을 잡으며 대꾸했다.

"고맙소. 우리 앞으로 잘해 봅시다."

"성은이 망극하옵니다."

신임 국무총리로 내정받은 이원익은 류성룡, 권율 두 개국 공신의 국장 준비를 챙기는 것으로 본격적인 업무를 시작했다. 권율은 유명을 달리한 지 사흘이 지난 상태였지만 아직 매장하기 전이라 국장을 진행하는 데는 별다른 문제가 없었다.

거의 한나절을 류성룡의 관사에서 머물며 이것저것 챙긴 이준성은 다시 권율의 관사로 이동해 유족을 위로했다. 그리고는 절을 하고 분향까지 마친 다음에야 경복궁으로 향했다.

이준성은 시계를 꺼내 시간을 확인했다. 저녁 11시였다. 아이들은 이미 잠이 들었을 시간이라, 조용히 입궁하라 일렀다.

한데 이준성은 경복궁에 도착하고 나서야 그럴 필요가 없었던 사실을 깨달았다. 아내들은 그렇다 쳐도, 잠을 잘 시간인 아이들까지 전부 나와 그가 도착하길 기다리는 중이었다.

"아바마마!"

원자와 성이가 가장 먼저 달려와 그의 품에 덥석 안겼다. 원자는 벌써 어른 티가 나서 머리가 그의 가슴께에 닿았다. 그리고 코밑에 수염 자국이 거뭇거뭇한 게 그가 없는 동안 다 성장한 것 같아 왠지 모르게 섭섭한 마음이 들었다.

이준성은 원자의 머리를 쓰다듬으며 껄껄 웃었다.

"원자는 벌써 다 컸구나. 조금 있으면 아버지보다 더 크겠어."

원자가 쑥스러운지 머리를 긁적이며 웃었다.

"아바마마도 건강해 보이셔서 다행이옵니다."

"이젠 그런 기특한 말도 할 줄 알고 정말 다 컸구나."

고개를 끄덕인 이준성은 성이를 번쩍 들어 올렸다.

"하하, 성이도 못 본 사이에 정말 많이 자랐구나. 이젠 제법 무게가 나가서 어렸을 때처럼 목말을 태워 주기가 힘들겠어."

성이가 애늙은이처럼 점잖은 목소리로 대답했다.

"아바마마께서 무사히 환궁하셔서 참으로 다행이옵니다."

"하하, 애늙은이 같은 성품은 그대로인가 보구나."

이준성은 원자와 성이를 양옆에 끼고 아내들에게 걸어갔다.

중전, 수빈, 무빈 모두 떠날 때와 별 차이가 없어 보였다. 다만 수빈은 얼굴이 조금 핼쑥했는데, 아마 그가 없는 동안 친정아버지 권개와 숙부 권율이 연이어 세상을 떴기 때문일 터였다. 이준성은 가까이 다가가 아내들을 차례대로 안아 주었다. 중전 등은 아이와 궁인이 보고 있어 적극적으로 안기지는 않았지만 어쨌든 그리 싫은 내색은 아니었다.

마지막으로 무빈을 안아 준 이준성은 고개를 살짝 돌려 무빈 뒤를 바라보았다. 무빈 뒤에서는 아주 예쁘게 생긴 여자아이가 호기심이 가득한 눈으로 그를 올려다보는 중이었다.

이준성과 시선이 정면으로 마주치는 순간, 하얀 인절미를 연상시키는 여자아이의 탱탱한 볼이 살짝 빨개졌다. 여자아이는 부끄러운지 무빈의 치마에 숨어 손으로 얼굴을 가렸다.

무빈이 한숨을 쉬며 말했다.

"령아, 어서 아바마마께 정식으로 인사드려야지."

여자아이의 정체는 바로 그의 고명딸인 이령이었다. 령이는 이준성이 만주로 떠난 후에 태어났기 때문에 아버지를 보는 게 이번이 처음이었다. 궁궐에 이준성의 초상화가 여러 점 걸려 있어 그가 아버지란 사실은 아는 모양이지만, 아는 것과 낯선 사내를 아버지로 인식하는 것은 별개의 문제였다.

이준성은 손을 들어 무빈의 행동을 제지했다.

"아, 그럴 필요 없소. 아직은 내가 낯설어서 그런 것일 테니."

그를 피하는 령이를 향해 부드러운 미소를 지어 보인 이준성은 가족과 함께 교태전을 찾았다. 교태전에는 그의 무사 귀환을 환영하기 위한 잔칫상이 거나하게 차려져 있었다.

이준성은 대궐로 돌아온 첫날은 중전이 머무르는 교태전에서 보낼 생각이었기 때문에 환영연이 끝난 후에도 근처에 있는 침전으로 옮겨 가지 않고 교태전에서 계속 머물렀다.

"아이고, 피곤타."

이준성은 궁인이 들어와 금침을 깔기 무섭게 대자로 누웠다. 그리곤 옷을 갈아입은 중전을 힐끗 보며 손을 뻗었다. 한데 의외의 일이 벌어졌다. 중전이 그의 손을 거부한 것이다.

이준성은 흥미롭다는 표정으로 물었다.

"이건 대체 무슨 뜻이오?"

중전은 단호한 표정으로 고개를 저었다.

"전하께서는 원체 성격이 깔끔하신 분이라, 5년 동안 밖에 나가 계시면서도 외부에 있는 여인을 취하지 않으셨을 테지요."

이준성은 피식 웃었다.

"중전이 나보다 나를 더 잘 아는 것 같군."

"그렇다면 여인의 품이 많이 그리우실 테지요."

"중전 말대로 폭발하기 직전이오."

말을 마친 이준성이 다시 한 번 중전에게 손을 내밀었다.

그러나 중전은 여전히 허락하지 않았다.

오히려 한숨까지 내쉬며 아이 달래듯 그를 달랬다.

"하지만 지금은 국장을 치르는 중이지 않습니까? 이런 시기에는 여색을 잠시 멀리하시는 게 군주의 도리라 생각합니다."

이준성은 자기 머리를 살짝 쳤다.

"이거, 중전에게 제대로 한 방 얻어맞았군. 맞소. 지금은 국장을 치르는 중이지. 중전 말대로 당분간은 여색을 멀리하리다."

이준성은 자기 말을 지켰다. 국장이 끝나는 그날까지 몸과 마음을 정갈히 하며 류성룡, 권율 두 개국 공신을 기렸다.

국장이 끝난 다음 날엔 중전 역시 오랜만에 가지는 남편과의 잠자리에 기대가 큰지 그날 날이 저물기 무섭게 목욕재계부터 한 다음, 주안상을 차려 놓고 그가 오기를 기다렸다.

이준성은 오후 회의를 재빨리 마무리 짓고 바로 중전을 찾았다. 그리고는 중전이 건네는 술을 입에 쏟아붓듯이 비운 다음, 서둘러 중전을 눕혔다. 중전은 아직 날이 다 저물지 않았다며 부끄러워했지만 어쨌든 손길을 거부하지는 않았다.

그날 밤새 중전을 괴롭힌 이준성은 그다음 날에는 수빈을, 그 다다음 날엔 무빈과 밤을 보냈다. 그리고 틈이 날 때마다 그를 낯설어하는 령이와 시간을 많이 보내려 노력했다.

이준성은 고명딸에게 아빠란 사실을 인정받기 위해 고군분투했다. 무빈 몰래 단 과자를 가져다주는 것은 약과였다. 원자를 통해 령이가 강아지나 고양이와 같은 동물을 무척 좋아한다는 사실을 알아내고는 눈처럼 하얀 털을 가진 고양이와 충성심이 높기로 유명한 강아지를 어렵게 구해다 주었다.

또, 시간이 날 때마다 경복궁과 창덕궁 후원을 같이 산책했다. 심지어는 난생처음으로 소꿉장난과 인형 놀이까지 하였다.

이런 정성이 통했는지 령이는 점점 스스럼없이 그를 대하기 시작했다. 그리고 반년쯤 지났을 땐 먼저 달려와 안겼다. 이준성은 늦은 나이에 본 막내딸의 재롱에 시간 가는 줄을 모를 지경이었다. 물론, 워낙 벌여 놓은 일이 많은 탓에 온종일 딸과 놀아 주기에는 시간이 부족한 게 사실이었다.

어느 날, 이준성은 그를 찾아온 이원익을 만나 물었다.

"무슨 일인데 급히 보자 한 것이오?"

"신은 오늘 주상전하께 두 가지를 주청하기 위해 왔사옵니다."

"말해 보시오."

"첫 번째는 감사원장의 인선과 관련한 문제이옵니다."

"추천 명단은 가져왔소?"

"여기 있사옵니다."

이원익은 가져온 서류 한 장을 이준성에게 두 손으로 바쳤다.

이준성은 이원익이 건넨 서류를 읽다가 고개를 들었다.

"김장생? 이자는 당색이 너무 강하지 않소? 혹시 정부 내에 남아 있는 옛 서인 세력이 총리에게 압력을 행사한 것이오?"

이원익이 바로 고개를 저었다.

"절대 아니옵니다."

"그럼 김장생을 새 감사원장으로 추천하는 이유가 무엇이오?"

"김장생은 신처럼 공과 사가 분명한 인물이옵니다. 또한 아주 청렴하여 부패할 걱정을 할 필요가 없는 인물이옵니다. 그가 비록 서인의 영수 격이기는 하나, 단지 그 문제 때문에 등용하지 않으신다면 이는 나라의 큰 손해일 것이옵니다."

"흐음, 알겠소. 경이 처음 하는 천거이니 받아들이도록 하겠소."

"성은이 망극하옵니다."

"두 번째 주청은 무엇이오?"

"모름지기 나라가 바로 서기 위해선 무엇보다 국본이 튼튼해야 하는 법이옵니다. 전하께서 아직 한창 나이시기는 하지만 세자를 책봉하여 미리 계승 문제를 확실히 해 놓으신다면 나중에 생길지 모르는 혼란을 방지할 수 있을 것이옵니다."

이준성은 미간을 찌푸렸다.

"혹시 정부 내에 성이를 세자로 추대하려는 세력이 있는 거요?"

이원익은 즉시 고개를 저었다.

"절대 아니옵니다."

이준성은 고개를 끄덕였다. 은호원 또한 정부에 둘째 아들인 성이를 세자로 미는 세력이 있단 보고를 올린 적이 없었다. 그렇다면 이원익의 말 역시 사실일 거란 생각이 들었다.

이준성은 고개를 끄덕였다.

"알겠소. 내 몇 가지 알아본 후에 답을 해 주리다."

"황송하옵니다."

편전을 나온 이준성은 바로 원자의 처소로 향했다.

경복궁 근처에는 경복 초등학교, 경복 중학교, 경복 고등학교가 있었다. 당연히 경복궁 근처에 있어서 이런 이름이 붙은 것인데 경복 초중고는 이름보단 다른 것으로 더 유명했다.

바로 국왕의 두 왕자인 원자와 성이가 다니는 학교이기 때문이었다. 현재 원자는 경복 중학교를, 성이는 경복 초등학교를 다니는 중이었다. 그리고 3, 4년쯤 후에는 령이 역시 경복 초등학교에 입학할 예정이기 때문에 왕실에 있는 왕자와 공주 세 명이 다 경복 초중고를 다니는 경복 동문인 셈이었다.

조선시대 왕족은 개인 교사에게 제왕학을 배웠다. 물론, 그 제왕학은 유교의 경전을 이해하고 성현의 가르침을 배우는 데 치중해 있어 제왕학이라기보단 유학 공부에 더 가까웠다.

그가 생각하는 제왕학은 그런 게 아니므로 왕자들을 학교에 보내 같은 나이대의 친구들과 어울리며 공부하게 하였다.

처소에 있는 공부방 안에서 무언가를 열심히 탐독하던 원자는 이준성이 왔단 궁인의 말을 듣고 얼른 일어나 마중 나왔다.

"오셨사옵니까?"

이준성은 원자의 공부방 안으로 휘적휘적 들어가며 물었다.

"뭘 하던 중이었느냐?"

"중간고사를 대비해 공부를 하던 중이었사옵니다."

"중간고사가 언제더냐?"

"열흘 후이옵니다."

이준성은 고개를 끄덕이며 원자가 앉아 있던 의자에 앉았다.

"의자가 뜨뜻한 게 아비에게 거짓말을 한 건 아닌 모양이구나."

원자가 당황한 표정으로 머리를 조아렸다.

"소자가 어찌 아바마마 앞에서 거짓을 아뢸 수 있겠사옵니까."

말없이 고개를 끄덕인 이준성은 책상 위에 놓인 책을 훑어보았다. 국사책과 수학책, 과학책 등이 어지럽게 놓여 있었다.

수십 년간 입식 생활을 한 이준성은 궁의 좌식 생활이 불편해 몇 년 전부터 집무실에 책상과 의자, 소파 등을 들여놓았다. 그 모습을 본 원자와 성이는 아버지처럼 공부방에 책상과 의자를 가져다 놓고 의자에 앉아 공부하기 시작했다.

원자와 성이에게 아버지 이준성은 범접할 수 없는 영웅이었다. 원자와 성이 역시 다른 아이들처럼 어느 정도 철이 든 후엔 아버지가 어떤 사람인지 궁금해하기 시작했다. 한데 아버지가 궁에 있는 날이 적어 물어볼 기회가 많지 않았다.

원자와 성이는 하는 수 없이 아버지의 행적을 기록한 책을 찾아보거나 아버지와 가까운 사람을 만나 아버지에 관해 묻곤 했는데 전부 믿을 수 없는 이야기들뿐이었다.

아버지는 마치 하늘에서 뚝 떨어진 것처럼 이 세상에 나타나 왜군을 몰아내고 새로운 나라를 세웠다. 또, 왜국을 원정했을 땐 교토를 불태우고 오사카성을 점령하는 등 왜국 전역을 공포에 떨게 하였다. 심지어 그 후엔 만주와 요하를 점령해 영토를 몇 배로 늘리는 믿을 수 없는 업적을 이뤘다.

더 놀라운 점은 아버지가 전장에서 보여 준 무용이었다. 아버지는 단기필마로 수천수만 명의 적이 모인 적진에 뛰어들어 적장을 직접 베었는데, 심지어 그게 한두 번이 아니었다.

그 말을 처음 들었을 땐 좀처럼 믿기지 않아 그런 말을 하는 사람들이 허풍을 떠는 거로 여겼다. 한데 절대 허풍을 떨지 않을 것 같은 사람들, 이를테면 국정원장 강태봉이나 백랑사단장 유웅수 같은 사람조차 같은 말을 하였다. 그런 사람들까지 동일한 말을 하는지라, 믿지 않을 도리가 없었다.

그때부터 원자와 성이는 아버지를 영웅으로 생각했다. 그 나이대의 아이들이 자기가 영웅이라 생각하는 사람의 포스터를 방에 도배하는 것처럼 원자와 성이 역시 아버지가 하는 행동을 무조건 따라 하려는 경향을 보였다. 해서 아버지가 집무실에 책상과 의자를 들여놓은 모습을 본 원자와 성이 역시 자기 공부방에 바로 책상과 의자를 들여놓았다.

이준성은 수학책을 펼쳐 잠시 읽어 보았다. 수학의 개념과 기초에 해당하는 내용이 적혀 있었다. 그러나 원자는 수학에는 별 관심이 없는지 교과서 아래쪽에 낙서가 그려져 있었다.

원자가 그 모습을 보고는 창피해서 얼굴을 붉혔지만, 이준성은 그에 대해 별다른 말을 하지 않았다. 수학책을 내려놓은 이준성은 그 옆에 놓여 있던 역사책을 펴 들었다. 그 안에는 고조선부터 삼국시대까지의 역사가 기록되어 있었는데, 원자가 무척 열심히 읽었는지 종이에 손때가 묻어 반질반질했다.

그밖에도 세계사, 세계 지리, 국어, 사회 계통의 교과서는 흥미를 가지고 열심히 읽었는지 표지가 꼬질꼬질했다. 반면

수학이나 물리, 지구과학, 생물과 같은 교과서는 비교적 깨끗한 편이었다. 원자는 확실히 문과 쪽 재능을 타고난 모양이었다.

이준성은 책을 내려놓으며 웃었다.

"원자는 나를 많이 닮은 모양이구나. 나 역시 어렸을 때는 수학이나 물리보다 국어나 역사 같은 과목을 더 좋아했지. 물론 그중에서 가장 좋아한 과목은 체육이었지만 말이야."

원자가 고개를 숙였다.

"송구하옵니다."

"송구할 필요 없다. 내가 언제 모든 과목을 다 잘하라 하더냐?"

고개를 저은 이준성은 책상 앞에 있는 의자를 가리켰다.

"앉아라. 오늘은 이 아비와 심도 있는 대화를 나눠 보자꾸나."

"예, 아바마마."

이준성은 깍지를 낀 팔을 책상 위에 올려놓으며 물었다.

"아비에겐 나라를 다스리는 원칙이 세 가지 있는데 그것이 뭔지 아느냐?"

"알고 있사옵니다."

"말해 보아라."

원자는 주저 없이 대답했다.

"첫 번째는 세계에 있는 여러 나라와 활발히 교류하는 것이옵니다. 그리고 두 번째는 국민을 교육하는 일에 힘쓰는 것이고, 세 번째는 과학자와 기술자를 우대하는 것이옵니다."

이준성은 흡족한 표정으로 고개를 끄덕이며 물었다.

"맞다. 그럼 우리가 세계와 교류해야 하는 이유는 무엇이냐?"

"갇혀 있으면 고립되기 때문이옵니다."

"맞다. 한곳에 갇혀 있으면 우물 안 개구리 신세를 면치 못한다. 물론 쇄국이 나쁘다는 건 아니다. 쇄국하면 다른 나라의 정세에 휘둘리는 일 없이 안정적으로 나라를 통치할 수 있다. 그러나 우물은 언젠가는 썩기 마련이고, 그 안에 든 개구리는 썩은 물을 마시다가 병에 걸려 죽을 수밖에 없다. 해서 일국의 통치자라면 3, 400년의 안정을 추구하기보다는 1,000년을 내다볼 수 있는 안목을 길러야 하느니라."

원자가 머리를 깊이 조아리며 대답했다.

"명심하겠사옵니다."

이준성은 바로 다음 질문으로 이어 갔다.

"통치자가 교육에 힘써야 하는 이유는 무엇이냐?"

"교육이 우리가 가질 수 있는 가장 강력한 힘이기 때문입니다."

"그렇다. 한국이 비록 꽤 발전한 나라이긴 하지만 지하자원이나 인구 면에서 보면 다른 강국에 비해 떨어지는 게 사실이다. 그러나 국민의 교육 수준이 높으면 높을수록 그러한 차이는 줄어들기 마련이다. 모름지기 통치자라면 국민을 교육하는 데 들어가는 비용을 아끼지 말아야 할 것이다."

"알겠사옵니다."

이준성은 매우 흡족한 표정으로 원자를 바라보며 다시 물었다.

"마지막으로 과학자와 기술자 우대에 담겨 있는 뜻은 무엇이냐?"

원자는 잘 안다는 듯 망설임 없이 바로 대답했다.

"과학과 기술이 부국강병의 핵심이기 때문이옵니다."

"네 말대로 과학과 기술은 부국강병의 핵심이다. 다른 나라의 침략을 막아 내려면 강한 군대가 반드시 있어야 한다. 한데 강한 군대를 만드는 법은 세 가지가 있다. 첫 번째는 병력이 많은 군대고 두 번째는 무기가 좋은 군대다. 그리고 세 번째는 병력도 많고 무기도 좋은 군대다. 아마 세 번째가 가장 이상적이겠지. 하지만 한국은 인구가 많지 않기 때문에 첫 번째 방법과 세 번째 방법은 택할 수가 없다. 하지만 두 번째 방법은 가능하지. 무기의 질로 적을 압도하는 거다. 그러기 위해선 뛰어난 과학자와 기술자를 많이 양성해야 한다. 뛰어난 과학자와 기술자가 많을수록 그들이 만들어 내는 무기 역시 강할 수밖에 없기 때문이다."

"명심하겠사옵니다."

원자의 대답에 만족한 이준성은 의자에 등을 기대며 물었다.

"지금까지는 부국강병의 강병에 관한 설명이었다. 그렇다면 부국강병의 부국을 위해서는 어떤 방법을 써야 할 것 같으냐?"

"마찬가지로 과학자와 기술자를 우대해야 하옵니다. 한국은 내수 시장의 규모가 작으므로 부를 쌓으려면 어쩔 수 없이 외국과 교역을 진행해야 하옵니다. 한데 교역의 기본은 다른 나라가 만들지 못하는 물건을 만들어 비싸게 파는 데 있으므로, 이를 위해서는 높은 수준의 과학과 기술이 필요할 것입니다."

"정확하다. 앞으로 우리 한국은 고부가 가치가 있는 상품을 외국에 팔아야 생존할 수 있다. 세계엔 쌀이나 섬유, 비단처럼 노동 집약적인 상품을 우리보다 싼값에 더 많이 만들어 낼 수 있는 나라가 널렸다. 그러나 소총과 대포와 같은 무기를 비롯해 시계, 화약, 화학 비료, 농약 등 고부가 가치를 지닌 상품은 현재 우리 한국밖에 만들지 못한다. 물론 다른 나라도 언젠가는 우리가 생산하는 제품과 비슷한 성능을 지닌 제품을 개발해 다른 나라에 수출하려 할 거다. 우리처럼 수출로 먹고사는 나라엔 좋지 않은 일이지. 한데 바로 그런 때를 위해 높은 수준의 과학과 기술이 필요한 것이다. 남들이 따라왔을 때, 우린 높은 수준의 과학과 기술로 더 진보한 제품을 만들어 팔면 위기를 극복할 수 있다. 원자는 오늘 아비가 한 말을 잊지 말아야 할 것이다."

"예, 아바마마."

"그럼 아비는 이만 가 볼 터이니 원자는 남은 시험공부를 마저 하도록 해라. 그래도 왕자인데 중간은 해야 하지 않겠느냐?"

"최선을 다하겠사옵니다."

고개를 끄덕이며 원자의 처소를 나온 이준성은 바로 성이의 처소를 찾았다. 성이 역시 방 안에서 공부에 매진 중이었다.

이준성을 본 성이가 벌떡 일어나 공손히 예를 표했다.

"오셨사옵니까?"

"뭘 하고 있었느냐?"

"잘 모르겠는 수학 문제가 하나 있어 고민하는 중이었사옵니다."

"하하, 그럼 아비가 오랜만에 성이의 공부를 좀 봐줘야겠구나."

이준성은 의자에 앉아 성이에게 손을 내밀었다.

"무엇이 이해가 잘 안 되더냐? 아비가 가르쳐 줄 테니 이리 다오."

성이가 책상에 있던 공책을 집어 두 손으로 건넸다.

"이것이옵니다."

허허 웃으며 공책을 보던 이준성의 얼굴에서 웃음기가 싹 사라졌다. 그는 성이가 초등학생이기 때문에 기껏해야 사칙연산이나 분수와 관련한 문제를 푸는 줄 알았다. 또, 그게 아니라면 이차 방정식이나 간단한 함수 문제인 줄 알았다. 한데 성이가 풀던 수학 문제는 미분과 관련된 문제였다.

침을 꿀꺽 삼킨 이준성은 등에서 식은땀이 한 방울 떨어지는 것을 느꼈다. 그는 천만 대군 앞에서도 떨지 않는 사람이었는데 아들이 준 문제 때문에 식은땀을 흘리는 중이었다.

만약 문제를 못 푼다면, 개망신도 이런 개망신이 없었다. 물론 그 역시 학창 시절에 미적분을 열심히 공부했지만 벌써 수십 년 전 일이라 어떻게 푸는지 기억이 전혀 나질 않았다.

그때, 유진이 조용히 물었다.

-설마 이런 간단한 문제조차 풀지 못하는 것은 아니겠지요?

이준성은 고개를 살짝 돌리며 대답했다.

"이봐, 그렇게 계속 놀리고만 있을 거야?"

유진이 혀를 차며 대답했다.

-제가 하라는 대로만 하세요.

이준성은 속으로 욕을 하며 유진이 가르쳐 주는 대로 문제를 풀어 나갔다. 유진은 간단한 미분 문제라 했지만, 생각보다 그리 간단하지 않아 풀이에 공책 한 장을 다 써야 할 정도였다. 분명, 미분 중에서는 가장 어려운 축에 드는 문제였다.

풀이와 해답을 공책에 다 적은 후에 안도의 숨을 내쉰 이준성은 마치 자기가 풀었단 표정을 지으며 공책을 다시 건넸다.

"이렇게 풀면 된다."

공책을 받아 풀이를 살펴본 성이가 존경스러운 눈빛을 보냈다.

"역시 아바마마는 다르십니다. 이 문제는 어려워서 선생님들도 쉽게 풀지 못했는데 아바마마께서는 단숨에 푸시는군요."

"하하, 이 아비에게 그 정도는 식은 죽 먹기지."

-흥, 식은 죽 먹다가 체하시겠어요.

그때, 유진의 비웃는 소리가 들렸지만, 그는 애써 무시했다.

이준성이 공책에서 시선을 떼지 못하는 성이에게 불쑥 물었다.

"상당히 어려워 보이던데 학교에서 내준 숙제더냐?"

"숙제는 아니옵니다."

"그럼?"

"서울대학교 학생도서관에 있던 미적분 서적에 있던 문제이온데, 호기심이 생겨 지금까지 풀어 보던 중이었사옵니다."

이준성은 다시 고개를 돌려 작은 목소리로 유진에게 물었다.

"이런 문제는 보통 몇 학년 때 풀어?"

-으음, 21세기 학생 기준이라면 대학교 공업수학 수준이에요.

"그럼 둘째가 천재란 건가?"

-그야 테스트해 보기 전까진 모르는 일이죠.

"테스트는 어떻게 하는데?"

-제가 문제를 몇 개 낼게요. 그걸 풀어 보라 하세요.

"알았어."

이준성은 유진이 불러 주는 수학 문제를 공책에 몇 개 적은 다음, 성이에게 공책을 주어 20분 안에 풀어 보게 하였다.

성이는 놀랍게도 15분이 막 지났을 때, 공책을 다시 건넸다.

"다 풀었사옵니다."

"빠르구나."

이준성은 문제의 풀이와 해답을 보며 유진에게 물었다.

"어때?"

-으음, 고등학교 고학년을 훌쩍 뛰어넘는 수준이군요. 나이를 생각했을 때 잘만 가르치면 수학 분야에서 이름을 날리겠어요.

그 말을 들은 이준성은 흡족한 표정으로 성이에게 당부했다.

"수학은 모든 학문의 기본과 같다. 해서 수학이 발전하면 그 나라의 과학 문명 역시 같이 발전할 수밖에 없지. 네가 이렇게 수학을 잘한다니 이 아비는 아주 기쁘기 짝이 없구나."

"과찬이시옵니다."

"그래, 성이는 커서 뭐가 되고 싶으냐?"

"전 커서 과학을 연구하는 과학자가 되고 싶사옵니다."

고개를 끄덕인 이준성은 성이를 거듭 칭찬한 다음, 무빈궁으로 향했다. 그러나 무빈을 만나러 가는 길은 아니었다. 그가 만나려는 사람은 막내딸인 령이었다. 령이는 아직 나이가 어리기 때문에 무빈궁에서 어머니와 같이 지내는 중이었다.

무빈궁에 도착한 이준성은 왜국 출신 궁녀에게 물었다.

"령이는 지금 어디 있느냐?"

임금의 질문을 받은 궁녀가 조금 당황한 표정으로 대답했다.

"공주마마께서는 뒤, 뒤뜰에 계신 줄로 아옵니다."

"뒤뜰에? 소꿉장난이라도 하는 건가?"

이준성은 왠지 초조해하는 궁녀와 함께 무빈궁 뒤뜰을 찾았다.

"으음, 이게 무슨 냄새지?"

무빈궁 뒤뜰에서 가축의 분뇨 냄새가 희미하게 풍겨 왔다. 이준성은 급히 전각을 지나 담 너머에 있는 뒤뜰로 향했다.

한데 정원으로 쓰던 뒤뜰에 닭 10여 마리가 뛰어놀고 있었다. 그리고 령이는 닭 사이에 앉아 무언가를 보는 중이었다. 얼마나 집중해 있던지 그가 왔단 것을 모르는 눈치였다.

독재자

8장. 호랑이의 수염

걸음을 멈춘 이준성은 고개를 돌려 옆을 보았다. 뒤뜰에 심어 놓은 커다란 나무 밑에서 궁인 몇 명이 털이 눈처럼 새하얀 고양이와 사자처럼 갈기가 난 대형견을 돌보며 닭들 틈에 앉아 있는 령이를 걱정스러운 기색으로 보는 중이었다. 눈처럼 하얀 고양이와 대형견은 령이가 키우는 동물이었다.

그때, 이준성을 발견한 궁인들이 소스라치게 놀라 달려오려 하였다. 또, 나이 든 궁녀 하나는 얼른 령이 쪽으로 걸음을 옮겼다. 령이에게 이준성이 왔다는 말을 전하기 위해서였다.

그러나 이준성은 말없이 손을 휘저어 궁인들이 그가 있는 쪽으로 오지 못하게 하였다. 그리고 령이에게 소식을 전하려던 나이 든 궁녀에게도 손짓해서 그만두라는 뜻을 전했다.

임금이 내린 지시를 거역할 만큼 간 큰 궁인은 없었기 때문에 다들 그 자리에 얼어붙은 듯 멈춰 섰다. 무빈은 한국으로 시집올 때 시마즈 가문의 시녀와 일꾼 몇십 명을 데려왔다.

무빈의 친정아버지 시마즈 요시히로가 외동딸을 이역만리로 시집보낸 게 마음이 걸렸는지 혼수를 엄청나게 해서 보냈다.

도쿠가와 이에야스와 벌인 건곤일척의 회전에서 승리해 왜국을 통일하는 데 성공한 시마즈 요시히로는 이준성의 조언대로 다이묘 제도부터 없앴다. 그리고는 왕이 강력한 군사력을 이용해 직접 통치하는 왕정국가를 세웠다. 그게 바로 시마즈 왕국이었고 왜국 내에서는 일본이라 부르는 국가였다.

시마즈 요시히로가 한국과 교섭할 때 자신의 나라를 일본이라 불러 달라 요청했기 때문에 한국 정부 역시 공식적인 자리에서는 시마즈 왕국보다 일본으로 부르는 경우가 많아졌다.

물론, 천황제는 계속 유지 중이었다. 어차피 천황은 일본이 막부 체제로 통치 방식을 전환한 후에는 실권이 없다시피 하였다. 다만, 천년 넘게 지속해 온 천황제를 갑자기 없애면 국민이 반발할 수 있어 그냥 유지시키는 상태에 가까웠다.

무빈궁에서 일하는 궁인과 일꾼은 시마즈 가문 출신이 대부분이었다. 그러나 이준성이 그들의 주인인 무빈의 지아비인 데다, 이준성의 도움이 없었으면 시마즈 가문이 절대 왜국을 통일할 수가 없었기 때문에 무빈보다 그를 더 공경했다.

궁인들이 멈춰 선 것을 확인한 이준성은 발소리가 나지 않게 조심하며 닭 사이에 앉아 웃고 있는 령이의 뒤로 이동했다.

이준성은 령이 뒤에 서서 눈에 넣어도 아프지 않을 막내딸이 아버지가 오는 것도 모를 만큼 정신이 팔려 있는 게 무엇인지 슬쩍 훔쳐보았다. 그건 뜻밖에도 알을 품은 암탉이었다.

령이는 고사리 같은 손으로 지렁이와 지네 같은 살아 있는 곤충을 알을 품고 있는 암탉에게 열심히 먹이는 중이었다. 꼬꼬 거리면서 열심히 먹이를 받아먹는 암탉이 대견한지 령이는 다른 손으로 암탉의 머리를 쓰다듬으며 까르륵 웃었다.

이준성은 자기 이마를 때리며 한숨을 쉬었다.

"령아, 닭한테 먹이를 줄 때는 젓가락으로 줘야지."

그 말에 령이가 벌떡 일어나 돌아섰다. 그리고는 이준성의 얼굴을 보기 무섭게 까르륵거리며 웃더니 그에게 덥석 안겼다.

"아바마마, 오셨어요?"

"그래."

령이가 안기는 바람에 령이의 손에 묻어 있던 진흙이 이준성의 용포 여기저기에 덕지덕지 묻었다. 그 모습을 본 궁인들은 얼굴이 하얗게 질렸으나 이준성은 별로 개의치 않는 모습이었다. 이준성은 령이 옆에 쪼그려 앉아 암탉을 보았다.

암탉은 낯선 사람의 등장에 겁을 먹은 듯했지만, 알을 품은 탓에 날개를 몇 번 퍼덕거렸을 뿐, 도망을 가지는 않았다.

"착하구나."

이준성은 고개를 끄덕이며 령이에게 물었다.

"암탉에게 먹이를 주고 있었던 것이냐?"

령이가 마치 등산을 하듯 그의 등 위로 기어오르며 대답했다.

"유모가 그러는데, 아이를 가지면 사람이든 짐승이든 잘 먹어야 건강한 아이를 낳는다고 했어요. 해서 령이도 궁인에게 지렁이와 지네를 구해 달라 해서 닭에게 먹이는 중이에요."

이준성은 고개를 끄덕이며 궁인들을 둘러보았다. 령이 말대로 궁 이곳저곳을 돌아다니며 지렁이와 지네를 구했는지 신발에 흙이 묻어 있지 않은 궁인을 찾아보기가 쉽지 않았다.

이준성은 고개를 절레절레 저으며 나이 든 궁녀에게 물었다.

"무빈은 어디 가셨는가?"

나이 든 궁녀가 손을 모으며 공손히 대답했다.

"무빈마마께서는 수빈마마를 뵈러 가신 줄 아옵니다."

"무빈이 수빈궁에?"

"수빈마마께서 이번에 일월원앙도라는 수침을 세 개 완성하셔서 그중 두 개를 중전마마와 무빈마마께 선물하려 하신다는 말을 들었사옵니다. 아마 그 때문에 가셨을 것이옵니다."

수침은 수를 놓은 베개를 뜻했다. 아마 수빈이 음양을 의미하는 달과 해, 그리고 금실이 좋기로 유명한 원앙을 수놓은 베갯잇 세 장을 만들어 중전과 무빈에게 선물하려는 모양이었다. 수빈은 대궐에서 수를 잘 놓기로 아주 유명했다.

아내들의 사이가 좋은 것만큼 그에게 기쁨을 주는 일은 없었기 때문에 이준성 역시 속으로 크게 흡족해하였다. 만약 아내들이 그의 총애를 얻기 위해 매일 싸운다면, 그보다 더한 고통을 주는 지옥은 이 세상에 없을 것이기 때문이었다.

그사이 기어코 그의 등을 기어오르는 데 성공한 령이가 목에 걸터앉아서는 마치 목마를 타듯 그의 귀를 잡아당겼다.

나이 든 궁녀가 깜짝 놀라 령이를 말렸다.

"공주마마, 아바마마께 불경한 행동을 하시면 아니 되옵니다."

그러나 이준성은 그러지 말라는 듯 손을 저었다.

"괜찮다. 아비가 되어서 외동딸에게 이 정도도 못 해 주겠느냐?"

괜찮단 말에 할 말이 없어진 나이 든 궁녀가 조용히 물러섰다. 이준성은 령이와 한참을 놀아 준 후에 부드럽게 타일렀다.

"령아, 암탉을 키우는 건 좋지만 먹이를 줄 때는 젓가락으로 줘야 한단다. 지네 몸에 독이 들어 있을 수 있기 때문이지."

"소녀는 아직 젓가락질을 잘 못하는걸요."

"그럼 젓가락질부터 먼저 배운 다음에 먹이를 주면 되겠구나."

령이는 풀이 죽어 대답했다.

"앞으론 그렇게 할게요."

"착하구나. 그리고 암탉을 계속 키울 거라면 먹이 역시 네 손으로 잡아야 한단다. 궁인들은 각자 맡은 업무가 있는데 네가 키우는 암탉 때문에 다른 일을 못 해서야 쓰겠느냐?"

령이가 입술을 내밀며 대답했다.

"알겠어요……."

"그럼 이제부터 이 아비와 함께 닭이 살 닭장을 만들자꾸나."

"닭장이요? 닭을 가두는 우리 말인가요?"

"그래, 닭을 가두는 우리."

령이가 고개를 도리도리 저었다.

"닭은 갇혀 있는 것을 싫어할 텐데요."

"알을 품은 암탉은 이곳처럼 드러난 곳을 싫어한단다.

다른 짐승들이 알을 훔쳐 갈 수 있기 때문이지. 해서 암탉이 안심하고 알을 품을 수 있게 닭장을 만들어 주는 게 좋단다."

령이가 손바닥을 치며 좋아했다.

"그럼 우리 어서 닭장을 만들어요."

이준성이 좋아하는 령이의 머리를 쓰다듬으며 웃었다.

"그래, 그러자꾸나."

이준성은 궁인들이 급히 가져온 목재와 철조망으로 커다란 닭장을 뚝딱 만들어 냈다. 그리고는 닭장 한 곳에 푹신한 짚을 깔아 암탉이 거기서 알을 품을 수 있도록 해 주었다.

궁인이 가져온 물로 손을 씻은 이준성이 막 몸을 일으켰을 때, 잠깐 사라졌던 령이가 고양이와 대형견을 데려왔다. 한데 그 모습이 아주 가관이었다. 고양이가 대형견의 등에 타고 있었는데, 한두 번이 아닌지 자세가 아주 자연스러웠다.

령이가 뿌듯한 표정으로 고양이와 대형견을 그에게 소개했다.

"인사하세요. 이쪽은 제가 키우는 설랑 공주와 호견 장군이에요."

"하하, 반갑구나. 내가 네 주인의 아비 되는 사람이다."

이준성이 설랑 공주라는 귀여운 이름의 하얀 고양이를 쓰다듬으려는 순간, 고양이가 갑자기 배를 드러내며 꼼짝 못했다. 마치 죽은 것처럼 그대로 뻣뻣하게 굳어 버린 것이다.

"설랑 공주야, 왜 그래? 어디 아픈 거야?"

령이가 깜짝 놀라 고양이를 품에 끌어안았는데, 고양이가 그제야 야옹거리며 자기 주인의 품속으로 얼굴을 들이밀었다. 마치 이준성이 무서워서 쳐다보기조차 싫다는 듯했다.

쓴웃음을 지은 이준성은 호견 장군 쪽으로 손을 뻗었다. 그러나 호견 장군 역시 마찬가지였다. 호랑이란 이름이 붙은 장군치곤 겁이 많은지 이준성을 보기 무섭게 꼬리를 엉덩이 사이로 말아 넣더니 그대로 주저앉아 오줌을 싸기 시작했다.

"신기한 놈들이군. 내가 그렇게 무섭나?"

이준성은 겸연쩍은 표정으로 고개를 절레절레 저었다. 령이는 설랑 공주와 호견 장군이 더 이상해지기 전에 얼른 두 동물을 다른 곳으로 보냈다. 그제야 안심한 설랑 공주와 호견 장군은 뒤도 돌아보지 않고 전각 쪽으로 잽싸게 도망쳤다.

이준성은 돌아가기 전에 령이와 시선을 맞추며 물었다.

"령이는 동물에 관심이 많은가 보구나."

"동물은 귀엽잖아요."

"하하, 귀엽긴 하지. 그러나 이 애비 눈엔 내가 더 귀엽구나."

령이가 앙증맞은 손을 허리춤에 올리며 귀엽게 웃었다.

"소녀는 커서 수의사가 될 거예요."

"수의사라면 동물을 치료하는 의사 말이더냐?"

"맞아요."

"수의사가 되려면 공부를 열심히 해야 하는데 그럴 수 있겠어?"

"당연하죠!"

"하하, 그렇다면 이 애비가 팍팍 밀어주마."

이준성은 령이의 머리를 쓰다듬어 준 후에 편전으로 돌아갔다.

그날 저녁, 이준성은 이원익을 불러 어명을 내렸다.

"원자를 세자로 책봉하겠소. 총리가 책봉식을 준비해 주시오."

"성은이 망극하옵니다."

"그리고 내일부터 각 부의 장관을 한 명씩 만나 그동안 어떤 성과가 있었는지 알아보는 시간을 가질 생각이오. 시간을 줄 만큼 주었으니 이제 숙제를 얼마나 했나 알아봐야겠소."

"각 부의 비서실에 바로 연락해 놓겠사옵니다."

대답한 이원익이 긴장한 표정으로 돌아갔다. 마침내 각 부의 장관들이 이름만 들어도 벌벌 떠는 시간이 돌아온 것이다.

이준성은 5년 전에 각 부의 장관을 모아 놓고 약속을 하나 하였다. 자신은 5년 안에 만주와 요하를 손에 넣을 테니 각 부의 장관들은 그가 지시한 사업을 최대한 진척시켜 보고하란 것이었다. 만약 결과가 좋지 않을 땐 그에 상응한 대가가 있을 거라 경고한 탓에 다들 긴장할 수밖에 없었다.

더욱이 이준성은 그가 한 약속을 완벽히 지켰다. 만주와 요하를 손에 넣은 것이다. 심지어 캄차카, 사할린, 쿠릴 열도까지 영토로 편입시켜 오히려 목표치를 초과 달성한 상태였다.

　이준성이 약속을 지키지 못했다면 그걸 핑계 삼아 빠져나갈 수 있었을 테지만 지금은 빠져나갈 구멍이 없는 상태였다.

　다음 날부터 각 부의 장관들이 한 명씩 입실해 각 부에서 중점적으로 추진하는 주력사업의 현황을 이준성에게 보고했다.

　가장 먼저 경제부장관 이항복이 입실해 보고했다.

　"지시하신 대로 한국은행 본점을 개성 시내 중심가에 설립했사옵니다. 또, 도성과 각 도의 도청 소재지에 지점을 설립해 한국은행이 주도하는 통화 정책을 뒷받침하는 중이옵니다."

　"그동안 생산한 금은 어디에 보관 중이오?"

　"대부분은 한국은행 본점 지하에 있는 금고에서 보관 중이옵니다."

　"금고는 안전하오?"

　"금고의 보안 장치를 삼중으로 설계했기 때문에 안전하옵니다."

　"좋소. 이제 민간 부분으로 넘어갑시다."

"예, 전하."

이항복에 따르면 경제부는 민간 경제의 활성화를 위해 주요 도시 100여 군데에 국민이 이용할 수 있는 시장을 만들었다. 그렇게 하면 내수를 활성화할 수 있을 뿐만 아니라 세금까지 거두어들일 수 있어 국가 재정에 큰 도움을 주었다.

그 외에도 경제부가 진행 중인 사업이 꽤 많아서 경제부장관 이항복은 꼬박 사흘을 편전에서 살다시피 하였다.

편전 문을 닫고 나온 이항복이 깊은 한숨을 내쉬었다.

그때, 2번 타자인 외교부장관 이덕형이 다가와 슬쩍 물었다.

"어땠소?"

이항복이 고개를 절레절레 저었다.

"말도 마시오. 죽는 줄 알았소."

그 말에 이덕형이 울적한 표정을 지으며 편전으로 들어갔다.

이준성은 한 달이 넘는 시간 동안 각 부를 책임지는 장관들의 대면 보고를 받았다. 그는 보고 내용을 꼼꼼히 확인하며 잘한 건 칭찬하고 잘못한 것은 호되게 야단쳤다. 그 바람에 장관 두 명은 그 자리에서 정신을 잃고 쓰러지기까지 했다.

이준성은 대면 보고 마지막 날 보건부장관 허준을 호출했다.

허준은 이준성에게 그동안 개발한 의료 기기부터 먼저 진상했다. 유리 주사기, 유리, 가죽 등으로 만든 링거와 메스, 겸자와 같은 외과수술 도구를 모두 합치면 100여 개에 달했다.

이준성은 주사기와 링거의 바늘을 보며 물었다.

"바늘은 쓸 때마다 교체해야 하오. 알고 있소?"

"알고 있사옵니다."

"좋소."

이준성은 의료 기기를 살펴보며 고개를 계속 끄덕였다.

"이건 잘 만들었군."

"황송하옵니다."

"한데 병원은 어떻게 되었소?"

"전국 주요 도시 21곳에 병원을 완공했사옵니다."

"병원에서 근무할 의사와 간호사의 수급은 어찌하기로 했소?"

"국립대학의 의대와 간호대 졸업생으로 충당할 계획이옵니다."

흡족한 표정을 지은 이준성이 마지막으로 물었다.

"항생제는 어떻게 되었소?"

허준이 입술을 살짝 깨물며 대답했다.

"일단, 푸른곰팡이로 항생제를 배양하는 데는 성공했사옵니다."

"양산하는 데는 실패했단 소리군."

"면목이 없사옵니다."

"괜찮소. 나 역시 양산까진 기대하지 않았으니까."

이준성은 허준에게 몇 가지를 더 물어본 후에 다음 장관을 불렀다. 다음 장관은 문화부장관인 허균이었다. 허균은 수십 권이 넘는 두꺼운 서적부터 먼저 편전 안으로 옮겨놓았다.

이준성은 그 모습을 보며 슬며시 미소 지었다.

◆ ◈ ◆

허균은 눈앞에 산처럼 쌓인 서적을 가리키며 일일이 설명했다.

"앞에 있는 서적은 고조선부터 현재까지의 역사를 편년체로 기술한 역사서이옵니다. 그리고 그 뒤에 있는 서적들은 현재 한국에서 구할 수 있는 고서들을 찾아내 재출간한 서적들이옵니다. 다만, 역사를 기술한 일부 고서들은 워낙 양이 많은 탓에 첫 번째 권과 마지막 권만 추려 가져왔사옵니다."

이준성은 앞으로 걸어가 재출간한 고서 몇 권을 직접 훑어보았다. 21세기에는 이름만 남아 있거나 아예 존재했단 기록조차 없는 고서들이 100여 권 이상 쌓여 있었다.

아마 이 중 한 권만 21세기에 나타나도 세상이 떠들썩해질 터였다. 워낙 양이 많은 탓에 이준성 역시 그 자리에서 다 살펴보진 못했지만, 최소 30종 이상은 국보급 서적이었다. 물론 그 외에 다른 서적들 역시 최소 보물급에 해당했다.

특히, 존재했다는 기록만 남아 있는 신라의 화랑세기, 고구려의 신집, 백제의 백제본기, 고려의 고려실록 등은 한반도 역사뿐 아니라 동아시아 전체의 역사를 바꿀 만한 고서였다.

고서를 내려놓은 이준성은 앞에 있는 역사서 한 권을 집어 들었다. 허균이 역사학자 수십 명과 함께 현재까지 남아 있는 모든 자료를 교차 검증해 만들었기 때문에 한민족이 지금까지 제작했던 역사서 중에서 가장 정확한 역사서였다. 그는 이번에 만든 역사서에 한민족통사란 이름을 붙였다.

만족한 표정으로 책을 내려놓은 이준성은 옥좌로 돌아갔다.

"인쇄기 쪽은 어떻소?"

"오늘 보신 역사서와 고서는 모두 문화부 주도로 제작한 새 금속활자와 인쇄기로 제작한 것이옵니다. 아직 보완해야 할 점이 몇 가지 있사오나, 인쇄하는 데는 큰 문제가 없사옵니다."

"잘했군. 문화부는 한민족통사와 이번에 어렵게 찾아낸 고서를 최대한 많이 인쇄해 도성과 전국에 있는 도서관에 비치하시오. 그리고 원본은 화재와 습기를 막을 수 있는 보관실을 따로 제작해 보관하도록 하시오. 역사서와 고서는 한민족의 뿌리와 정체성을 설명해 주는 중요한 유물이오. 인간이 막을 수 없는 천재지변으로 잃어버리는 거야 어쩔 수 없다지만, 화재나 전쟁 때문에 사라지는 일은 없어야 하오."

"명심하겠사옵니다."

이준성은 바로 다음 주제로 넘어갔다.

"문화 시설 확충 사업은 어디까지 진행했소?"

"전국 주요 도시에 공연을 상영하는 극장과 음악회를 여는 무대 등을 설치하는 중이옵니다. 또, 국민의 여가를 위해 동물원과 식물원, 유원지 등의 숫자를 늘려 나가는 중이옵니다."

"극장과 무대만 있다고 해서 공연을 바로 상영할 수 있는 것은 아니지 않소? 그곳에서 공연을 펼칠 예술가들이 많이 필요할 텐데, 문화부는 그 문제를 어떻게 처리하는 중이오?"

"국립 극단, 국립 무용단, 국립 국악단 등을 설립한 다음, 실력과 재능이 있는 예술가를 선발해 교육하는 중이옵니다. 교육이 끝나면 바로 작품을 선정해 공연에 들어갈 것이옵니다."

"좋소."

허균의 완벽한 일 처리가 마음에 든 이준성은 그와 문화부에 상을 내린 다음, 마지막으로 건설부장관 이달을 불렀다.

입실한 이달은 조금 초조한 기색으로 이준성의 명을 기다렸다.

이준성은 이달을 힐끗 보며 물었다.

"주택 보급률은 현재 어느 정도까지 와 있소?"

"초가집까지 합하면 8할이옵고 기와집만 하면 4할이옵니다."

"나쁘지 않은 수치군."

이준성의 말을 들은 이달은 그제야 조금 안심하는 눈치였다.

이달에게 몇 가지 지시를 내린 이준성은 며칠 후, 근정전에 주요 고위 공직자를 모아 놓고 새 프로젝트를 하나 발표했다.

"이번에 추진할 사업은 국토 균형 발전 계획이오. 옛말에 말은 제주로 보내고 사람은 도성으로 보내란 말이 있소. 하지만 그렇게 하면 말은 행복할지 모르지만, 사람은 행복해질 수 없소. 도성과 경기도를 포함한 수도권에만 인구가 몰리면 지방은 인구가 빠져나가 공동화 현상을 겪기 때문이오."

말을 마친 이준성은 옥좌 옆에 대기해 있는 은게란에게 시작하라는 뜻으로 고개를 끄덕였다. 신호를 받은 은게란은 즉시 밧줄을 당겨 벽을 가린 덮개를 벗겼다. 덮개 속에는 가로 2미터, 세로 4미터에 달하는 대형 지도가 걸려 있었다. 이원익 등은 즉시 처음 보는 지도에 큰 관심을 표명했다.

지도는 한국 영토를 아주 자세히 표기한 지도였다. 그러나 한반도가 지도의 중심은 아니었다. 오히려 한반도는 생각보다 작았다. 이는 한반도가 작아 그렇게 표현한 것이 아니라, 이번에 늘어난 영토가 한반도의 몇 배에 달했기 때문이다.

지도 맨 밑에는 대마도가 있었다. 그리고 맨 위에는 캄차카반도와 쿠릴 열도, 사할린 등이 있었다. 또한 왼쪽 끝엔 요하가 있어 방대한 영토를 한눈에 담기 어려울 지경이었다.

이준성은 지도 옆에 서서 직접 설명했다.

"그렇다면 사람들이 도성과 수도권에만 몰리지 않게 만드는 특별한 대책이 필요한데, 의외로 해법은 아주 간단하오. 좋은 일자리와 훌륭한 편의 시설을 만드는 것이오. 일자리와 편의 시설만 갖추면 공동화 현상은 일어나지 않을 것이오."

이준성은 이어서 좋은 일자리를 어떻게 만들 것인지에 대해 설명했다.

"국토 균형 발전의 핵심은 각 지방에 전문 산업을 육성한다는 데 있소. 이를테면 경상도는 조선업, 전라도는 화학 단지, 충청도는 무기 제조, 황해도는 금융, 강원도는 광업, 평안도는 섬유, 함경도는 철강, 만주는 임업과 목축업, 요하는 광업과 농업 등을 전문적으로 육성하는 것이오. 앞으로 정부는 국토 균형 발전 계획을 추진하는 데 전력을 다해야 할 것이오."

장관과 차관, 각 부의 국장급 인사 수십 명이 고개를 조아렸다.

"예, 전하!"

고개를 끄덕인 이준성은 국토 균형 발전 계획 추진을 총리 이원익에게 맡겼다. 그리고 이준성 본인은 바로 파주를 찾았다.

이준성은 북방으로 떠나기 얼마 전에 건설부장관 이달을 불러 초대형 프로젝트를 하나 맡겼다. 바로 파주에 새로운 도시를 건설하는 프로젝트였다. 지금은 그 프로젝트의 진행 상황을 직접 살펴보기 위해 파주로 이동하는 중이었다.

파주에 도착한 이준성은 동행한 건설부장관 이달에게 물었다.

"근처에 산이 있소?"

"산은 어찌하여 찾으시옵니까?"

"위에서 신도시의 전경을 살펴보고 싶소."

"그렇다면 저쪽에 전경을 보기에 괜찮은 장소가 있사옵니다."

이준성은 이달이 안내한 산으로 올라가 파주 신도시를 내려다보았다. 신도시는 현재 3할의 공정률을 보이는 중이었다.

파주 신도시의 가장 큰 특징은 도시 안에 남북과 동서를 직선으로 관통하는 두 개의 커다란 대로가 있다는 점이었다. 그리고 그 두 개의 대로가 교차하는 지점에 시청, 은행과 같은 주요 관공서가 모여 있어 파주 신도시의 중심 지구를 형성했다.

신도시의 전경이 마음에 든 이준성은 곧 안으로 들어갔다. 계획도시답게 각 구획이 네모반듯하게 나누어져 있었다. 그는 2층으로 지어진 건물 안으로 들어가 안을 둘러보았다.

주거용 건물인지 건물 1층에는 방과 거실, 부엌 등이 있었다. 이준성은 그중 부엌으로 먼저 들어가 내부를 둘러보았다.

부엌 한쪽에 현대식 싱크대가 설치되어 있었는데, 개수대와 수도꼭지, 화덕 등 있어야 할 것은 다 있었다. 심지어 싱

크대 옆에는 거실과 방의 난방을 책임지는 목탄 보일러까지 구비되어 있었다.

이준성은 수도꼭지를 돌려 보았다. 처음에는 줄줄 흐르던 물이 곧 세차게 쏟아졌다. 파주 근처의 수원지에서 끌어온 물의 양이 충분하단 뜻이었다. 이준성은 개수대 뚜껑을 열어 가득 찬 물을 관으로 내려보냈다. 하수 역시 문제없이 이루어졌다. 파주 신도시의 가장 큰 특징은 지금처럼 상하수도가 완비되어 있단 점이었다. 상수는 근처에 있는 수원지에서 끌어오고 하수는 외곽에 건설한 하수처리장으로 내보냈다.

이준성은 이어서 화장실 안으로 들어가 변기 물을 내려 보았다. 변기의 물탱크가 상수도와 이어져 있어 물을 내리면 오수가 내려가는 수세식 형태였다. 물론, 오수는 하수처리장으로 보낼 수 없어 집 근처에 설치한 정화통에 모아 처리할 계획이었다. 현재 기술로는 하수처리장에서 오수를 처리하지 못했다.

이준성은 흡족한 표정을 지었다. 이런 식이라면 최소 20세기까지는 문제없이 사용할 수 있을 것 같았다. 물론, 거주할 사람이 없으면 막대한 재정을 쏟아부어 유령 도시를 만든 것과 다름없으므로 파주 근처에 각종 연구 시설을 같이 짓는 중이었다. 앞으로 그런 연구 시설에서 일하는 연구원과 근로자가 이 파주 신도시 주택을 분양받아 거주할 것이다.

파주 신도시를 둘러본 이준성은 다음 날 파주 외곽에 건설한 국립 기술 연구소를 찾았다. 기술 연구소는 말 그대로 중요한 기술을 연구하는 곳이었는데, 벌써 연구원 및 기술자, 근로자 500여 명이 상주하며 국가의 핵심 기술 연구에 몰두하는 중이었다.

그러나 이준성은 500명으론 왠지 부족하다는 생각이 들어 최소 1,000명이 근무하는 대규모 연구소를 계획하고 있었다. 그만큼 연구소가 연구 중인 기술이 중요하기 때문이었다.

이준성은 소장의 안내를 받아 연구소에 있는 여러 연구동을 돌아보았다. 연구소는 현재 10여 가지에 달하는 신기술을 연구하는 중이었는데, 그중 가장 많은 재원과 설비, 인력이 투입된 연구는 바로 증기 기관과 전기에 관한 연구였다.

증기 기관과 전기 중 하나만 성공해도 한국은 다른 나라와 수백 년의 기술 격차를 벌리며 홀로 독야청청할 수 있었다.

증기 기관과 전기를 연구하는 핵심 연구동을 며칠 동안 돌아본 이준성은 그 외에 고무, 내연 기관, 화학 제품 등을 연구하는 연구동을 모두 둘러본 뒤에 다시 도성으로 돌아갔다.

마차를 타고 도성으로 돌아가는 내내, 이준성은 마차 창밖으로 펼쳐지는 봄 풍경을 바라보며 깊은 생각에 빠져 있었다.

말 네 마리가 끄는 마차는 진동이 그리 크지 않아 깊은 생각을 하는 데 전혀 방해를 받지 않았다. 도성과 의주를 잇는 경의 고속도로가 파주 중앙을 관통하기 때문에 멀리 돌아갈 것 없이 바로 고속도로를 이용해 도성으로 돌아갈 수 있었다. 더욱이 도성-파주 구간은 포장마저 다 끝난 상태였다.

그는 북방에서 돌아온 직후부터 지금까지 거의 2년 동안, 쉼 없이 일해 국내에서 추진 중인 모든 사업을 제 궤도에 올려놓는 데 성공했다. 물론 그중엔 빠른 진척을 보이는 사업이 있는가 하면, 진척이 느려 답답한 사업도 있었다.

하지만 그가 유진의 도움을 받아 해 줄 수 있는 조언과 지원은 이미 다 해 준 상태였다. 나머지는 각 사업을 이끄는 수장의 능력에 달린 셈이라 그의 조언과 지원이 필요 없었다.

그렇다면 지금부턴 그의 또 다른 야망을 현실로 옮길 때였다. 바로 바다와 육지를 이용해 세계로 나아가겠단 야망이었다.

이젠 그도 나이가 많이 들어 지금 하지 않으면 기회가 없었다. 6, 70이 넘어서까지 낯선 곳을 떠돌고 싶지는 않았다.

다행히 준비는 어느 정도 마친 상태였다. 만약 준비를 전혀 안 했다면, 적어도 10년은 지나서야 출발할 수 있었다. 하지만 준비를 어느 정도 해 놓아 당장 출발해도 문제없었다.

한데 마음에 걸리는 점이 하나 있었다. 바로 가족이었다. 불과 2년 전에 오랜 원정을 마치고 북방에서 돌아왔는데 또 나가면 아이들이 성장하는 모습을 대부분 놓칠 수밖에 없었다.

"다른 건 몰라도 형편없는 아버지인 건 확실하군."

이준성은 씁쓸한 미소를 지었다.

도성에 도착한 이준성은 국방부장관 권웅수부터 불러들였다. 원래 국방부장관 자리는 이순신 장군의 몫이었지만 이순신 장군이 끝까지 군인으로 남고 싶어 하는 바람에 육군참모총장이던 권웅수가 예편한 뒤 국방부장관을 맡았다.

군복 대신 관복을 입은 권웅수가 약간 어색한 미소를 지었다.

"찾으셨사옵니까?"

"어떻소? 장관은 할 만하오?"

권웅수가 한숨을 살짝 내쉬며 대답했다.

"하루하루가 어떻게 지나가는지 모를 정도로 정신없사옵니다."

"그럴 것이오. 하지만 보람도 있는 자리이니 열심히 하도록 하시오."

"알겠사옵니다."

"갑자기 국방부장관을 부른 이유는 긴히 지시할 사안이 있기 때문이오. 국방부는 1년 안에 해양 원정을 떠날 대규모 함대를 준비하시오. 필요한 전함은 거의 다 완성한 상태이니, 원정군 인선을 정한 후에 수병 훈련과 물자 수급에 집중하면 그리 어렵진 않을 거요. 이번 계획은 중간에 바뀌거나 중단하는 일이 없을 것이니 장관이 직접 챙기도록 하시오."

권웅수가 약간 긴장한 표정으로 머리를 조아렸다.

"바로 준비하겠사옵니다."

권응수는 그날부터 합참의장 겸 해군 참모총장인 이순신 장군과 상의해 해양 원정을 떠날 원양함대를 구성하는 일에 박차를 가했다. 원양함대 기본은 충무함대였다. 그리고 그 충무함대에 지원함, 무장상선 등을 더해 원양함대를 조직했다.

인선과 조직을 마친 후에는 수병 훈련에 들어갔다. 근해와 원양은 환경이 천지 차이이기 때문에 입에서 단내가 날 만큼 훈련시켜 바다에 나가서 우왕좌왕하는 일이 없게 하였다.

국방부가 해양 원정 준비로 정신없는 동안, 이준성은 가족에게 모든 시간을 할애했다. 이번에 가면 언제 돌아올지 알 수 없었다. 북방에 있을 땐 그래도 지리적으로 가까웠기에 언제든 마음을 먹으면 도성으로 돌아갈 수 있었다.

그러나 해양 원정은 상황이 완전히 달랐다. 지리적으로 멀 뿐만 아니라, 최악의 경우에는 인간이 제어할 수 없는 재해를 만나 영영 돌아올 수 없을지도 몰랐다. 어쩌면 올해가 가족과 보내는 마지막 시간일 수도 있다는 생각에 이준성은 가족과 많은 시간을 보냈다.

그해 겨울, 이준성은 가족과 모여 저녁 식사를 하였다. 그리고 식사를 마친 다음에는 차를 마시며 담소를 나누었다. 이준성은 이번 겨울에 설치한 벽난로 앞에 앉아 왼쪽을 보았다. 중전과 수빈, 무빈은 뭐가 그리 재밌는지 연신 호호거리며 수다 삼매경에 빠져 있었다. 그 모습을 보고 피식 웃은 이준성은 오른쪽으로 고개를 돌려 보았다. 세자와 성이, 령이가 설랑 공주, 호견 장군의 재롱을 구경하는 중이었다.

이준성은 벽난로 앞 흔들의자에 앉아 뜨거운 차를 마시며 이게 진정한 행복이 아닐까 생각했다. 그리고 그런 생각을 하는 순간, 그가 계획한 해양 원정이 왠지 덧없게 느껴졌다.

그때, 비서관 은게란이 어두운 얼굴로 들어와 속삭였다.

"타이호 왕국에 있는 해군 기지에 문제가 생긴 것 같사옵니다."

"무슨 일인데 그러느냐?"

"필리핀에 거주하는 에스파냐인이 타이호 왕국에 있는 한국의 해군 기지에 침입해 적지 않은 인명 피해가 났다고 하옵니다."

이준성은 손에 쥔 찻잔을 부서트릴 것처럼 세게 움켜쥐었다.

"에스파냐 놈들이 겁도 없이 호랑이의 수염을 뽑으려 드는군."

중얼거린 이준성은 해양 원정 준비를 서두르라 명령했다.

〈10권에 계속〉